U0919099

为恋爱平反

那些我爱的**粤语歌词**

叶克飞 著

译林出版社

目录

自序 / 10
你唱的歌是写给谁的情书

勇气 / 13
为恋爱平反

叫世上人间平凡情侣为你共我轰烈汗颜
青春仿佛因我爱你开始
当秋色不再恬静，当春色染上罪名，不要医我的病症，只要追你的远景
剪去了双眉，还有两眼分辨，双眼也不辨，还有笑意不灭
我快将一手掌纹刻进满杯裂痕
我也笑我原来是个天生的野孩子，连没有幸福都不介意

疏离 / 43
你睡旁边，当中那空缺无法以爱消灭

床从右到左，历遍了寒与热。情由夏至冬，自那床头送别
我错在无胆，要你印证这穷途灾难
抱著你我便会恨你，痛恨你不讲续集日期
让记忆比真相完美
永远静静地寂寞地演你爱侣，别管你想谁
与你淡似水，便千杯不醉
看尽处处是纪念碑，我竟闭上两眼看成这一世福气
蝴蝶梦里醒来，记不起对花蕊的牵挂

宿命 / 73

你是千堆雪我是长街，怕日出一到彼此瓦解

你是千堆雪我是长街，怕日出一到彼此瓦解
相爱总会荒废感情
掌心因此多出一根刺，没有刺痛便懒知
用第三者身份见证最不可靠是爱情
在各自宇宙错过了春天
我赠你体温，你赠我兴奋
其实我宁愿你不那么好，得不到也好
吹熄了灯，挥挥衣角的前尘

伤别 / 97

每逢夜深挑灯点算爱情新伤旧恨

春天分手秋天会习惯，苦冲开了便淡
原来我非不快乐，只我一人未发觉
期盼你那愉快结局，常记挂那美中不足会是我
那时青丝不会用上余生来量度
闭起双眼你最挂念谁，眼睛张开身边竟是谁
没有你还是爱你，同在这里再呼吸这空气，经不起这惊喜
伴侣没了，记忆会为患
有时情路里太多标志
往事却似断箭，还剩下在体内
爱意要是没回响，世界与我又何干

暗恋 / 133

没有得你的允许，我都会爱下去

互相祝福心软之际，或者准我吻下去
宁愿没拥抱，共你可到老
但愿万般的牵挂，自你掌心内渗透
寂寞是我总比你爱得多，绝望是你总非爱她不可
窗边的我不知方向，每个晚上你是我的想象
忘爱自然合衬
让我在你七尺以外陪你走

卑微 / 157

得不到你可怜，也得到休假半天

崩溃我有经验，选一周最后那天，得不到你可怜，也得到休假半天
忘了告诉你，我想做你穿破了的布
忘不了汗毛减不轻的敏感

沦陷 / 173

躲于衣柜里，躲于失落里

但这懦弱男子绝望独力难支
我亦沦落到游戏都玩不起
全世界看到你逼我离开犹如跳水
背着前度爱人，从阴影里超生
我没有为你伤春悲秋不配有憾事，你没有共我踏过万里不够剧情延续故事

情欲 / 191

一弯身躯多少过客，只爱在怀内觅暂借的恬静

意乱情迷极易流逝，难耐这夜春光浪费。难道你可遮掩着身体，来分享一切
欲望就像刀锋一般撕开这夜深
今生准许我裙下尽责任，忙于心软与被迷魂
一弯身躯多少过客，只爱在怀内觅暂借的恬静

纠结 / 203

谁能凭爱意要富士山私有

情人节不要说穿，只敢抚你发端，这种姿态可会令你更心酸
想分享午夜的忧伤，连谈电话也没对象
我的心连同头颅低垂，千错万错假想恋爱无罪
想身边的你，看到似雪的晚上像日的月亮

让爱 / 215

但愿你好，好得比天更高，我高攀不到

浪费那些眼泪，就当作捐给好伴侣
不舍得开心，留来给你欢喜
那日临行不讲不舍，只因我扮潇洒地引退
你与我将签纸，来涂掉了昨天意义，曾留在婚纱的诗意
纵使不见，爱情仍可天荒地老
可惜真爱纵使全无禁忌，仍会动摇着我动摇着你

豁达 / 229

花色香皆看化

流水很清楚惜花这个责任，真的身份不过送运
开到荼靡就似烟蒂烙下花瓣般记认
面对旧时看岁月燃烧
寻回旧日自重自尊，又共寂寞热恋

决绝 / 247

等欣赏你被某君一刀插入你心，加点眼泪陪衬

来让你一生最喜欢和珍惜那人，也摧毁你一生完全没半点恻隐
我不完美，但你未见得很爱美
始终一天不再憎，麻木到说及你像过路人
要是留着你真实地纠缠，怕没权利以后留恋

温暖 / 261

就算都市仍宵禁，但你走过来亲吻

其实你不会唱歌，却以情爱来成就我
从头细看，你六岁半大，已是我偶像
就算都市仍宵禁，但你走过来亲吻
仿佛听见你关心，如今纵没同行

甜蜜 / 271

爱情长流脉搏内

晴时常带雨，然而谁介意
弥补表爱意没有限期
如我爱你是金句，要讲到你睡去
身心困倦时，能动情一次
想讲愿意还是不好意思，回赠同类桥段女主角那一句，让你做主
愉快的心照怎算轻佻

孤独 / 287

自言自语地共你在热恋

无人同享刚刚铺好的雪白被单
孤单不一定是寂寞，挂少一个人
谁都心酸过，哪个没有
人海中等惜字缘

静夜 / 299

当深宵无办法敲破

追忆添悲痛，仿佛一生都变空
分别中的人，夜深是否一人，你会否沉闷里恋上别人
昨日从来是等，这夜情难自禁
怕给你遗弃，竟比烟灰更卑微
谁人在每晚每晚找开心，拉拉扯扯偷偷摸摸地鬼混
浪漫地自虐地宣泄旧情，仍然难找半句可医治我

婚礼 / 317

纵使怎么装疯表演真诚，仍旧是热闹幸福的布景

叙旧和迎新不必了，算什么情调
两唇无依恋，眼内盖风沙
曾听说过你某夜结婚未曾露笑容，实在不敢知道我是元凶
我怕寂寞，而幸福感觉叨光不算多

街头 / 327
光阴于车辆穿插中明灭

曾听说她长得很美，还令不羁的你终于可以体贴入微
害怕下班等很久，怀念很久也不够
情火中身边一切如碎屑
可否不理世界，不要见怪青春借贷

青春 / 337
听见了一颗心叫我一手敲碎

为何旧知己在最后变不到老友
共你亲到无可亲密后，便知友谊万岁是尽头
只因有你再鼓励，再不必将我的心去关闭

友情 / 347
谈天说地的知己，变身枕畔的你

惨绿青年，你短发密且软，谁给你剪
在尽力成就这一晚绝对妩媚，像二十年前揭过的被

亲恩 / 355
怀念单车的你我，唯一有过的拥抱

就算全个世界亦都有失去，他也在这里

古意 / 359
路更弯烟雨更冷，独往返哭笑顾盼

花色香皆看化
袅袅笛送苍苍岁月，暗月照疾世淫红尘
吞风吻雨葬落日未曾彷徨，欺山赶海践雪径也未绝望

社会 / 367
纵怨天，天不容问。叹众生，生不容问

千秋的诅咒何时作罢
今天应该很温暖，只要愿幻想彼此仍在面前
灯光里飞驰，失意的孩子，请看一眼这个光辉都市
窗花不可幽禁落霞
得到理想失去爱
瞬息之间，葬身于这巨变

后记 / 379
不经意等到心中爱情主角

自序

你唱的歌是写给谁的情书

我有一个习惯：听歌只听歌词。

这个习惯始于十三岁那年，那是不知愁滋味的年纪，可偏偏喜欢强说愁。读小说读诗只为了伤春悲秋，恨不得以身代入，听歌也沉溺其中。那架势摆出来，就算感动不了别人，也非得感动自己。像极了如今相亲节目里的一些男女，打着专为某人而来的旗号，让自己感动一把。

那一年亦是我人生的转折。七月，我随父母返回广东家乡，并开始住校。当时我初二，正是叛逆期，没了父母的管束，自然如脱缰野马。学校虽地处偏僻，却大有来头，为孙中山之子孙科于一九三六年所建，占地极广，绿树成荫，遍布老建筑，景色极美。每日在林荫道上往返，在宿舍里看书听歌，在球场上打球，即使功课沉重，日子也比在父母“监视”下惬意。

因此，我往往一个月才回家一次，周末就在学校里游荡，混迹于图书馆、球场和学校的后山。每逢周六晚，留校的同学们都会凑在教室里，打开电视柜的铁锁，调到香港翡翠台，等待八点半的《劲歌金曲》——那是我们可以获得的香港乐坛第一手资料。

回到宿舍，我们的收音机、WALKMAN 里，总有本地的音乐电台。

运气好的话还可以收到香港电台的频率，里面有一个个歌手的声音，在暗夜中传递。

有人说，那是粤语歌最好的时代。但曾在那个时代里狂热万分的我，却并不这样认为。

——因为歌词。

我曾后知后觉，爱上那个拥有达明一派、陈少琪、迈克和何秀萍的八十年代，我也爱林振强，我还爱那个属于潘源良、向雪怀和周礼茂的情歌时代。当然，怎么可以少了林夕与黄伟文的时代，前者常瞬间动人，后者则在简单直接中撕心裂肺。

粤语歌没有最好的时代，在我的成长之路里，它一直都在，也一直那么好。

它还与我的爱情交织，喜悦悲伤间总有它陪伴。以至于，他们唱的歌，俨然我写给她的情书。

除了记忆作祟，让我爱粤语歌词如中毒，它本身的美亦是我欲罢不能的原因。

粤语歌词的美，一在语感，一在意境。一种语言的悦耳程度，与声调多少有极大关系，声调越多，便越有抑扬顿挫之感，拥有九声的粤语可谓有先天优势，以歌唱出，则更动人。至于意境，好的粤语歌词极少出现国语歌词中那些“我真的很爱你”、“我真的受伤了”之类的陈词滥调，而是多用修辞。如《邮差》里那句“你是千堆雪，我是长街，怕日出一到彼此瓦解”，写近情情怯的句子，可有比它更妙的？林夕还曾为赵学而填过一首冷门的《据为己有》，一句“贴近你，心便会连绵失火”，便道尽情热，如火烧连营，扑之不灭，另一句“抱着你，我便会恨你，痛恨你不讲续集日期”，“续集日期”四字亦让看惯港剧的我莫名喜欢。

粤语歌词也总有那些我极爱的细节，区区几个字，却情境动人。

比如写女子内心纠结，想爱又不敢放怀，《迷魂记》里简简单单一句“别错碰我的手臂，毛管不够争气”，便道尽内心情事。又如《明年今日》，“或在同伴新婚的盛宴，惶惑地等待你出现”，十几个字便营造无限画面感。

粤语歌词里自然也少不了情话，却绝非“我爱你”、“你在我心里永远不老”这般简单俗套。《晚节不保》里有一句“忘了告诉你，我的路途看不到你苍老”，便是金句，但我更爱的是另一句“忘了告诉你，我想做你穿破了的布”，那个“破”字，卑微执着。又如《春秋》中的“我没有为你伤春悲秋不配有憾事，你没有共我踏过万里不够剧情延续故事”，说情话说到这般气势如虹，亦堪得上一个“绝”字。

即使是讲讲大道理，粤语歌的面目亦不可憎，比如“谁能凭爱意要富士山私有”，占有欲再强的人听到这句，也不免退而反思。《木纹》里有一句“伴侣没了，记忆会为患”，在报纸上看多了各种“为患”，记忆为患还是头一遭，却让人感同身受。

人届中年后，听歌的心情和时间都渐少，与粤语歌的接触多局限于驾车时，幸而不会因此而分神。有时思绪不安，或工作困累，倒会想起《上路》中的“路更弯烟雨更冷，独往返哭笑顾盼”。就这样，如《细雪》中的那句歌词一般，“光阴于车辆穿插中明灭”。

那是我与粤语歌一起走过的光阴，二十年从无更改。

最后想说的是，请不要对我说“为什么不写某人的歌，那歌多么好听”、“为什么七八十年代的港乐统统欠奉，那是一个多么美好的时代”之类的话，我只写我爱的粤语歌词，写自己的情绪。这本书不是乐评，也不谈港乐史，更不谈网络论坛里比比皆是的各种八卦。它不是参考书，更不权威。它只是我的私人情绪，以及，二十年间的种种记忆。

勇气。

为恋爱平反

涉及曲目

《失乐园》
填词：黄伟文
原唱：草蜢

《无人之境》
填词：黄伟文
原唱：陈奕迅

《命硬》
填词：黄伟文
原唱：侧田

《世界之最(你愿意)》
填词：林夕
原唱：郑秀文

《少女的祈祷》
填词：林夕
原唱：杨千嬅

《飞女正传》
填词：林夕
原唱：杨千嬅

《小城大事》
填词：林夕
原唱：杨千嬅

《咬唇》
填词：黄伟文
原唱：杨千嬅

《勇》
填词：黄伟文
原唱：杨千嬅

《交换温柔》
填词：林夕
原唱：郑秀文

《终身美丽》
填词：林夕
原唱：郑秀文

《离家出走》
填词：林夕
原唱：卫兰

《维纳斯》
填词：周耀辉
原唱：黄耀明

《带我去跳舞》
填词：黄伟文
原唱：关淑怡

《游乐场》
填词：林夕
原唱：谢霆锋

《寻人》
填词：张美贤
原唱：赵学而

《命犯桃花》
填词：黄伟文
原唱：卢巧音

《恋一世的爱》
填词：周礼茂
原唱：关淑怡

《难得有情人》
填词：向雪怀
原唱：关淑怡

《风月宝鉴》
填词：林夕
原唱：黄耀明

《抬起我的头来》
填词：林夕
原唱：杨千嬅

《不必为我留下》
填词：向雪怀
原唱：孙耀威

《不会哭于你面前》
填词：林振强
原唱：杨采妮

《野孩子》
填词：黄伟文
原唱：杨千嬅

叫世上人间平凡情侣为你共我轰烈汗颜

年少时，偏爱一切荡气回肠，以为爱情天生就要克服无尽的艰难险阻，以为爱情就是电影电视和书中所有戏剧化元素的集合，以为爱情中少不了离家出走，甚至少不了与全世界为敌。

所以，十七岁那年听草蜢的《照常营业》专辑，面对禁忌之爱的《失乐园》与细水长流的《二人世界》，我毫不犹豫地爱上了前者，爱上黄伟文所填的那句“看冷酷人间，何年何世为你共我苦恋惊叹，为恋爱平反”。

又过了好些年，读大学、工作……我也喜欢上了《二人世界》，喜欢上歌中那句“渴望着床畔听眼前人移近说早安的亲切声音”。按滥俗的话来说，便是“追求平淡简单的生活”。

我以为，我懂得了人生的真谛。书里也是这样说的，平平淡淡才是真。

后来，我似乎又觉得人生中少了一些什么。在一片坦途中，一定有一些我所希冀的东西，在后视镜中越来越小，直至消失。直到那年，我听了“我们的演唱会”。

那是草蜢的演唱会，阔别多年的他们复出了。在演唱会的后段，他们唱了《失乐园》。开头是四十岁的蔡一智独唱，声音远比录音室版本苍老。任谁都能听得出，哪怕依然蹦蹦跳跳，这三只草蜢已不再年轻。这沧桑声线，让我越听越凄怆——在渡边淳一笔下，失乐园不就是两个中年人的梦想国么？

当然，不是每个人都需要失乐园，不是每个人都需要禁忌之爱，但每个人都需要梦想，以及为梦想而战的勇气。何况，有梦想和勇气与平淡简单的生活之间没有冲突——除非，你认为的平淡简单就是猪一样的“吃饱了睡，睡醒了吃”。

《失乐园》的编曲极轻柔，却婉转漂亮。开头的“结果我共你，仍然逃不过被围攻被舍弃”，已然揭示这禁忌之恋的艰难，可随后一句“爱得惊天动地总算运气”，则是带着笑意的不甘心。“流亡情海里，没阳光没空气，再多险境绝地视而不理，任世俗继续看不起”，众目睽睽之下，流亡的局中人却甘之如饴。

有一些爱，注定要背叛全世界。

这样的爱，只有感性的勇气支撑，绝无理性可讲。若你将一串人尽皆知的大道理砸向当事人，对方只会像《失乐园》这般回一句“爱可有定理，谈情谁讲理”。何况，还是“越无理越凄美”，谁又真的不贪图禁忌的快乐？早有人说过，不贪心这快乐，原因只得一个，那便是未曾感受过。沾上了便成瘾，在劫难逃，只望“就算飞天遁地，万年千里，亦决定要共你一起”。

副歌部分丝丝入扣、动魄惊心。一句“苦恋注定难”，却先跟一句“我已经习惯”，再跟一句“我却这样贪”，道尽一切禁忌之恋的“越禁忌越快乐”。

于是，便“沿途承受不留情的双眼”，又于是，便有最动听的那句“请给我负担，叫世上人间平凡情侣为你共我轰烈汗颜”。这豁出去的决绝气势，即使不能令平凡情侣汗颜，也足以告慰自己——有勇气，可无计输赢。

当三只老去的草蜢在台上唱出那句“看冷酷人间，何年何世为你共我苦恋惊叹，为恋爱平反”时，掌声雷动。

其实，那些禁忌之恋中的努力与勇气，除了男欢女悦，目的无非这一句：为恋爱平反。

黄伟文前几年为陈奕迅所填的《无人之境》，总被我视为《失乐园》的姊妹篇。同样写禁忌之爱，同样沉溺于欲望。那些决绝甚至张狂，都变得可亲近——陈奕迅唱的，是他自己，也是我们自己。

是啊，在感情中为何要冷静？虽然已不再“恃住年少气盛”，可那“对着冲动背着宿命，浑忘自己的姓”的勇气，哪怕是以掌心扑火，终要伤己，却还是绚烂如花火。即便无他人得见，也总是美丽的。

“这个世界最坏罪名叫太易动情，但我喜欢这罪名”，可是，真的是太易动情吗？爱一个人，即便无原因，也总有初见与相知，即使喜欢这罪名，也该知道获罪并不易。

那“惊天动地”，只关内心的挣扎与冲动，哪管天地无情，更哪管天地“不敢有风不敢有声”。“这爱情无人证”？那便无人证吧。在禁忌之爱里，只有你知我知天知地知。

很爱那句“飞天遁地贪一刻的乐极忘形，好想说谎不眨眼睛”，“飞天遁地”只为“贪一刻”，缠绵中便沉溺于欲望，哪怕“这爱情无人证”，哪怕世上没有无人之境。

没错，那“叫着冷静冷静”的理智，即便能拉回行动与身体，可灵魂却早已自顾前行，走到对方身边，才是终点。

而那可恶的时光呢，它总在眼角眉梢飘过，见证每个故事，却不明言，哪怕是它亲手制造了一切。就像那句“如若早三五年相见，何来内心交战”，时光却无视这控诉，不为所动，一切也都不会改变，“月亮总不肯照亮情欲深处那道背影”。

说起禁忌之爱，《命硬》亦不可不提。很多人说《命硬》是GAY歌，只因那句“顽强地等再过廿个十年，等整个世界换风气”。可实际上，这首歌适用于任何禁忌之爱。

电视剧《康熙大帝》的“再活五百年”，骨子里充满奴性，仍是三跪九叩高呼明君的那一套，我极其厌恶。同样的“换时间”主题，用于禁忌之爱这样的“私事”，却十分动人。开头便背叛全世界，不管多少人反对，“亦都跟你爱下去，犹如在大战炮火里，毫无惧色冲过去”。

若是终难前行，也不该殉情，因为“先殉了情不对，未反击过已后退”，而是应该“凭着耐性与骨气，维持自尊撑过去”。

听到那句“无能力与霸权比赛，还是可比他多老几岁”，总忍不住笑。有一次跟朋友聊天，对方痛斥单位里的老资格同事工作不认真，又倚老卖老指手画脚，甚至暗中下绊子，最后的一句话是：“我也没所谓，我年轻，慢慢熬，他们总是会退休的。”又想起某篇新派武侠小说，主角身背仇恨，但深感冤冤相报何时了，于是淡漠地对怂恿他报仇的人表示：“算了，我会活得比他长。”

这是无奈，但其实也是勇气与豁达——有勇气面对现实，也有足够的豁达挺过最艰难的时光。

虽然，哪怕我们再长寿，也不能再活二百年，可那句“二百年后再一起，应该不怕旁人不服气，团圆或者晚了廿个十年，仍然未舍弃”，让人听了仍内心如潮涌。是啊，“谁人又可控诉廿个十年，仍然未舍弃”？那些反对的人们，同样无法在二百年后继续指手画脚，即使是荆棘，也有“满途全枯死”的一天。在风口浪尖的人儿，只要有决心，便可“挨着等身边指控死去”。

我一向对禁忌之爱报以宽容态度——只要那是真爱。事实上，我们从来都没有权力对别人的爱情指手画脚，可世人偏偏喜欢这样做。那些风言风语、唾骂指斥，把多少人推上了对立面？让多少人渴望“顽强地等再过廿个十年，等整个世界换风气”？

突然想起一句话：“学生时代的早恋，往往只是互存好感，可若真的发生，往往是老师和父母逼出来的。”其实在所有的禁忌之爱中，这个暗面都不免存在。

黄伟文的词往往决绝直接，面对禁忌之爱时更是如此。《失乐园》的“为恋爱平反”荡气回肠，《命硬》里则有一句“历劫还是再在一起，这种坚决无人可比”。如果这是战争，那就“看战事多悠长，亦决心打到尾”。

还有那首我极喜欢的《世界之最（你愿意）》，一听便知出于林夕之手。那句“如果我没有福气与你笑着入睡，可哭着浪漫又何惧”，卑微中的情切，哀伤中的勇气，都让人动容。

开头便是低姿态，“我愿意放弃我一切，换你一笑亦都抵。如若事业亦是个障碍，我为你放低。我愿意转信你宗教，愿意早晚未温饱”，可我偏偏不太喜欢这姿态——不是讨厌低姿态，而是讨厌极端的低姿态。也许是我一向认为女人应有事业的缘故，便对那句“如若事业亦是个障碍，我为你放低”无法容忍。若我遇上这样的女子，怕是会被吓跑。

不过，这一切只是因为渴望得到爱，苦求不得后，那纠结心态便化作卑微，亦矛盾，成了“我最爱你、我最怕你、我最纵你、我最憎你，我最怕我生生死死使你受不起”（粤语中“纵”即“纵容、溺爱”意）。

情事中，少不得这纠结辗转。爱恨痴缠、纵容卑微，甚至哭闹间要死要活，都无非为了对方说一句“我愿意”。有时也退而求次，卑微地说一句“如果我愿意这说法太伟大负累，请鄙俗地做做情侣”，甚至自哀“谁敢抱着我睡，除非我像谁”。

正因这卑微心态，我犹豫了好久，这首歌到底应放在“卑微”一章还是“勇气”一章？犹豫良久，才因我爱的那句“如果我没有福气与你笑着入睡，可哭着浪漫又何惧”，将之放入“勇气”一章。

其实，这本书的章节之分，多是我私心作祟。若严格来说，每首歌都可置于两个以上的分类——这也说明了感情的复杂吧？勇气与卑微、爱与恨、伤感与甜蜜……往往共存。

青春仿佛因我爱你开始

杨千嬅在电影里的模样，多是大笑姑婆、没心没肺。经得起歧视，承受得了不被爱的真相，咬唇笑笑说“我没事”——好在，导演往往会给她一个大团圆结局，这是厚爱。

前些年的片子《每当变幻时》算是个例外。主角是杨千嬅和陈奕迅，多么合拍的组合。那年的新秀大赛上——记忆中是一九九五年吧，二人同台。我已忘记了前者当时唱了什么歌，却对后者声嘶力竭地唱张学友的《望月》记忆犹新。很多年后，她成了天后，他成了天王，常坐在评审台上的罗文却已成了《每当变幻时》中纪念并致敬的一张黑白照片。

就像那首粤语老歌《每当变幻时》里唱的那样：“每当变幻时，便知时光去。”

一对在街市中卖鱼的男女，他们的十年若是放在小津安二郎手里，怕是一种细水长流的悠然，连辛酸都信手拈来；若是放在法斯宾德手里，朴素镜头下必是离经叛道；若是在蔡明亮手里，只会是一种少言寡语的疏离。可罗永昌拍起来，那就只属于香港人，缺乏技巧却有让人会心一笑的魅力，不深刻却也称得上好看，表演不够流畅却也不做作。

一九九七年，阿妙二十七岁，跟着父亲到富贵墟卖鱼，她希望能在三十岁之前找到一个值得嫁的人，离开街市。二零零七年，三十七岁的她开着她最爱的迷你来到正在清拆的富贵墟前，告诉自己一切只是一个过程。

那时，她放弃了饼佬，想要拾回时，对方和未婚妻开了一家饼店。后来，她人间蒸发般离开了鱼佬，却留着那个“像Prada的Gucci”，当她以为可以拾回时，他的手机响了，当他离开时，门外是他的妻女。

错过不是错误，但错过才会想念。

十年前的阿妙，口口声声地说着“目标”、“计划”，却不知道目标会让人失去许多东西。她离开了街市，失去了所爱。

鱼佬同样坚持着，十年，他失去了卖鱼的档口，却来到了海边继续与鱼为伴。他曾以失败的街市“改革”对抗超市；他曾经在待拆迁的富贵墟里孤独地面对着警察，低着头，用握了许多年的刀娴熟地杀鱼；他曾买下阿妙所有的鱼粥……但当他摸到阿妙紧攥在背后的那个钱包的质地时，他放弃了——虽然，那是他亲手做的防水的“像Prada的Gucci”。

事过境迁，以前爱的，或许已不能爱。

如果，他们都有再爱的勇气呢？会不会打破一切的时空阻隔？也许会，也许仍是无缘，甚至后者的可能性更大些，毕竟，人生不如意事十有八九。可是，勇气毕竟可以带来另一种可能。

哪怕，这勇气的表现形式是祈祷，就像杨千嬅那首《少女的祈祷》。每次听到林夕所填的“祈求天地放过一双恋人，怕发生的永远别发生”，心便不免颤两颤。谁都奢望天佑爱人，可上天能眷顾到的感情，怕终究是少数——尤其是那些“车厢中私奔般”的恋爱。

记得大学时初听这首歌，便对开头的“沿途与他车厢中私奔般恋爱”很有好感，委实如《飞女正传》里唱的那样，“爱到动魄惊心”。年少情怀，最易被轰轰烈烈打动。

只是，这条路上又真会“没任何的阻碍”？实际上，哪怕沿途有绿灯，也不过只是“再多爱几公里”，“当这盏灯转红便会别离，凭运气决定我生死”。

当年很喜欢这关于红绿灯的意象，可后来却更喜欢另一段：“唯求与他车厢中可抵达未来，到车毁都不放开，无论路上历尽任何的伤害，任由我决定爱不爱。”触动我的是“任由我决定爱不爱”，是的，爱不爱，全在自己心里，能左右你的，只有你的内心。

只是，沿途的阻碍虽然无法动摇内心，却还是拖慢了脚步。于是，一边是不舍不弃，另一边则是祈求，“祈求天地放过一双恋人，怕发生的永远别发生”。也有低姿态，“祈求天父做十分钟好人，赐我他的吻如怜悯罪人”。“赐”和“怜悯”都是林夕的风格，而那个“十分钟”，却极残忍——这场“私奔般恋爱”，难道求的只是十分钟的一个吻？

至于结局，终究是不免心酸。于是，便有自责，“为了他不懂祷告都敢祷告，谁愿眷顾这种信徒”。也有杨千嬅式的勇敢质问，“我爱主，为何任我身边爱人离弃了我下了车，你怎可答允”，只因，“天父并未体恤好人”。

少不了的，还有那些化不开的悲伤，比如“对绿灯去哀求哭诉”。而“用两手遮掩双眼专心倾诉，宁愿答案望不到”，那是无助的努力，早已洞悉结果的努力。原来，一切早已无济于事，只是，你能说这努力不是勇气吗？

还有一种“主流”的勇气，没有哀怨期盼，没有含泪祈祷，只有惊世骇俗。它同样在杨千嬅的歌声里，填词的同样是林夕，它是《飞女正传》。

当年初听“若与不心爱的每夜晚餐，也不知哪个故事更悲惨，只愿我能够与你过得今晚”，不禁动容，是坚持还是妥协，这样的故事我们已见得太多。

终究还是妥协的多吧，偶有坚持者，便惊世骇俗，如“悬崖边的婚礼”。

其实，有时执着就是一种任性，有了这任性，才可不畏惧“嘴边伤口”的“大紫大红”，才可不畏惧“挨紧颈边穿过横飞的子弹”。

或许只有年少心性的爱，才可这般无所畏惧，“看不起这个繁华盛世，纵使天主不忍心我们如垃圾般污秽，抱着你不枉献世”。也只有这决绝，才敢下这样的结论吧：“我敢说我爱到动魄惊心，不负你陪过我刹那的兴奋，”真的，哪怕你只兴奋刹那。初听时其实并未留意这一句，后来才发现这是整首歌中最虐心的一句——我爱到动魄惊心，却只求你有刹那兴奋，以无边勇气面对卑微之爱，这才是最大的勇气吧？

这样的爱情，怕只会发生在青春时，就如那句“青春仿佛因我爱你开始”。

这是杨千嬅的《小城大事》里的第一句，看似好像有些奇怪——难道你没爱上对方之前，你的青春期就都不算数么？

没错，而且是理直气壮地回答“没错”，我的青春就从爱你开始。这就好比“相见恨晚”，就好比那句俗套的“遇上你我才知道，以前的日子都是白活了”。可林夕的表达方式、粤语歌的表达方式，都不落俗套。

情绪也跟着这第一句激扬起来，谁不贪恋青春与爱呢？可世间不如意事，十之八九，爱你，结果“却令我看破爱这个字”，还有“无回忆的余生”。

后来再见，仿佛失忆，又似没有回忆，那就抱抱吧，“抱抱我不过分”。心痛的，是哪怕这离别后的短暂偷欢，轻轻一吻，也是“豁出去”的，且“再来也许要天上团聚”。这句“吻下来，豁出去”，在杨千嬅唱来，真有几分命贱如纸的悲怆。

收尾那句也是大爱，“每年这天记得再流泪”，似求恳，又似讥讽，或许兼有吧。

歌词中还是有林夕的小情调。我爱的情调，比如“我在算着甜言蜜语的寿命”，看似简单，但一般人真的写不出来。

黄伟文同样写过杨千嬅的倔强与坚持，无边勇气，只在“咬唇”二字。

有些词，看似平常，不过形容一个动作、一副神情，却胜过万千悲伤。比如咬唇。印象中，这是倔强女子的专利。失落时，咬唇，决绝时，也咬唇，即便做了决定，也是咬着唇的。

怕也只有黄伟文，能看到咬唇背后的哀伤。“咬着唇边，穿起婚纱上路，余生请你指教”，这也是黄伟文式的歌词，连穿起婚纱都颇有几分世界末日、再无快乐的意味。

只是，依旧“咬着唇昂然接受”，哪怕“钻戒这样重，任务空前绝后”。

每次听到“别人都知道我火爆，直行直冲不守礼貌”，便忍不住笑，想起杨千嬅在电影里的那些影子，也想起那首《勇》。于她来说，于黄伟文来说，“热恋大概亦是类似这回事”，“是说谎或是浓情蜜意，不爱下去怎么会知”。

没错，爱便爱了，“将一生都押下，唇都不咬一咬”。

说到勇气，当然不可不提歌名就带着一个“勇”字的《勇》。有时，爱就爱了，不怕拒绝，也未怕失意。

只是，说来容易，做却是难。越是大大咧咧、不怕受伤的外表，越易藏着深切的悲伤。早就有人说过，女人无非两种，一种外刚内柔，一种外柔内刚，前者伤起来，往往痛彻入骨。

黄伟文心中的杨千嬅，怕就是这样一个最易伤情的大笑姑婆，笑给别人看，能伤害的却只有自己。《勇》的可爱，便在笑中有泪处。

不太精致的文字，却起着动人效果，开头的“我也不是大无畏，我也不是不怕死”便是如此。但哪怕“如何险要悬崖绝岭”，“为你亦当是平地”；哪怕“勋章你不留给我”，也“仍然愿意撑下去，傲然笑着为你挡兵器”。

只因，“一想到心仪的你，从来没有的力气，突然注入渐软的双臂。”

只因，“我没有温柔，唯独有这点英勇”。

只因，“渴望爱的人，全部爱得很英勇”。

不过我个人最喜欢的这类“勇之歌”，倒不是出自胸口写着一个“勇”字的杨千嬅，而是林夕填给郑秀文的《交换温柔》。

每次听到这首歌开头的“能共你活着别分手，怎可当世界没尽头”，都在想纠结中的林夕是多么可爱。不过我最喜欢的一段，却是“在这充满争拗的天地，萤幕前巴不得跟你再嬉戏，如果有运气待你好到被嫌弃，为你生怎么怕死，难道我没气力爱惜你”。尤其是“如果有运气待你好到被嫌弃”，在一句话里得以表达，实在是简约到了极致，且低姿态的“有运气”与“被嫌弃”相映，连心酸都带了几分满足的意味。

歌词中虽遍布“温柔”二字，可骨子里只有“勇气”，勇到“将温柔捐给你都怕未够”。

每次听《交换温柔》，总会想起《终身美丽》，一样的舒缓调子，歌词也有神似之处。每每听到“如果这记忆非爱情，连天都不会太高兴”，都会嘴角含笑。也只有粤语歌，才会有这样的表达方式吧？

如果不想记忆有残缺，那就应该去爱吧。即便这“爱有千斤重，重过无涯的铁路”。反正，早已爱着，真的爱着，又何必亏待记忆。

再后来，听到“是你去唤醒我，努力才能被爱慕，但回头目睹，你为我好自己不好，我这幸运儿合着眼睛，只得你沉重身影”，也心生感触。原来，那些过往的努力，终有一天会被发现、被认同、被怜惜。

有了喜欢的这一段，整首歌都动人起来，尤其是听到“对你不止感激敬礼，当你知己才是虚伪”，便如发现新大陆般欣喜——无来由想起梁汉文的《好朋友》，两首歌都出自林夕之手，《好朋友》是无奈做知己，《终身美丽》则拒绝这无奈的虚伪。

因为细节控的缘故，便不太喜欢副歌的流俗，反倒喜欢那不起眼的一段——“记忆无论再轻，轻不过脉搏声，靠你的手臂抱我人潮中畅泳，我这幸运儿幸运到一转身找到你，来为我打气，如果可抱起这爱情，连天都会替我高兴”，“轻不过脉搏声”、“人潮中畅泳”，都是我爱的结构，而“我这幸运儿幸运到一转身找到你来为我打气”，句子虽长，却在旋律中变得圆熟动人。

其实，为你打气的人，也在依赖着你。

林夕为卫兰所填的《离家出走》，一直是我车上音响中的常备曲目，可起因却只是动人旋律。后来有一天突然记起要留意歌词，才发现深得我心，还让我想起了《飞女正传》与《少女的祈祷》。

《飞女正传》中的“跟你去走难”，《少女的祈祷》中的“车厢中私奔般恋爱”，都是离家出走吧？林夕写这样的词，本就驾轻就熟。

开头便是我极爱的三个字——“豁出去”。想来，林夕也是爱这三个字的，《迷魂记》里的“豁出去爱上他人”，《小城大事》中的“吻下来，豁出去”，粤语中的这三个字，让人听了便动容。

这一次，是“豁出去漫游，不通知亲友”。只因“抱得你未够，于这里闷透，才誓死跟你逛尽地球”。

这又是一次“私奔般恋爱”，让我喜欢的是随后那句“何必每件壮举都需要理由”，仿佛早已淡去的年少心性。尽管也有“快活而内疚”的矛盾心态，但仍“不管举世追究，愿扣上你双手”。

年轻时是不是总有这种背叛全世界的念头？是不是总有“恋爱能有幸这样放肆至足够”的憧憬？

其实，哪怕老人家们成熟者们苦口婆心，哪怕过来人身上带着伤，我都坚持认为，年少时应该有这样的恋爱，有背叛全世界的经历。“未枉相恋超出烦恼的禁忌”，听来拗口难懂，实际却极简单，无非是人不疯狂枉少年。也只有年少时，才会渴望“沙砾中拥吻”的凄美，才会有哪怕对方是坏人也“不减吸引”的疯狂，才会有“代价高仍爱你”的冲动，才会有“逃过约束抛开生死”的决绝。

祈祷的意象也在这首歌中出现。“在穷途入教堂进谏，上帝，求你让我共爱侣过更多晚”，有没有让你想起《少女的祈祷》中的“祈求天地放过一双恋人，怕发生的永远没发生”？

可歌中仍有林夕的纠结与宿命，认定恋爱会“有一日轰烈乏味”。情转薄时该如何？他的答案是“就让彼此都别恋他人也不忘记，别个再没法比”。

是啊，即使多年以后，你西装革履按时上下班，每日回家吃晚饭看电视逗孩子，任日子消磨心志，旧时“壮举”仍是心头抹不去的记忆。而且，“疯过后能放弃”，才能“了解喜与悲”，我从不相信一个人在感情上没有经历就能够成熟，也从不认为初恋便结婚之类的“简单爱情”意味着幸福，甚至认为在感情上的想当然会给日后带来隐患。

只是，最后一句打动了我：“人有天总怕死，才注定别离。”年少时的轰烈化作无痕，总有很多客观因素，可归根究底，只是因为自己的退却。

在感情中，能让自己后退的，其实唯有自己。

当秋色不再恬静，当春色染上罪名，
不要医我的病症，只要追你的远景

维纳斯，爱神。相信维纳斯，便是相信爱情。

其实，那些患难与共，那些执子之手，那些不离不弃，那些隐忍坚持，乃至那些埋在心底的爱，都需维纳斯庇佑，都需对爱的信仰——信仰，也是一种勇气。

年少时，常选择放学后去基督教堂的广场一角呆坐。那是一个半山的基督教堂，德国人的建筑之美，向来令我倾慕，而这个教堂，也如糖果屋般梦幻。想来，自己的敏感气质，也多来自于这座处处都有着建筑之美与错落之美的海畔城市吧。虽然彼时年少，可每当教堂里的时钟响起时，内心都无比澄静。而那明澈的心，无论记挂谁，都是坚定的——一切，都源于信仰。

哪怕，就如周耀辉为黄耀明所填的《维纳斯》那样，“樱花不再洁净，烟花散在泥泞”，哪怕“秋色不再恬静，春色染上罪名”，哪怕“孔雀飞到折翼，风霜跌下地平”。樱花和烟花的意象很讨我喜欢，或也是从小看着樱花和烟花长大的缘故，少时最喜欢看樱花败落于泥土，那残败的美已是极致，在我心里最适宜这关于爱的铺排——哪怕凋落如斯，也是美丽并值得坚持的。而最喜欢的，却还是抽象的“秋色不再恬静，春色染上罪名”，用词极漂亮，秋色对应恬静，春色对应罪名，而那个“染”字，依稀可见浓情的摇曳。

那万般意象，不过想证明爱仍然“可晶莹”、“可忠诚”、“可倾城”。

“维纳斯的呼应，上世纪的约定”，似是爱的呼唤，“因此信爱情”，自然而然，那不过是生命中本该有的完美轨迹。

写到这里，便不得不提一首港乐神品——关淑怡的《带我去跳舞》。这首歌开始的钢琴声，轻柔动听，仿似所有动人的港式流行曲，可瞬间而来的高亢，加上歌剧般的唱腔，便惊世骇俗起来。

这首《带我去跳舞》曾尘封数年，跟着关淑怡的复出而重见天日。高昂声音背后，是黄伟文的勇气——带我去跳舞，来一场惊世恋。

好玩的是，开始的第一句“带我去跳舞”，因为唱腔的缘故，我一度以为是英文，而且这印象根深蒂固。后来才发觉自己听错，可后面那句“不走世人都爱走的路”，倒是听得分明。其实这曲子、这编排、这唱腔，本就非世人爱走的路，恰恰需要黄伟文的词来搭配。

“相识至狂恋，最高速度可以几高”，“冰点至燃烧，最低温度需要几高”，这是黄伟文对干柴烈火的形容。或者，真正有缘的二人，本就无需慢热，无缘的二人，给再多时间也未够。

何况，时光本就有限。“人间百万年，一生不过小半天”，“赶快跟我共舞一段”，及时行乐，也对得起内心。

或者，只有这样，才会不怕“时日会磨蚀挂牵，年月会耗损信念”。那高亢唱腔，让人听了便动容，只愿这只得一次的惊世恋，能“经得那光阴的试炼”，能漫舞至最后。

哪怕，直至世界末日。就如《游乐场》中那句“就算是世界末日，抚心自问，都想秒秒惊心”。初听《游乐场》便喜欢，后来看星座书，才知摩羯座的解压场所便是游乐场，或许真有天意——喜欢林夕把情路比作游乐场，喜欢“惊险人生”四字。

喜欢那些暗喻。相识、相恋和相知，就在三句话里呈现。“逐个字逐个字逐个认识，糖是甜唇是红谁是奇迹，看懂了然后寻觅寻觅另一种价值”，以识字喻相识，以糖、唇和奇迹喻甜蜜相恋，以“寻觅另一种价值”喻相知，都是不细心便体味不到的巧处。

那感情却总是抛物线，也有相厌相离。“逐个梦逐副脸逐次累积”，那是感情的惯性，“抱起过放低了然后回忆，然后期待期待下一位接力”，一次次轮回，终无结果。

没错，“如何不得了，烟火最后也会退烧”。

哪怕在那相恋中，也几多波折。“会过面道过别直到熟悉，看一眼吻一次留下痕迹”，看似平淡，可万一“爱不够”，便“存在另一种角力”，挣扎不休。

但这情路，终是美好，如“最缤纷的花园”，哪怕不如初，也“但求动心”。“就算是世界末日，抚心自问，都想秒秒惊心”，让我想到《飞女正传》的“爱到动魄惊心”。

“倘占一席位，都想入座，观赏这个惊险人生”，是啊，经历总比没经历好。

下面要说的是赵学而的《寻人》。业内评价是，一九九七年的《寻人》专辑，让赵学而开始脱离少女感觉。

其实一语双关，恰是那年，她与谢霆锋的姐弟恋浮出水面。后来，他们分手，媒体却也淡然，因为从开始就不看好的缘故。

那年，她还有一张碟，便是《而家17首》，主打便是《寻开心》。那是她第一次卖出双白金，也是最后一次。

《寻人》，填词者是张美贤，赵学而依旧唱得漫不经心，可却让人温暖起来。

她的唱腔，仿似第二眼美女，初听听不出曼妙，再听，才有一股被艳丽包裹着的温暖渗入你心。怕也正是因为这样，她参加一九八八年的新秀，连前三十都不入，后来辗转做了多年主持，才有机会唱歌。她的声音，实在不适合选秀。

她的那段情事，其实我并未关心过，但听《寻人》，还是听得出她在恋爱，“热爱那种心跳，兴奋却始终吸引……想起你的感觉仍然令我惊震”，词不惊人，却有情在其中。

尽管开头就是“别了爱情小说，心不会再天真”，可还是一心相信天意，“仍记住了苍天已分配大家的戏份”。

于是，便不在乎这戏份何时到来，“像注定缘份定可走近，谁会在乎某一秒，如此竟足以记挂一生”。甚至“如果今天这一秒为你倾心，未必真的了解相衬，擦身而过都吸引”，有勇气相信天意美好，亦是寄托吧。

剪去了双眉，还有两眼分辨，
双眼也不辨，还有笑意不灭

过年买一棵桃花，是许多家庭的习惯。我也曾见过有人在桃花前拜拜，嘴里念叨着“好桃花快快来，烂桃花都走开”。

那时我才知道，桃花有好坏之分，坏到极处，便是桃花劫。这事儿的非迷信版本就是：感情这东西，谁说得清呢？

黄伟文填词的《命犯桃花》说的就是这样的感情，貌似桃花劫，却欲罢不能。初听便很喜欢，“不敢很爱你，狂想和你幸福足一世纪，难道我不知，我的你，有限期”，说是“不敢”，实则是舍不得放开。可总有些幸福有限期，极短暂，“错过这一眼，要再见就难”。

“为着惜花者失去花瓣”和“艳丽消失于宠爱之间”，本是同一旋律的不同句子，我却总爱将之前后承接起来，觉得这两句不连在一起委实可惜。

其实那些失去或消失，便在那一晚半晚中，贪与不贪无甚分别——情事终有限期，不管得到多少，遗憾都在。所以，倒不妨多点勇气，并将“勇气全用于一时间，都花得毫无负担”。

最后那句“有你壮胆，就算命犯桃花，要清还，亦斗胆换你欣赏多两眼”，我最爱的是“斗胆”二字，这是国语歌词打死不肯用的词，可放在感情中其实并不突兀，反正想“换你欣赏多两眼”。只不过，年岁渐长，阅世渐深，这勇气在我看来便有几分盲目——哪有什么壮胆，分明是一厢情愿，只有清还才是注定。

更一厢情愿的，是一首九十年代的老歌《恋一世的爱》，来自我最喜欢的女歌手关淑怡，填词的是周礼茂。

若说旋律与编曲，这首歌可算是我心目中的酒吧必备歌，魅惑无边。轻飘飘的吉他，节奏不慢却极舒缓，但歌词倒是热切。

可是，歌中所唱的"恋一世的爱"，只是一个人的恋爱。早已分开，早已离去，可那怀念，还是足够自己恋一世的爱。这也算是一种勇气吧？

这感伤中的勇气，正衬了关淑怡的寂寥声线。魅惑无边的旋律，也在这声线中突然化作漫天飞絮，飘渺于半空，再无所依。"离别以后方知美，你纵远飞还留回味，每夜都想你"，也只是空留怅惘。

也因这怅惘，才期待"某天情能重现，陪伴再热恋深吻，与你抱紧才无遗憾，爱在心中渗"。哪怕，"你我隔远海"，也要"恋一世的爱"。

这种九十年代的老式情歌，罕有林夕和黄伟文式的金句，但短句着实曼妙。关淑怡的含糊吐字，仿若梦呓，异常性感，可那情绪却决烈炽热，"只准我一生，痛快爱一次，除掉你以外，不必有别人"，简简单单二十个字，道尽浓情。

"如没有你在，只等你回来"，若不回来，爱也未会改。守候也需要勇气，不是吗？

关淑怡的另一首歌《难得有情人》，可谓其首本名曲。填词者为向雪怀，深情款款中有无边勇气。歌词述说一段浓烈爱情，简单直接。初听时便喜欢那句"一声你愿意，一声我愿意，惊天爱再没遗憾"，其实，再如何惊天动地的感情，于感情的双方来说，也不过是一声“我愿意”罢了。

只要“我愿意”，那些艰难险阻，不过沿途插曲。

开头的“如早春初醒，催促我的心”，虽嫌老土，可思春思到“不可再等”，那迫切情致也是动人。“含情待放那岁月，空出了痴心”，那个“空”字极讨我喜欢，那是浓情将至前的等待，遇上那个人，方知此前那些年不过是为了等待。于是，便有“甜蜜地与爱人风里飞奔，高声欢呼你有情，不枉这生”。

是啊，虽有“一些恋爱变恨”，但还是“更多恋爱故事动人”，只需有勇气说一句“我愿意”，便可走下去。

即使，这爱中有怨念，若有勇气，也可“笑意不灭”，就如林夕为黄耀明所填的《风月宝鉴》。

风月宝鉴，相传是面妖镜，只关风月。可张爱玲说，那是红楼梦的曾用名，关乎风月，也关乎世情。林夕的《风月宝鉴》，初听则有些愤懑情绪，丝丝怨念接踵而来，可听多了，却从决绝里听出了不甘，又从不甘里听出了笑意，哪怕掌心扑火，却微笑如故。

这样的解释，在一定程度上脱离了林夕的本意，但我就是爱用自己的方式去理解一首歌，无可救药。

“想再见一面，谁要见你的面，想细诉思念，谁要你去想念”，问答间，便自暴自弃。感情到了决绝时，往往赌气成分居多，所以，才有“想免却生离，谁介意你死别；想壮志不灭，谁敬佩你贞烈”，才有“想听信谎言，谁要对你分辩；想到发都白，无法看透黑白”。

说白了，就是没人在乎你的生死，没人在意你的坚持。

可是，还须坚持，那风月，分明不摇曳多姿，却坚定地直指内心。“过眼云烟里兜兜且转转，从顽石取每滴甜”，内心坚定，顽石又算什么？

所以，最爱那句“剪去了双眉，还有两眼分辨，双眼也不辨，还有笑意不灭”，“笑意不灭”四字最是讨好，希望绵长。

又所以，谁还敢说“守得到信念，等不到兑现，补不到奈何天”？即使，你有“桑田永不变”的勇气。

我快将一手掌纹刻进满杯裂痕

分手也需要勇气。

在很长一段时间里，我都认为，林夕为杨千嬅

写得最好的歌是《抬起我的头来》。

旋律说不上特别悠扬，却有点咬牙切齿般的用力，而这用力恰是我喜欢的。那感觉，就像咬着嘴唇，咬破了，带着点血丝，然后决绝地说“你点你的火，我难自己的过”。

别怪我决绝，谁叫你说什么“想三方都好过，不要两边满座”？不想听，就是不想听。

可终究不是表面上那么决绝的，所以，便有了那句“我快将一手掌纹，刻进满杯裂痕，为何还著紧，杯中有你的初吻”，林夕确实是懂爱情的。

也正因为他懂爱情，不舍过后，依然有一句“拿出我仅有尊严来，宣布你我再不相爱”，哪怕心里还是爱着的。

还有一年，我在翡翠台的劲歌金曲上看孙耀威唱《不必为我留下》。那时我不爱那旋律，只爱那歌词。后来听多了，便觉得那平淡到有些别扭的旋律，也契合歌词的纠结。

向雪怀的手笔，未用什么巧妙修辞，只有直接的感官情绪。“彼此都转弯抹角，未针对话题吧”，那是分手前的躲避，“勉强与你

说说笑之后，彼此不知怎么面对吧”，气氛便更沉寂。

“当天的一切爱和情，到现在实在没有火花”，想来只有失去了感觉，才有那沉寂气氛吧。

没错，“爱需要一种天真的勇气”，如飞蛾扑火，要“一分一刻心中都有你”，才“能够经风吹雨打”。而这天真的勇气，却是成年人罕见的品质。

若无这勇气，便只有离开，只是，“离别你也需要一种毕生的勇气”，说一句“不必为我留下”，该有多难。

“要清清楚楚讲声不爱你”，其实比说一万句“我爱你”更难，没有经历过分开之痛的人，很难明白这个道理。

还有中学时便大爱的《不会哭于你面前》，今天来听仍是动人，演唱者是杨采妮，填词者为已作古的林振强。

那种低姿态，到“分手之前祝福有天，你会满意多一点”，便到了极致，“多一点”三个字尤其惊心。不知道为何，这一句总让我想起小说以及现实中那些对逝去感情司空见惯的忏悔，比如，“早知道你到最后记得的全是我当初发火时的气话，我一定不会整天发脾气”，而那些被动的低姿态，一心求对方“满意多一点”，日后记得自己的好，就更动人。

其实，那些“必须更自强”，无非故作坚强，只求对方看到笑容而心安，无非怕你“挂心多一场，笑得未嘹亮”，无非期望你“无愁地飘去，当难留多天”。于是，“当感到寂寞时，亦不骚扰你，因我心上有许多好影像，你的旧模样”，那不过是不见后的心理慰藉，哪怕知道早已不如不见。

还有那些乞求，也是动人，比如“求北风，冬天中不使你着凉，也盼你不知秋愁，笑声继续嘹亮”，总能让我想起《祝你快乐》的“眉宇里存着朝气”，果然，杨采妮后面便有一句“而当春到大地时，愿你朝气冲天上，也托暑天骄阳，照得你路途亮”。

最喜欢的那句“分手之前祝福有天，你会满意多一点”，之前偏偏有一句“盼你能寻到幸运儿伴你闯明天”，两句一衔接，听来便更伤神。都说爱的极致是退后，便是“我爱你，唯忍心的退开在一边”吧。

也有伤心中的憧憬，“四季年年，我但愿长在你的身边，假使将来真可有天，你再爱我一点点，我也会重归於身边”，“你再爱我一点点”与“你会满意多一点”对应，听来更是凄清。

“虽无穷尽心碎，不会哭于你面前”，这需要多大的勇气？

我也笑我原来是个天生的野孩子，连没有幸福都不介意

有时，爱情就是一场拉锯战，进退间，虽无血雨腥风，却也惨烈。有时，你须离你爱的人远些，不然便会被轻视，哪怕，对方是万人迷。黄伟文说，唯一能对抗万人迷的，只有野孩子。

这首歌太适合杨千嬅，她的对策无非一个：“明知爱这种男孩子，也许只能如此，但我会成为你最牵挂的一个女子，朝朝暮暮让你猜想如何驯服我，若果亲手抱住或者不必如此。”

若想被你“最牵挂”，便不让你拥有，不给你亲手抱住，只让你“朝朝暮暮猜想如何驯服我”。可悲伤的是，这般拉锯，对方固然得不到你，你却也得不到对方，牵挂终究当不了饭吃，那些相依相亲，依旧遥遥无期。

“不等于在蜜月套房游玩过，就可自入自出仙境”，这个比喻倒是很妙，说白了就是，即便跟对方很熟，也不等于就能抓住对方的心，在感情上，“没见过猪跑也吃过猪肉”是无效理论。

面对这难抓住的人，只能“情愿获得你的尊敬，承受太高傲的罪名”，只因“挤得进你臂弯如情怀渐冷”，“挤”字用得心酸，有些感情，争破了头抢进去，确会“情怀渐冷”，心依旧伶仃。如此，不挤也罢，无须做你身边众多人中的一个，“必须有这结果才能怀

念我”——让你挂心那个得不到的，才是最好结果。

很喜欢那句“真可惜说要吻我的还未吻，自己就自梦中苏醒”，从含义到句式，都讨我欢心。而“若我依然坚持忠诚，难道你又适合安定”，相互对应，那反问也理直气壮。

只因，“我这个毫无办法管束的野孩子，连没有幸福都不介意”。这种不介意，也需要极大的勇气吧？

疏离。

你睡旁边，
当中那空缺无法以爱消灭

涉及曲目

歌名：《六月和十二月》
填词：黄伟文
原唱：达明一派

歌名：《同床异梦》
填词：林夕
原唱：达明一派

《尽在今夜》
填词：周耀辉
原唱：达明一派

《输给恋爱的女人》
填词：张美贤
原唱：赵学而

歌名：《你有事瞒住我》
填词：甄健强
原唱：陈慧琳

《你瞒我瞒》
填词：林夕
原唱：陈柏宇

《一家一减你》
填词：梁芷珊
原唱：许志安

《口不对心》
填词：张美贤
原唱：刘小慧

《明知故犯》
填词：林夕
原唱：许美静

《嫌弃》
填词：陈少琪
原唱：梁咏琪

《心血》
填词：林振强
原唱：许志安

《这么近(那么远)》
填词：黄伟文
原唱：张学友

《受够》
填词：林夕
原唱：郑融

歌名：《据为己有》
填词：林夕
原唱：赵学而

《自欺欺人》
填词：梁芷珊
原唱：赵学而

《意气用事》
填词：林夕
原唱：赵学而

《两种人》
填词：林夕
原唱：何嘉莉

《告一段落》
填词：李倩蓝
原唱：周国贤

《我应该》
填词：陈少琪
原唱：张学友

《K歌之王》
填词：林夕
原唱：陈奕迅

《重复犯错》
填词：林夕
原唱：古巨基

《爱与诚》
填词：林夕
原唱：古巨基

《冷战》
填词：林夕
原唱：王菲

《人若然忘记了爱》
填词：古倩敏
原唱：郑中基

《知情识趣》
填词：林夕
原唱：杨千嬅

歌名：《塞车》
填词：黄伟文
原唱：谢霆锋

歌名：《八里公路》
填词：林若宁
原唱：梁汉文

歌名：《燕尾蝶》
填词：黄伟文
原唱：SHINE

床从右到左，历遍了寒与热。
情由夏至冬，自那床头送别

那年，达明一派复合，推出《THE PARTY》，有华丽的《南方舞厅》（周耀辉填词），有冶艳的《同床异梦》（林夕填词），还有这首《六月和十二月》（黄伟文填词），三大词人同台斗法。

先说说《六月和十二月》，歌词背后可有影射，暂不去说它，只当它是纯正情歌，便已可亮出“100 分”的牌子。

还是黄伟文的风格，简单直接，开门见山，大谈同床异梦，哪怕“昨夜鱼水贪欢至虚脱”，可“默契却已崩裂”。鱼水、贪欢、虚弱、崩裂，无一词不动魄惊心，连在一起唱出来，亦有着奇妙的语感节奏。

学过古汉语的人都知道，一种语言的声调越多就越好听，语感节奏也就越好，粤语便是如此。而且，粤语中保留了大量古汉语词汇，也有助于节奏感。翻看香港报纸的副刊，许多专栏作家的文字功底和底蕴学识都极一般，但文字的节奏极好，这便是先天粤语环境所造就，也是古汉语残余的一丝风华。

开头那句“床单竟铺满积雪”，先声夺人，若听“同场异梦”音乐会的版本，黄耀明的吐字更是沉郁。都说春宵一刻值千金，可黄伟文笔下这桩床事，却是“谁疲倦太早，负了眼前满月”。我最爱的是那句“你睡旁边，当中那空缺，无法以爱消灭”，床事已至此，情事自是前景不妙，终不免“情由夏至冬，自那床头送别”。

这首歌中仅有两个意象，一是床，一是日历。床事写得赤裸裸直指人心，日历却只用比喻，“你在十二月但我在六月，隔着悠悠长六个月，我是日历上被揭过那一页”，同床却遥远的两个人，终将成为彼此的过去时。

同张专辑里另一首写床事的歌——《同床异梦》，绮丽中的幽怨亦令人动容。在魅惑前奏的铺陈下，第一句“同床同睡，我但求可五指扣实”甚至也妖艳起来，哪怕已明白“我们没有明日”。“陪我一边讲话一边缱绻，鸣谢你让我被成全”，“鸣谢”用得漂亮，“被成全”放在如今这个“被时代”来听，倒是会让人会心一笑。

也有一个细节，恰能看出林夕的心态。当年为王菲写的《暧昧》，有一句“天早灰蓝，想告别，偏未晚”，欲走还留。可《同床异梦》里却是“只想倒数时间，毕竟天色已灰蓝”，那宿命悲观，已非绮丽旋律可遮掩。

原先未曾留意“一边想得到之后放弃了被单，一边想可得到明晚”，后来才发现这一句极讨巧。“放弃被单”和“得到明晚”八字，写尽偷情心事，前者浅尝辄止，后者欲罢不能。

还有一句“求你为我好，持续爱多个月，但枕头却不易逾越”，其实“逾越”用在这里也极好，与黄伟文在《六月和十二月》中的那句“你睡旁边，当中那空缺，无法以爱消灭”异曲同工。

既然说床事，自然少不了些许情色味道。《六月和十二月》中有“昨夜鱼水贪欢至虚脱，默契却已崩裂”，《同床异梦》亦然，但不知为何总让我听一次坏笑一次。“床前磨着你，望聆听你的故事”，那个“磨”字让我只能用“联系上下文”来安慰自己，而“缠绵后拒绝完事，床头上快乐何价快说我知”，“拒绝完事”配“快乐何价”，真是不想歪都不行。

既然说到床事，又怎能不提达明一派的另一首老歌？既然有了林夕和黄伟文，又怎能没有周耀辉？

一九八九年，达明一派推出《意难平》专辑。那时，达明一派成立已五年。而周耀辉呢？他刚进入词坛，为《意难平》专辑所填的几首词是他的处女作。

看看这张让他一举成名的成绩单吧：《爱在瘟疫蔓延时》、《忘记他是她》、《天花乱坠》和《尽在今夜》。很显然，达明一派的选择是正确的。

其实，《意难平》虽然市场反响有限，可却算是一个里程碑。颇具南洋风情的《忘记他是她》，精灵古怪的《天花乱坠》，何秀萍捉刀的《情流夜中环》，都可谓经典。

《尽在今夜》的妙处在于意识的大胆，也在于意境。比如“你躺卧于被窝中，眼合上口半张发披颊上，而你已遁走于梦境中没影踪”，她的心离开了，连梦都不再属于你。

至于“而你冷淡于被窝中……却安守你不忠”，在二十多年前，这样的歌词可以让无数人浮想联翩。

一个词人沾上了达明一派，才情似乎总能飞扬。陈少琪、迈克、周耀辉、何秀萍，乃至黄伟文与林夕，莫不如是。

还有一首歌，亦与夜有关、与床有关，与疏离有关。有些一方有意一方无心的爱情，往往可延续。“只要天真，只要信任”，说白了便是盲目，有情的那人一头栽进去，哪管对方的漠然。

可这单方面的奉献，即便快乐，也少不了落寞或动摇之时，少不了认命，怨自己输给恋爱输给对方。在张美贤填词的《输给恋爱的女人》中，赵学而唱出那句“平凡身躯都可以极性感，只要轻关上灯”，不见哀怨，却迷人，也惹人怜惜，果然是“随时随地不变的亲近”。

可这爱情，却与亲近无缘，那些一厢情愿，无非纵容了对方，“情人痴心因此你愈放心，找你开心恋上别人”。可放纵却无碍这感情的继续，只因“情人伤心只需你愿抱紧，可以恋得更深”。

肌肤相亲，便忘掉一切。

也有不甘与自责，“我为何要受怜悯，这一切开始至今，即使说分手已一千次，仍没有飞走的决心”，哪怕，“当初我都想过高飞去，曾是有决心”——一见，便是心软。

而对方，始终“拒绝受困”，不在你左右，只因“知穿你心”（粤语中“知穿”即“识穿”）。

我错在无胆，要你印证这穷途灾难

你有事瞒住我，那是许多恋人情断前的无奈。印象中，《一家一减你》、《离开以后》都有这样的情节，“疲累”二字也总会出现，比如《一家一减你》里面有“宁愿你推搪说疲累”，而《你有事瞒住我》中，开头便是“今天亲我嘴，万份疲累在眼里”。

其实越是爱侣，越容易感受到对方情绪的变化，知道“你似没情绪”，才会有“我吻到已经缓缓落泪”。

不过是嫌闷，不过是腻了，不过是贪心忘旧，可另一方，“活在过去，心早已碎”。

喜欢那句“如果并未来电是疏淡，我错在无胆，要你印证这穷途灾难”的用词与节奏，疏淡和穷途两个词，放在这里尤其让我喜欢。一段疏淡的恋爱，于一个女子而言竟已成穷途灾难，多少有些触目惊心。

可依旧不舍，依然“没有胆共你散”（粤语中“共”即“跟”），依然“日夜期盼”，只是“经已独自每晚”（粤语中“经已”为“已经”），换来的却是“你话我极烦”（粤语中以“话”为“说”）。不是有人说了么，感情淡了，昔日的优点也变缺点，再万般迁就，也换不来对方认同。

此时此刻，“补救或是太晚，话见面已极难”。

也喜欢那句“该继续呆等吗，已有个为我接力吧”，“接力”二字让我想起《三角志》，“过往那最光的火花，已逐夜在没落”，不过是这类感情的注脚。

无奈之下，便有这段“始终都要拣，六月还是在圣诞，你决定时间，我这个女人随时孤单”（粤语中“拣”为挑选之意）。甄健强的这一段，太似黄伟文，平淡无奇的一句“你决定时间”，那哀伤却到了骨子里。

其实，情转薄时，“从前狂热过，今天竟不肯拖我”，早已是必然。哪怕悲泣“你这秒在哪里，我都不清楚”，对方却依然在想着如何放下你。

相比《你有事瞒住我》，林夕为陈柏宇所填的《你瞒我瞒》内容相仿，可境界却“大不同”，只因多了“我瞒”。

爱情的瞒骗，有时并非一个欺瞒一个上当那么简单，而是你瞒我瞒。至于区别，无非你主动而我被动。你想离开，便瞒着我，我不想分开，便也瞒着我，在自欺欺人中继续爱情。

哪怕抱着，吻着，心都远离。至于约会，那“像是为分享到饱肚滋味”。

最喜欢那句很多人未曾留意的“尽管紧紧抱得稳你，两臂却分得开我共你”，明明已是身贴身，却依旧分得开，亦算纠结的佳句。

后来听多了这首歌，总想起许志安的《一家一减你》。“仍宁愿亲口讲你累得很，如除我以外，在你心还多出一个人，你瞒住我，我亦瞒住我太合衬”，还有“这就是谈情，客气得吓着我，除了近来繁忙，我所知有几多”，像极了《一家一减你》里面的“在你不肯抽空参与的晚会里，仍独个故作最快乐模样，为你解释只因太忙，掩饰真相，我在笑，相当勉强。宁愿你装起骗人面具，宁愿你推搪说疲累，宁愿不哼一句，我也不想知道，其实你另有一位爱侣”。

真的，所谓感情，“大家争吵斗嘴好过，胜过笑不出声抱着我”。

“你瞒住我，我亦瞒住我，太合衬”，这一句真是大杀器。那无力挽回的悲怆，在“我亦瞒住我”中蔓延。

再说说刚才提到的《一家一减你》。这首歌实在奇妙，录音室里的版本平平无奇，演唱会版本却动人心魄，尤其是某场演唱会的电吉他版，让这首典型的九十年代港式情歌突然焕发神采。

填词的是梁芷珊，这位专业填词人早已转型为专业作家，还写了《四叶草》。歌词的第一段其实是各种场景的描述，恰是梁芷姗所长。“在你不肯抽空参与的晚会里，仍独个故作最快乐模样”，二十二个字写下一个晚上的情致，别人问起，则“为你解释只因太忙，掩饰真相”，这戏剧画面，又是影视剧中所常见。

其实，此时已情尽，只是不舍放弃，才尽最后的努力，所以才会“无论你多不高兴，故意挑剔生气”，仍“沉着气为了等新的转机”。

十几年前初听这首歌，正值凡事都会想歪的青春期，所以最留意的是“宁愿你推搪说疲累，宁愿不哼一句”，然后坏笑，后来才念及后面的“其实你另有一位爱侣”是何等悲怆。

副歌里有一句“若要公式地说谎，你已经不必再讲”，语感节奏极好。其实，《你瞒我瞒》、《你有事瞒住我》，说到底也都是这一句：“你已经不必再讲”。

与这首歌类似的还有张美贤为刘小慧所填的《口不对心》。和草蜢中的苏志威结婚的刘小慧，也是九十年代时我极喜欢的女歌手。那时我读中学，常去音像店买碟或录歌，选择多是每周香港翡翠台“劲歌金曲”节目中的新推作品，记忆中的无数好歌都出自那时。

《口不对心》也是那时的歌，曾在排行榜上流连，也进过季选。多年以后，记得这首歌的人已不多，大家恐怕只知道她如今是个幸福的小妇人吧。

《口不对心》的主题是情事疏离，孤单女子不知如何面对对方的淡漠，以致“深宵镜中是我去问我，此刻有哪些未及别人”，颇似皇后问魔镜的场景，却只有悲怆。

仍是隐忍，“脸上从来没有眼泪印，可否知道我也有不开心”。“等且一再等”，才等来对方的陪伴，便“只想世间从今起没凌晨，让我共你这般靠紧，在这夜永是情人”，以低姿态祈祷所谓的永远。

另一段极有画面感，恰是我喜欢的，“心底仍然没法接受你手牵我眼睛又望别人，却在回头尚要去问我怎么此际看似有不开心，心中苦痛还是对你容忍，即使你仍幻想亲近别人，是我愿意说不要紧，又与你笑共前行”。这情境着实虐心，卑微姿态只因为爱，到“是我愿意说不要紧，又与你笑共前行”，已是无边坠落。

疏离爱情到了这地步，往往自欺欺人。就如《一家一减你》中那样，“宁愿你装起骗人面具，宁愿你推搪说疲累，宁愿不哼一句，我也不想知道其实你另有一位爱侣”，《口不对心》里也有“徘徊是问号却不愿问，害怕让疑问变成真，怕你在沉闷里偷与别人热吻，仍强调我对你尚有着那十足的信心”，其实，信心早已全无，但不能不选择相信。

这“口不对心”，其实“全为了讨好心里面有情人”。

《明知故犯》也是这一类歌词，对方另结新欢，“我”却孤单寄居。林若宁曾说，林夕写这首歌只用了一顿午饭的时间。

当年很爱许美静的声音，有人说是“纯净的沙哑”，可我却分明听出了几分风尘味道，也爱极了那魅惑。

“其实我不怪谁，在你掌心里，偏偏我要孤单的寄居”，已是低姿态，只是这“无谓的负累”，终是不忍失去。“谁也知夜夜与她那内情，可惜我瞎了眼睛，真相哪须说明，而我却哼不出半声”，怕也是因为舍不得，因为舍不得，便也“甘心去做你布景”，甘心“得到你的爱情，还要再得到你任性”。

爱到极处，或许总是任性的，用自己的任性去包容对方的任性。

在这样的感情里，想必少不了嫌弃眼光。而嫌弃你，其实是因为不爱你。真的，从没有无端端的嫌弃。而对于被嫌弃的人来说，“嫌弃眼光尤胜耳光”。

陈少琪为梁咏琪所填的《嫌弃》，开头便是这句“嫌弃眼光尤胜耳光”。紧跟着的一句“和你在静止中对望，如在大海上望不到岸”，看似平平淡淡，却真的惨痛到让人找不到一根浮木。

被嫌弃的一方，总免不了低姿态，于是，便有“如我谈话举止不当，也请你惩罚我改变状况”，姿态真是低到了骨子里。可有心嫌弃你的还是会嫌弃。

副歌的“曾说放手仍在你手，完全没自主跟你走”，我从第一次听便固执地认为是“完全没自尊跟你走”，或是我潜意识里总觉得自尊二字比自主更恰当——有时，爱情就是全无自尊的，如《钟无艳》，如《最佳位置》。

有时，被嫌弃的人也会提出些要求，或说抗议，却是无力的，“可不可以照单全收，可否不要热吻后嫌我未够”，看了便觉凄恻，说得如此软弱，怕只是因为“曾说放手仍在你手”吧。即便是最后的“如我太差，应该一个”，也看不出半点要离开的意思。或者，本就离不开。

离不开，既是因为爱，也是因为自己为这爱付出的心血吧？林振强填词的《心血》，未算许志安的大热作品，却让我初听便喜欢，第一次便记住了“谁如我爱你那么多，别当我犹如路过”。有时候就偏爱这种深情。

“发觉你变得敷衍我，你的手逃避触摸到我，若晚上和我坐，亦无言无话像厌我”，这就是《离开以后》开头的翻版，一直偏爱这个调调，外加“像厌我”这样的节奏。

每对恋人其实都付出过心血，“共同度过生命悲伤欢畅”，可离弃时，却往往忘记这些，只剩被弃者说一句“谁如我爱你这么多，为何仍然赠我这苦楚”。

那“纵相拥如陌生者一个”的感觉，也是煎熬，“是我们完了吧，或旁人随便代替我，我怕知知得多增添痛楚”，“随便”和“怕知得多”，触目惊心。

有时，若真的情尽，下一个接替者，或许真的是“随便”而来。

所谓疏离，《这么近（那么远）》这个歌名是极好的诠释。“这么近”指身体，“那么远”指心。心的距离，往往不是身体可以拉近的，就像林夕那句最漂亮的国语歌词——“可能在我左右，你才追求孤独的自由”。

哪怕“日日夜夜面对面，既相处也同眠”，却仍要面对“纵相对却无言”的局面。乃至于，心的距离仿似也拉远了身体的距离，“望着熟悉的背面，原来身影离我多么的远，像天涯那一端，没法行前一寸”。

喜欢那句“触摸得到揣摩不到”，很多时候，感情不外如是，“相宿相栖不声不响”的情境，其实最是凄凉。留人，却留不住心，“也许终于都有天，当你站在前面，但我分不出这张是谁的脸”，那是心的疏离所终致的结局。

哪怕，“就欠一点点”，“但这一点点却很远”。

《受够》，同样讲述感情的疏离。对方去意已决，只差清楚明白说出“分手”二字。二人之间已无正常交流，“留言每次多乏味，全是叫你覆机”，甚至见面也稀罕，“三天给忘记，三天够情人闻到这气味”。

一言以概之，“没声息的你在盼待我肯心死”。

曾有人说，男人不爱提分手二字，往往喜欢用冷处理的方式，等待对方提分手。郑融作为“受害者”，唱得凄怆，直至决绝，唱出了“如我再等不到你找不到你便出走，不需再要清醒一下分开一下说出口，我想通想透就当让你得手”。反正，“从前赐过我欢喜，难道我怕可悲”。

最抢眼那句是“不想放慢我失恋节奏，不等你说分手”，原来，受够了的境况下，失恋也需先下手为强。

抱著你我便会恨你，痛恨你不讲续集日期

有一种苦恋，不是单恋，却也难成正果。对方若即若离，有空便来找你，没空便无音讯。你又放不开，唯有等待。我喜欢的赵学而，唱过很多这样的歌。

当年，赵学而也参加过选秀，但早早便遭淘汰，可出唱片后却一度大红。有人说这是选秀的错过，其实不然。她的声线确实不适合喧闹的选秀，但慵懒中带着几分魅惑，极宜幽怨情绪的铺排，暗夜里传来，总动人心魄。尤其是那首《寻开心》，看似漫不经心，却足以让人沉溺。

林夕填词的《据为己有》并不出名，不及《寻开心》，也不及《输给恋爱的女人》和《每隔两秒》，但词却是我极爱的。其实林夕的妙笔，并不在那些人尽皆知的大路货中，反倒在一些不起眼的歌中隐现，如《据为己有》里的“抱著你我便会恨你，痛恨你不讲续集日期”，恰是我喜欢的语感节奏，亦有一个贴切的比喻，“续集日期”四字让看惯港剧的我总会心一笑。“贴近你，心便会连绵失火，爱著你我便厌倦我，厌倦每天死命地拔河”，“拔河”二字于之挣扎，在此处同样可算妙喻。

还有一句“用你的手帕，磨平艳丽的伤口”，“手帕”与“磨”，“伤口”与“艳丽”，看似不搭调，却是绝配。

只是，歌中情致只有哀怨，一场“有花开过”却未结果的感情，终不能将对方据为己有。

梁芷珊也曾为赵学而填过一首类似的歌——《自欺欺人》。这首歌中的对方，同样“不讲续集日期”，只是“偶尔来一晚”。

初听时，直觉是黄伟文的词，“用我冀盼的双眼，换你偶尔来一晚，用我无穷容忍姑息你，但你视作等闲”，这难道不是黄伟文的狠到绝的自虐？后来才知道，那是梁芷珊所填。

赵学而真是适合唱这样的歌，虐己虐人。歌词所言，无非“等待”二字，期待你回来，期待你留下。当然，即便期待落空，所失去的也无非是时间，就如那句“期望我忽然后悔之时，仍未伤得太深，其后淡然习惯”。

看似豁达，但也还有些不甘，“即使不稀罕赔掉时间，我总有天气馁心淡”。

后来，这首歌总会让我想起《最佳位置》。后者似乎更凄清些，只盼对方身边能留下一个位置，“你共谁好都不碍事”，只盼“比不上恋人，但厮守一辈子”。而《自欺欺人》，却依然会是被选择中的一个，只是“不可以独个令你心仪”。

让人最动容的还是那句“用我青春押一注”，我们都曾用时间下注，可不管得到或失去，时间终是回不来的。

或者，我们真的从未得到过什么。

说来也巧，《据为己有》、《自欺欺人》再加下面要提到的《意气用事》，三首歌都是同一主题，歌名都是四个字，我一度将之视为赵学而的“苦恋三部曲”。

有时，爱情不过是一场意气用事。赵学而的婉转声线，其实最适宜这纠结情绪的铺排，适合那“莫名地失望又期望”的情绪的渲染。其实，失望又期望，如此反复，无非为了“要分享你的隐私”，乃至不顾一切，无视身边人的关心，哪怕那“心头刺只不过沾污了一张废纸”——这一句，真是低姿态。

那些“开心伤心私心苦心惊心偏心”，都是内心的纠结，只是为了“等他人同意”，而那“漫长心事”，说来简单，不过是“为了得到你敷衍我一次”。而对方呢，“用蛮力勾销了往事”，只是不想跟你勾勾尾指。“用蛮力勾销往事”和“勾勾尾指”的鲜明对照，极是触目惊心。

也喜欢那句“近乎多事尽人事”，这是国语歌里决不会出现的搭配，实在讨巧，还有“漫长心事未完事”，也属此类。

最后那句“不只是为你点点头微笑一次”，看似平淡，可联想到前面的“为了得到你敷衍我一次”，那心酸便汹涌而来。

让记忆比真相完美

那年，她叫何嘉莉，与谢霆锋拍拖。后来，她改名叫何俐恩，但并没有让她走出困境。再后来，她消失了。

她长着一张娃娃脸，说不上漂亮还是不漂亮，她的声音也并不好听，唱现场一定会走音。但在当时，她的条件还算可以，英皇也是捧过她的。可惜，她碰上了“谢霆锋魔咒”。那个阶段与小谢拍拖的人，总会走入事业的低谷。连声色艳丽的赵学而都逃不开这宿命，何况唱功本就不好的她？

她最好的歌是《两种人》，而她与谢霆锋，也许本来就是两种人。这是我眼中的港乐遗珠，听过的朋友都说好。填词的是林夕，词中尽是纠结，开头便是“未够爱你才会与你拥抱，抱过你才没法离开你，吻过你而未爱你多好”，这是兜着圈绕着弯的感情，丝丝缠绕，谁也搞不明白到底是怎么一回事。大概就是，本知道是两种人，本想逢场作戏，后来便沉溺进去，变得认真了吧。

这认真，当初怕也是对自己叮嘱了千万遍“不要”的。“就算开心不要倾心得太早”，但偏偏还是认真了，无奈，只好“痛着爱笑着吻”。

早知道“你共我是两种人”，可“偏偏一抱紧你就比世上情人还吸引”，世间这般情事本也极多。而“吻尽也没法令爱发生”，亦是注定的结局，“开心得痛心”，则是“笑着流泪”的另解。这也是一种疏离吧，彼此快乐却知道终要分离的疏离。

最爱的一句，是“放弃以前让我抱紧你，抱你以前别说对不起”，用了顶真修辞，恰是我爱的趣味，紧跟着的“让记忆比真相完美”，便让人心酸瞬间盈满。

这种预知结局的感情，在周国贤的《告一段落》中亦有呈现。

在你的人生中，可有一段感情，在某一刻让你不再奢望会有结果？哪怕，它仍继续——你已知，终有一日，告一段落。

初听便喜欢的《告一段落》，尽管歌者声线过低，高音唱得吃力，让人有此歌所托非人之感，但李倩菱的绵密歌词和落寞情绪，还是动人。

“不理这世界多罕有，反正只爱伴你梦游，再碰上运气都不及你”，很容易让人想起《明年今日》中的“在有生的瞬间能遇到你，竟花光所有运气”。反正，遇上你是最大运气，一切皆不及你，只愿“每天跟你种下长期盛放的蔷薇，无数夜晚共你欣赏天气”。

哪怕，这感情荆棘遍布，美好中带苦涩，仍“不怕灰暗伴你逗留，跟你走到异国尽头”，只“怕欠缺力气捉不住你”。“日落纵使不美，却像藏着独有的奥秘”，亦让人不免心有所感。

可终难前行，“无奈告一段落，短促的幻觉，从某月某日再不奢望会有结果”，此后的一切时日，不过苟延残喘，不是为了走下去而继续，只是因为难舍，“继续爱下去可有趣，伴侣渐觉累，怎么爱下去也剩低一片焦土”。

只有经历过这种早已不奢望结果的恋爱，才会真正明白这首歌吧。

直至问题越来越多，“失去预计”，终在“一夜之间分割”。“直到吻下去，才发现已放手”，实际上，先前的无数拥吻，也早已是不再奢望有结果的吻，身不由心。

从此，仅有回味，再无痕迹，“浮现那天雨中纠缠，等不到结局，最后某夜各自苏醒”。“各自苏醒”怕是最好结局，这感情就此遭遗弃，“遗下再无人到过的家，痕迹被灭去”，那一切不过“像褪色多天的心痛眼泪，长久装饰下去”。

陈少琪为张学友所填的《我应该》，也讲述这终将无果的爱情。

我应该如何？假如，“你高山我深海”，彼此那般遥远，终难触碰。是继续，还是离开？是勉力包容，还是故作洒脱？越是深爱，越难取舍。

“你眼角脱了色彩，颈巾即将松脱下来”，夜夜笙歌中，未将我装载于心。只是，你“仍然在说不必分开”，那便难分开，不舍仿似也成了罪过，害的是自己。

“盼你性格会更改，始终苦等一个未来”，这样的歌词由张学友唱来，太有凄清质感。可回应却残酷，“你讽刺我人活于五十年代，不用再等一个心爱”，更残酷的是，“常痛哭至在门外，谁人共你正在内传来声声喝采”——只是，若是更虐心的黄伟文，怕会写“谁人共你正在内传来声声呻吟”吧？

这样的感情，“应该早已没期待，应该心死……应该不要回来任你伤害”，却终未放开。

那首已成港乐经典的《K歌之王》，虽隐含讽刺，但若抛开这些，只以情歌相待，也能看出内中疏离。

你有没有过借K歌表达心意的经历？那些说不出口的爱，似乎可以唱出。可若是得不到认同，纵然唱出心意又如何？不过一句“K歌之王”的评语。何况，“我唱得不够动人”，以至于要说一句“你别皱眉”。

不知道是不是因为黄耀明的《下世纪再嬉戏》的缘故，我尤爱那句“我愿意和你约定至死，我只想嬉戏唱游到下世纪”，这首歌名无处不在的歌，很容易让你在自己的喜好中发现一些情绪。

K歌，那不过是一场寄托，满心无奈。终究，“拥抱若未令你兴奋”，且“爱不可感动人”，既然如此，即便“便宜地唱出写在情歌的性感”，可那“俗套的歌词”，又真能“煽动你恻忍”？

其实，哪怕“唱出心里话时，眼泪会流”，哪怕心中万语千言，结局也不外如是。对方无心，自然会将你“漫天心血一一抛到银河”，连一丁目也不会赠你。

当年很喜欢那段“给你用力作二十首不舍不弃，还附送你爱得过火，给你卖力唱二十首真心真意，米高峰都因我动容”（粤语中“米高峰”即“麦克风”），尤其喜欢“还附送你爱得过火”，这是典型的粤语歌词的句式与节奏，“附送”令人尤其心酸。

最后一段的对比，不知道为何总让我想起《明年今日》的最后一段。虽然这两段其实完全不搭，可于我而言，都是欲绝的伤心，《明年今日》是“在有生的瞬间能遇到你，竟花光所有运气，到这日才发现，曾呼吸过空气”，原来，遇到你之前，那些爱都不是爱，原来，花光所有运气遇到你，人生才真正有呼吸。而《K歌之王》，那是我爱你你却不爱我的极致，“我只想跟你未来浸在爱河，而你那呵欠绝得不能绝，绝到溶掉我”。

面对深情，还有比呵欠更无情的么？

接吻却无心，也是歌词中关于无情的常见意象。有时候，爱情不过只是假象，你爱的人不一定爱你，哪怕长伴你身边，比如林夕为古巨基所填的《重复犯错》。

结伴出游，也并不快乐，“无谓问那次飞关岛畅泳，其实你找不到任何的高兴”，更遑论平日，“也许跟我吃喝进睡，会一生都使你有阴影，但求要逃命”。这首歌里最让我喜欢的句子，还是“仿佛以往接吻过程，无异于吻过路人，所以细雪无声”，“接吻”与“过路人”、“细雪无声”相对，听多几次便听出了不甘与绝望。

那绝望，到了“唯望你吻别时做回些反应”的程度，也到了“突然之间很喜欢你恨我”的程度。其实，给点反应，哪怕是恨，也比冷漠更好些。

有时候，对于被动结束感情的一方来说，如果可以选择，便宁愿你恨我，才不枉那“以掌心扑火”般结束感情的决绝。

永远静静地寂寞地演你爱侣，别管你想谁

那年，满街都是《爱与诚》里那句“做只猫做只狗不做情人”，是什么样的恋爱，才会卑微如斯？只有那些留不住的感情吧。

“大家早已嫌大家”，各自扮忙，心知肚明留不住你，只等你说分手二字。这样的恋爱，“真比失恋更惨”。

那压抑如影随形，“长期扮演若无其事般更困难”，只求“要是你愿意诚实讲一趟，彼此都起码觉得释放”。是啊，既然你“没法真心爱下去”，我“只好真心真意地结束”。

明明为时已晚，这样的牌，“一早该要摊”。走前，“望多一眼，一生都将会记得今晚”。

这是典型的林夕，也是典型的情途末路。要走的人，留多一天或几天，终掩不住要走的事实，当你为留多对方一天而庆幸时，却不知道离末路和陌路又近了几分。

也只有那般深爱，那般在乎，才有分开的撕心裂肺。哪怕早知留不住，可事实仍是心里那根刺，于是，才有“别再做情人，做只猫做只狗不做情人，做只宠物至少可爱迷人”的悲怆。落魄中人不如兽，本是老掉牙的调调，可这猫猫狗狗和“至少可爱迷人”，还是让人动容。

不过更让我喜欢的是随后那几句，“沦为旧朋友，是否又称心，

没有心只像闲人，若有空难道有空可接吻，注定似过路人陌生”。“沦为”二字触目惊心，“没有心只像闲人”更是触目惊心，道尽一切无心无爱。而这闲人，再有空也是无用，“难道有空可接吻，注定似过路人陌生”，再加一句“这预告发自虔诚内心”，更是动容——凄凉预告时，心注定滴血。

最后那句，“盲目的我，现在也可转台来贺你新生”，仿若赠兴，面带笑容，却撕心裂肺。

与如此凄凉情境相比，冷战又如何？有人曾说，宁愿吵架也不愿冷战，也有人说，宁愿冷战也不爱吵架。但无论吵架还是冷战，都不是好事。

多年前初听《冷战》，便听出了王菲的不一样。这注定是天后的路子，飘于天际的旋律和嗓音。而那歌词，也得我心，那或许是我心目中林夕最好的歌词之一。

开头便漂亮，“无声之中怎可知真拥紧你，如触摸一堆飘忽空气，眼看无数个问号被静默的你吻去，只好自欺”。那冷漠无言中，连肌肤相亲的相拥都是虚幻的。而“无数个问号被静默的你吻去”，真是我大爱的句子，那些内心疑问，并不曾在温存乃至性爱中被解答，却可让人自欺，沉湎于快乐。

“据闻你与那默剧艺人恋上了，我也学别人，静静地演我这套戏，亦不愿分离”，那些一厢情愿的爱情，往往如此，静静安守，只为这感情的苟延残喘。甚至，“永远静静地寂寞地演你爱侣，别管你想谁”。

于是，“相对不发一言，似是你共我有了默契，永不要幼稚的骂战”——都以为争吵对骂最伤感情，可实际上，沉默才是最伤人的，冷战才真正会摧毁感情。更何况，到了“多少年共对亦无言”的境地。

只是，“流言风一般于身边一声一句”，那滋味太是难熬，“从不听不讲不想一句，怕会无意揭露令人难圆场的证据，怎可面对”，这感情，已无姿态可言。

即使曾经“破裂过厌弃过，怨过伤过变过你”，可“我却永远怕说破”，“冷战再冷战再冷战，一错再错，我却爱上这个错”。唯一可聊以自慰的是，“直到目前，我爱你你也爱我”。所以，“欲爱但忘言”。

可是，如果对方忘记了爱呢？

郑中基早年那首《人若然忘记了爱》之所以被我记住，主要是因为MV里有昔日灵秀、后来却领综援度日的陈少霞的缘故吧。

在那MV里，她和郑中基互甩耳光，让人看得心疼。其实不知道为何，当年总觉得这个外表秀气的小女生有御姐气质，或者因为一出连续剧吧，剧名早已不记得，只记得片尾曲是陈百祥的《分甘同味》，她演大姐，干练却温柔。至于以后的角色，多是乖巧小女生，比如《鹿鼎记》里的双儿，我反倒无感。

那时的郑中基，也刚出道，歌都好听，声线也好。

“是你这刻倦了吧，没有温馨在眼神，冰冰冷冷，鲜花也再无法将温室的暖意还你心”，那是九十年代的风格，女词人的手笔，细则细矣，却欠才情。“是你这刻闷了吧，没有火花在眼神，昏昏沉沉，烟花也再无法将缤纷璀灿带回你心”，那不过是每段感情的末路与陌路。火花没了，烟花都照不出一丝亮意。

“人若然忘记了爱，忘掉如何去相爱”，那该如何？让你离开，还是“求你来臂弯中留心的倾听每一声心跳”？其实，哪怕你离去，也如没有离开，“你是藏我心的挚爱”。

也求你，“和我于窗前细心一看，每一天风雨，每一片尘埃，也为你真挚的记载”，那些过往，就这般记在心上。

其实，分开后的挂念，不一定每时每刻，“在现实或会间中遗忘”，比如繁忙时。但“如仍旧情深，哪怕间歇性面对失望”，这话真好。哪怕失望成常态，但爱意不变。

与你淡似水，便千杯不醉

若疏离终无可避免，你应该选择一个怎样的姿态？林夕又说：要知情识趣。

杨千嬅这首《知情识趣》，亦算恋爱中赌气式的开解。其实感情当中，最重要的是识趣，尤其是在心越走越远的时候，就更得识趣。不识趣的话，伤人倒没啥（反正人家已不爱你，伤就伤呗，谁怕谁），关键是伤己。这是最典型的拿别人的错误来惩罚自己。

《知情识趣》的开头，便是对方的步步紧逼，“是存心逼我去紧张，抑或让我知是时候散场”。即使早有心理准备，“知道相恋也许是场较量别尽露真相”，更“不期望你交出一世情感”，也难堪重压，甚至会“可任我选，别暗恋更怕苦恋”。有时，暗恋尚有一丝自我安慰甚至窃喜的小心思。可苦恋呢？一切都在明处，任谁都免不了有输不起的那一刻。

副歌里点题的那句“我不止三岁，我当然识趣”，看起来不像事实的陈述，只像一句气话。其实，诚挚不难、沉溺不难、热切不难，甚至冷淡、决绝都不难，感情里最难的，就是识趣。

所以，“与你淡似水，便千杯不醉”，这句“君子之交淡如水”的恋爱版本，实是至理，亦极无奈。

有人觉得识趣只是弱者、或说受害者的事情，人家都不爱你了，你识趣吧。其实不然，即便你万千宠爱在一身，也得有识趣的时候，这一点更难做到，也更难学会——当然，这一点不在此歌的范畴。

看尽处处是纪念碑，我竟闭上两眼看成这一世福气

以物喻情一向是港乐拿手，公路更是其中常见的意象。黄伟文写《塞车》，便是指感情的困惑难行。

感情到了瓶颈期，“我所有耐性用完”，可魂魄心绪却如方向盘，在塞车中无能为力。而你呢，“你任我沿途在怨，犹如从未听见，继续黑起脸喷着第四口烟”，“第四口烟”四个字真是动人，女人抽烟若是好看，往往美到绝，哪怕是“黑着脸”。

还有一些黄伟文式的妙喻，都是我喜欢的，“我跟你在等弯转，何以未转灯”，用开车时的拐弯暗示感情的转机。而“我又再泊前十寸，难捱程度不变，翳闷车厢里各自坐上针毡”，语感节奏也讨我喜欢，更喜欢在自己的车里如坐针毡的比喻。

前路已是不清，“未看到如何前去，但已知无从回去”，明知是错恋，却还是“多爱一天再一天”。

可这感情，却难放弃。最喜欢的一句是“离合器令我很累，逐寸地逐寸地蚁行下去，被困这里没法收队”，以车子的离合器喻意“离合戏”，怕是以车喻情的最妙选择。“蚁行”和“没法收队”对应，看似骑虎难下，实际却是坚持。看惯港剧的人一定对“收队”二字不陌生，警察行动完毕便会收队，这个词用在这里，看似不搭，却全无突兀。

“我原来无路可退，停留在重灾区，着了灯仍呆坐这里，这关系像架车，困扰挤塞的市区”（粤语中以“架”为车的量词，与“辆”

同义），那心绪也是动人。很喜欢“重灾区”出现在这里，“这关系像架车，困扰挤塞的市区”，困扰的，怕也是逼仄的内心。

真正的情绪隐藏在最后，“无言同路的一对，看着残酷的世界”，即便心是远的，可终究是两个孤单者在依靠对方。于是，“还能做做爱侣，还是要忍下去”。

因为爱，因为孤单。

林若宁的《八里公路》也讲感情的疏离，这是我眼中最好的以公路为意象的情歌，也是我眼中林若宁最好的一首词。

梁汉文的中音着实迷人，恰恰契合悠扬平淡的曲子，清澈淡然，却总能让我听出悲怆。“也许爱到最远，我们只得八公里”，到那一刻，便无法再前行，一切不过白费心机。只是，“未去到结尾，并不知相恋这段路太短”，爱情大抵如此。

很喜欢那段“咪表好比心跳不可再跳，让你我见证幸福的风景一寸寸变小，回望倒后镜，自己都不见了”。黄伟文在《塞车》中把车子的离合器直接变成“离合戏”，很是讨巧，而林若宁用出租车的咪表（即打表器）类比心跳，说感情的末路就如打的到了目的地，咪表也不可再跳，同样讨巧。而这一路上，那些幸福的风景一步步被抛在脑后，“一寸寸变小”，直至，连自己都被遗弃。

哪怕继续纠缠，也不过多“缠绕你几公里”。哪怕“做你司机”，也不过在末路上飞驰。那句“看尽处处是纪念碑，我竟闭上两眼看成这一世福气”，委实动魄惊心。那些去过的地方、说过的话，原来不过是感情里的纪念碑，可明知这回忆残酷至极，却仍要勉力回味。只是，虽然有些爱情确实是一生福气，但恰恰因此，失去时才万般痛苦。

那句“但求为你，就放下你”，不过是无奈之语，“行两步捱两步”的离去，背影是何等凄怆？

蝴蝶梦里醒来，记不起对花蕊的牵挂

这个章节名叫“疏离”，不仅仅有感情的疏离，也有人与城市的疏离，比如《燕尾蝶》。

记得总是一把木吉他走天下，声音干净的林一峰曾说，人生能填出一首《燕尾蝶》那样的歌词，足矣。这首《燕尾蝶》来自当年SHINE的《电影男孩》，专辑的歌名全部出自电影，且有我偏爱的文艺片，比如《一一》。初听《燕尾蝶》便没来由地喜欢，尤其是最后一句，“蝴蝶梦里醒来，记不起对花蕊的牵挂”，让遗忘如此美丽。

其实原本不喜欢这种过于“可爱”的歌词，可黄伟文这一番豁达写意让我改了口味。

有时，黄伟文的小趣味着实动人，这首歌的开头便听得我满心欢喜，“那些胭脂色的香槟色的伸手可折的，段段艳遇处处有染都放在眼前，害怕采花天黑路远，情愿对路边灯色眷恋”，能把“段段艳遇处处有染”和“采花”写到如此“喜庆”，实在是别致。尤其是“害怕采花天黑路远，情愿对路边灯色眷恋”，听一次便笑一次，连近情情怯，都变得这般可爱。我更想到一个漫画镜头：一个穿着一身黑衣的蒙面采花贼，含情脉脉地望着一盏路灯，两眼水汪汪的，还带着闪烁的星星。

岩井俊二拍《燕尾蝶》，主旨是边缘群体和城市的疏离。黄伟文写的歌词，其实主旨一样，“文明是种进化，尽管适应别制止它”其实只是反讽，已能看得出后来《喜帖街》的落寞。只是，这一次的黄伟文，笑着去诉说这一切。

比如“那些玻璃镶的水晶雕的一触即碎的，逐步逐步进占世界通向没有完”，比如“摘去鲜花然后种出大厦”，而那回忆，不过随着满城烟花落下。电影中那城市的疏离感，竟也倏然而至。

有段时间爱死了最后一句，“蝴蝶梦里醒来，记不起对花蕊的牵挂”。这意象，用于爱情、用于城市的疏离感，都那般合适。

宿命。

你是千堆雪我是长街，
怕日出一到彼此瓦解

涉及曲目

《邮差》
填词：林夕
原唱：王菲

《迷魂记》
填词：林夕
原唱：王菲

《暗涌》
填词：林夕
原唱：王菲

《南方舞厅》
填词：周耀辉
原唱：达明一派

《似是故人来》
填词：林夕
原唱：罗大佑

《身外情》
填词：林夕
原唱：黄耀明

《不来也不去》
填词：林夕
原唱：陈奕迅

《三角志》
填词：黄伟文
原唱：卢巧音

《与我常在》
填词：林夕
原唱：陈奕迅

《爱自己》
填词：张美贤
原唱：梁咏琪

《十面埋伏》
填词：黄伟文
原唱：陈奕迅

《追魂记》
填词：陈心遥
原唱：刘浩龙

《寻开心》
填词：林夕
原唱：赵学而

《我们都是这样失恋的》
填词：林夕
原唱：草蜢

《够时间》
填词：林夕
原唱：赵学而

《爱不释手》
填词：林夕
原唱：李克勤

《我这么容易爱人》
填词：黄伟文
原唱：黄耀明

《一切还好》
填词：林夕
原唱：陈奕迅

《没缘分的恋人》
填词：蔡一智
原唱：草蜢

《进化论》
填词：黄伟文
原唱：关淑怡

你是千堆雪我是長街，怕日出一到彼此瓦解

“你是千堆雪我是长街，怕日出一到彼此瓦解”，其实，瓦解的何止你我，还有当年的《约定》。

从《约定》的“仍未忘相约看漫天黄叶远飞”到《邮差》的“黄叶会远飞”，从《约定》的“还记得当天旅馆的门牌”到《邮差》的“认错旅店的门牌”，从《约定》的“微温的便当”到《邮差》的“便当冷了”，从《约定》的“还记得当天吉他的和弦”到《邮差》的“没有你我的和弦”，当初《约定》中的种种意象悉数在《邮差》中瓦解。

只因为，唱《邮差》时的王菲，刚刚分手。其实，那不过是一场宿命。

开头的“直到细雪飞下来，荡进远处深海”，便是我喜欢的。其实细雪又怎能飞与荡，只是凭空就多了几分决绝，且是用并不决绝的声音唱出，初听颇不相衬，细听便凄恻。唱到“拿下了你这感情包袱，或者反而相信爱”，“或者”二字摇摇摆摆，决绝却不相信自己——每个人失去感情时，都曾有“天要塌下来”的感觉吧，哪怕心里默念一千遍“要活得比你好”，也不免在后面加一句“也许吧”。

一直很爱那句“你是千堆雪我是长街，怕日出一到彼此瓦解”，那是国语词人决计想不出的意象，而那不可能不瓦解的千堆雪，也

恰是宿命论的最好注脚。

因为宿命，便终是无奈的，“看着蝴蝶扑不过天涯，谁又有权不理解”，像原谅蝴蝶般原谅自己。

还有一首歌也见证了王菲的情事。那一年，谢霆锋为王菲写歌，歌名叫做《迷魂记》，为之填词的同样是林夕，同样是一首宿命般的词作。很多年后，人们这样评价艳照门：张柏芝入错行，嫁对郎。

哪怕在他最受非议的日子里，我都告诉身边的人：我不讨厌谢霆锋，但我讨厌别人误解他。比如有人说他只靠长相和父母，我会说他写了不少不错的曲子，比如有人说他傲慢无礼，我说那只是一个少年在闪光灯面前的自我保护。那是种什么样的感觉呢？我不是粉丝，他也算不得偶像，只是，感觉很近。

或许是因为，我也不喜欢走别人铺好的路，希望证明自己。我也曾经任性，就像他在《早知》里所唱的，“我太任性，按我高兴，偶尔遇上无从平静”。

很多人曾说《迷魂记》的曲子太过平淡，我却极喜欢。王菲的唱腔过于轻飘，其实并不适合这首歌，所以我喜欢的反倒是黄耀明的翻唱。那是“同场异梦”演唱会，达明一派与谢霆锋同台。黄耀明唱这首歌时，伴奏的便是谢霆锋，那时，他与王菲早已分手——这算不算是宿命？

林夕是这样写的：“怕什么？怕习惯豁出去爱上他人，但却不懂去弄完假再成真。”黄耀明唱到这句时，并不声嘶力竭，却浑厚，尤其是“豁出去”三字，每次听都让我心有戚戚，那怕是真正的豁出去了。

还有林夕才有的小情调，“别错碰我的手臂，毛管不够争气”，爱死了这样的句子。简简单单一个比喻，便写尽内心纠结，尽显近情情怯、不敢放怀去爱的情绪，含蓄却入骨。

说到近情情怯，自然要提王菲的另一首神作，亦是林夕所填词的《暗涌》。

多年前初听《暗涌》，恰逢年少，听不出内中悲怆。后来听到黄耀明的版本，电子乐极尽迷离，心中就不免为之所动，思绪里便渐渐地暗生出一朵妖艳的花。尤其是暗夜里听，丝丝缠绕，越到高潮段落，就越扯着你的心，正贴切了歌名——暗涌。

《暗涌》那沉沦的情致与迷离的调调，着实写到了极致。偏爱文字节奏的我，从一开始便对那句貌似不起眼的“就算一屋暗灯照不穿我身”推崇备至，那是跃然眼前的情境。

那近情情怯，是“害怕悲剧重演，我的命中命中，越美丽的东西我越不可碰”，所以“我再去爱惜你又有何用”。无论是王菲抑或黄耀明，唱这一句时都能让人听出个中无奈。

相爱总会荒废感情

喜欢达明一派的人都知道，《南方舞厅》有着政治隐喻。可与填词人们着力推动的“非情歌运动”相反，我倒是坚持“听（挺）情歌到底”。

我甚至认为，在文艺领域有一个很不好的风气：讳言通俗，总以为别人看不明白的东西才高级。比如一说到文学，就认为纯文学和诗词高于通俗小说，一说到音乐，就认为歌剧比通俗音乐高级。甚至有些评论歌词的人，一看到社会题材、政治题材的歌词，就立刻认为写得比情歌高级……其实，高不高级，有没有用，全在你心里，能让你心有所感的就是好东西。对于音乐，我只爱情歌，其他题材通通不爱。

《南方舞厅》若只当情歌来听，同样出色。“你有你意想的，我有我暗恋的”，“你要永远追忆，我要永远失忆”，看似晦涩，却道尽各种殊途。

这首歌中，点睛的一句要算是“相爱总会荒废感情”。我甚至认为，这是港乐史上可排前十的金句之一。没错，相爱永远是感情的高点，其后便由浓转薄，纷争猜忌接踵而来。世间情事，大抵如此。

如果非要让我提这首歌的政治意义、社会意义，那我只能说：“世间事，都大抵如这句‘相爱总会荒废感情’。”

林夕为梅艳芳所填的《似是故人来》，述说的则是感情的另外一面。

谁是你命中注定的那个人？没有经历过的话，你很难确定。所以，才会有分手，才会有移情别恋，才会有那种抛开一切、背叛全世界的爱情……

也有人说，历经世事后，也许你会发现，你的最爱留在了最初，却早已物是人非。

还有人说，历经世事后，也许你仍有激情与冲动，为了一个不属于你的人痛不欲生。

其实，这两种感觉也许都是错觉，因为，“但凡未得到但凡是过去，总是最登对”。所谓“登对”，就是相衬、相配，说白了就是“得不到的总是最好的”，“错过的总是最美的”。

曾经有人对我讲述初恋，一派小清新式的风光旖旎，说那时的爱情很青涩很美好。我作为一个爱将小清新一巴掌拍死的毒舌，毫不客气地告诉对方：中学时代的男生，荷尔蒙无处发泄，管你胖瘦高矮，能抱上就好，即使长大后走在一起，你也会发现对方早已变了，青涩时代的简单要求如今已变成34D和长腿。过去的爱情未必有多美好，怀念只是因为你的现状不太好。

喜欢《似是故人来》，其实只因这句“但凡未得到但凡是过去，总是最登对”，因为它道出了情事的本质。至于其它，不过是追忆与不甘。这样的情绪，我们已在歌中听得太多。

当然，林夕写下的这段追忆与不甘，文字极漂亮，“台上卿卿或台下我我，不是我跟你。俗尘渺渺，天意茫茫，将你共我分开。断肠字点点，风雨声连连，似是故人来”。粤语中保留了太多古汉语的元素，若说古意，仅“断肠字点点，风雨声连连”这简简单单的十个字，就足以秒杀那位拿着唐诗宋词挑词堆砌、首首狗屁不通的国语填词人吧？

那句“在年月深渊望明月远远，想像你忧怨”，意境亦极美。深渊对明月，距离有多远，忧怨便有多深。

掌心因此多出一根刺，没有刺痛便懒知

有时，林夕词作中的宿命论着实令人动容，文字绮丽，情绪却归于平淡，最终仿似无痕。《身外情》便是一例。

林夕曾说：“《身外情》就好似系我同黄耀明生的仔，仲好靓仔添！”（大意为“《身外情》像我和黄耀明生的孩子，还很靓仔”。）见了此言，会心一笑。

林夕时有仙气，黄耀明时有妖气，《身外情》的缥缈中也带点诡异，却极是合拍。

林夕很满意这首词，我亦极喜欢。比如“记忆随身，延续欠你的戏份”，圆熟写意，情致动人。

“带走开心，却带不走拖手时的体温，微暖质感，留在脸上还未泯”，是林夕的细腻在作祟，黄耀明唱得也动人，他的吐字，字与字之间似都是饱满的。有些情事，放手亦不意味着终结，反倒是延续故事的又一开端，“放手无声，沉默也等于约定”，这是林夕的文字极简主义吧，可反倒让人窥得宿命中的点点希望。

副歌中的“缘是镜中花留在镜中死，原谅我不记得忘记”，会让我想到王家卫，还会想起古龙。其实古龙说过，当你说自己忘记了一个人的时候，其实你又想起了她。而“原谅我不记得忘记”呢？矛盾中是百转千回的愁肠。

身外情，似放开又放不开，道尽了人生无常，情事难测。可如此种种，说来繁杂，却不过是短短数十年间的私事，于大时代而言，渺小至极，只需“给一分钟我静静回味”，便可“将一生一世翻天覆地”。

林夕所填的另一首词《不来也不去》，文字不似《身外情》飘渺，但同样曼妙，潜藏的宿命论也让人动容，亦有禅意——仿似，你从未来过，仿似，你来过也无痕，仿似，“就当共你有旧情没有往事”。

“扬帆时人潮没有你……停顿时在你笑开的眼眉，望穿秋水之美”，细品这开头，倒也喜欢。这是最美的相遇，开头的“扬帆”极得我心，“望穿秋水”在此处被拆开，变成了“望穿你如秋水般的美”，虽突兀却也动人，亦无堆砌之嫌。

“回程时浪淘尽了你，任背影长睡着不起”也得我心，其实那背影，早已不见，空有你的心在原处。这是千篇一律的离别。

总觉得整首歌最好听的部分要算是“掌心因此多出一根刺，没有刺痛便懒知，就当共你有旧情没有往事”和“即使一生多出一根刺，没有刺痛别要知，就当共你有剧情没有故事”，最偏爱的词恰恰也在这里。

“没有刺痛便懒知”，那根刺何止插在掌心，更直直插在心里，只是，懒得去知道。记挂旧情，却不念及旧事，其实也是无奈的豁达，怕也只有这样，才能忘记不快，把对方记在心里。哪怕，这刺一插在掌心，便足足一辈子。

还有两个细节很讨我喜欢。一是“谁亦难避过这一身客尘”，粤语的“客尘”二字吐字真是好听。二是“垂头前没缘分丧气”，垂头丧气也这般被拆开，可“缘分”二字插在中间，很是讨巧。

副歌倒是平平，“当丧失是得着可不可”，无非是那些关于得失取舍的大道理。倒是“痛若骊歌，乐如儿歌”，这对照一片挚诚。

用第三者身份见证最不可靠是爱情

有时，第三者的出现也是宿命。

当年初听黄伟文填词的《三角志》，便被“第三者”、“第四者”和“第五者”绕晕，这是华丽丽的群戏啊。怕只有黄伟文才会这般肆意，把感情搞乱，把结局搞砸。

其实，主题无非一个：最不可靠是爱情，无关他人，只关内心。

“就算不是她，也有问题吧，早该分开不该怪她”，便是“第三者次要论”。那些感情的终结，其实大多无关他人。

也有细节，“即使跟踪你来临案发现场，牢牢看守著你，提防你搭上这一个她，下个她都会趁我看不到诱惑你，明白如你要这样易变心，哪到我害怕”。“案发现场”和“看守”用在这里，多有画面感。

“用第三者身份见证最不可靠是爱情”，说得决绝，而“再温馨，仍不够耐性，捱得到第四者煞风景”，说的无非是下一段感情。其实，这样的感情往往是宿命，以前如此，日后亦如此，“当初喜欢你，其时你有别人，完全都因为我，才完结过去抛低了她，下个她不过接替我当天那位置，情外情转了对象，别要太惊讶”，便道尽情事轮回，最终“无人能得胜”。当年很喜欢这段词，虽有不甘，但依然有几丝淡然，“接替我当天那位置”，轮回间如见往昔，只是角色已变。

那些不信任总在字里行间，“没有她都会有别人，你我避免不过”，心灰意冷，“就算再三上诉，你争我夺投进谁怀抱，谁话爱你注定好心好报”。

其实最喜欢的一句，还是“第四者跟你有段情，外遇万千灿烂像繁星”，能把外遇写成“万千灿烂像繁星”，总能让我想起同为黄伟文填词的《燕尾蝶》，“害怕采花天黑路远，情愿对路边灯色眷恋”。就这样一句歌词，让人沉重中也多了几分笑意。

也正是因为感情中的轮回，情到浓时必转薄甚至移情别恋的宿命，才会有《与我常在》这样的歌词吧。

当年林夕填《与我常在》，没有撕心裂肺的文字，却无比撕心裂肺。那些平淡言语，细听之下方知是一把把刀。尤其是那句“除非你是我，才可与我常在”，其实，人真正拥有的，无非自己。只有自己，方可永远陪伴自己。

“在一起看每出戏，在一起叹每口气”，“在一起与你工作，在一起与你摸索”，看似是美好恋情，总在一起，总有开心。“每分钟也抱紧你，没有一秒共你别离，还携手看着生与死”，这简直就是羡煞旁人的同偕到老，谁不期待这种“两个人同时占有的快乐”？在热恋中的人，谁又不奢望“每分钟与你挥霍，没有一秒没我在旁，还携手看着天空黑与光”？

可你又知道吗？这一切往往是自欺欺人。哪怕“日日夜夜也为彼此设想”，感情也难免转淡破裂。因为，“除非你是我，才可与我常在”，“除非你是我，才可昼夜同在”。

只要是两个人，便总有分歧，总有厌倦。

“一个人从镜内发展恩爱”这样的凄凉，没有经历的人怕是难明。

而“恋不来，从厌倦里面偷取恨爱”，是整首歌里我最爱的一句，“偷取”二字，着实动人。

其实，只有一个人度过，让自己与自己同偕到老，才最可靠，才可不靠运气，不靠上天眷顾。哪怕，悲伤如影随形。

不过，有时情尽情断，确实是因为距离太近、失去了自我所致。不懂爱自己，便不懂爱别人。

记得《爱自己》，是因为它是梁咏琪的第一首歌。那时的梁咏琪，目光极清澈。每每在电视上见到她，先入眼的都是高挑身材和羞涩笑容，对于十几岁的小男生来说，这就是女神吧？

后来，我开始喜欢御姐和熟女。梁咏琪也渐渐老去，她的容颜却经不起老，或许是因为太瘦的缘故。我很少再找她的歌来听，但总记得这首《爱自己》。

其实曲子极平淡，张美贤的词也平平无奇，但歌倒是耐听。歌中所述，无非情缘已尽，对方离开后才发觉自己没给对方空间，失去对方亦失去自我。

以往觉得，爱对方与爱自己是内心的一场拔河，爱对方多些，爱自己便少些，反之亦然。可年纪渐长之后，才明白一件事：懂得好好爱自己，才会懂得好好爱别人。但这样的道理，需经历过感情才能明白。即使这感情的“结果不似预期”，亦是一种经历。

情事之中，伤感与追悔往往共存，“从未松开双手，困住你空间，心里真对不起”便是后悔。可那句“世界这么美，我却只懂靠着你”，却是悔意与甜蜜共存。

也有反省，所以有“其实我理解，共你不相衬，个性相差一千里，是已经成习惯不愿分离，一天天想有转机”。直到情事已尽，终是“相对渐无味”，才明白要爱自己。

张美贤笔下的“爱自己”，多少还有点初初分手时的赌气成分，但抛开这些便能发现失意者的成长。以往是“从未好好珍惜有自我空间，因你欢笑伤悲，没有真的关心那梦想希冀”，更能打动我的是那句“我却只懂怪运气”——其实，在不懂得如何相处、如何自爱时，我们都往往将失意归咎于运气，感叹一句“天意弄人”，其实，造成这一切的往往是我们自己。

“难道必须等爱情远飞，才学会要怎么爱自己”，那是感情让人成长。“若有天相对，会更懂得爱着你”，那是很多人日后都会有的念头。不过，变得成熟的你，身边也许早已另有他人。有些人、有些情事，注定是你生命中的过去时，注定是你需要迈过去的坎儿。

在各自宇宙错过了春天

世事便如《十面埋伏》的歌词这般，有些人日夜出没于同一栋楼，也未必能见到。不过更凄惨的，恐怕是天天盼着见，处心积虑四处打探对方行踪，然后十面埋伏，只盼对方插翅难飞，结果却“处处有险阻”，终不得见。可有时候呢，又反倒会越不想见偏会遇见，缘来无法挡之余，顺带着峰回路转，这便是难得一见的喜剧了。

黄伟文不写喜剧，还只选择最凄惨那类来写，十面埋伏，却总是“只差一点点”。

开始那几句自然讨我这细节控喜欢，“闻说你时常在下午来这里寄信件，逢礼拜留连艺术展还是未间断”，可知悉行踪，却“仍然和你擦肩”。“还仍然在各自宇宙错过了春天”是我大爱的句子，两个人两个世界，错过彼此，也错过人生最美好的时光，空留相见恨晚。

另一段也讨好，“迟两秒搭上地下铁能与你碰上么，如提前十步入电梯谁又被错过”，地铁与电梯的意象都用得好，“迟两秒”和“提前十步”，终是无缘。“和某某从来无预约，为何能见更多”总能让我一笑，恋爱中纠缠的人儿，恐怕不少都说过“为何那些路人甲见你的机会总比我见你多”这句话吧？不过，只要不是“全城来撞你，但最后处处有险阻”，就有希望。

可在《十面埋伏》里，“处处有险阻”却成事实，让人“总差一点点，先可以再会面”。有时，也是缘分作祟，才会“仿佛应该一早见过，但直行直过，只差一个眼波，将彼此错过”。“只差一个眼波”真是动人的表达。而与之对应的，还有一句“只等一个眼波”，等着让我见到你。

这样的感觉，怕是痛彻入骨的。所谓希望越大，失望越大，处心积虑的“十面埋伏过”之后，依然一无所获，便会“孤单感更赤裸”，直刺内心。

“悔不当初轻轻放过”，因此期望再相见再相爱，可“天空闪过灿烂花火，和你不再为爱奔波”，那奔波中的幸福，怕只有在十面埋伏后仍难得一见时，才会被追忆起。

“分开一千天，天天盼再见面”，句子不漂亮却动人，“只怕使你先找到我”，那是铁了心的主动，要勉力弥补过错。只是，“天都帮你去躲，躲开不见我”。缘分一没了，人便难胜天。这是宿命。

陈心遥为刘浩龙所填的《追魂记》，在主题上颇似《十面埋伏》，不过却多了几分悬疑——你有没有执着地去寻找过一个人？她甚至没有出现过，却与你熟悉如朝夕相对，时刻在你脑内出现，“随时随地犹如呼吸空气”？

如果你相信天意，那怕是会有的。不是很多人都说过么？生命中总有一个人，在另一个地方等待着你，若是不遇，便待来世。

很喜欢《追魂记》的第一段，场景变幻如戏，“当时如果跌下杯垫，遗落你皮鞋背面，会否伸手执起那刻能过电。假如曾经困电梯里，扶着你手分担畏惧，或你根本不需要追，现在与我拖手买醉”。那些人生中的刹那，往往变成情事的开端，可若是遇不到，便只有空惆怅。

几经寻找，仍是不遇，“在哪天才可找到你，全城又何以每处地方总有人像你”。最后便放了几句狠话，“我怎捱到这世界末期，为何身体发肤都不愿分离，仍残留在人世被你舍弃”，这是粤语歌词中常见的卑微，不肯去死，倒宁愿残留人世被你舍弃，像极了《垃圾》中的“留我做个垃圾，长流连于你家”。

也爱听“在暗恋中的天国人间”这一句，倒非歌词的缘故，只是唱起来异常悠扬。

我赠你体温，你赠我兴奋

歌手们平时去唱K吗？据说是会的。有一年，陈奕迅在一次个人音乐会上说，他前几天跟朋友去唱K，唱一首很红的歌，原唱是女歌手，感觉很好，所以现场再唱一次。那首歌，便是赵学而的《寻开心》，那年的K房大热。

赵学而其实也红过，那时的女歌手中，唱歌最漫不经心的要算她，可漫不经心里能听出缠绵悱恻的，也只有她。她的歌，我最爱就是这首《寻开心》。后来，黄伟文出精选，专门把数年不唱歌的她请出来，再唱一首陈慧琳的《最佳位置》。谁都知道，黄伟文也迷她的声音。

《寻开心》的填词是林夕，初听时，印象最深便是那句“我赠你体温，你赠我兴奋”，喜欢这隐隐的情色味道。

这首歌说白了就是无奈之下的及时行乐，“乱世的情侣谁亦满身伤势”，所以，不如行乐。“别忙着狂抽烟的手势，以为愁肠是美丽，我令你有欢慰才是实际”，便是让人不要强说愁。即便真的愁，也丢一边吧，“我寻你开心你寻我开心，我们还有甚么可以恨”。

“别在乎甚么所爱非人，谁能让你愉快和安枕也就能合衬”，这是听这首歌足有几百遍后最喜欢的一句。很容易让我想起《人来人往》的“睁开眼睛身边竟是谁”。你爱的人，往往不在你的身边，这不是一个人的悲剧，而是许多人的宿命。

有趣的是，填下这首《寻开心》的林夕，还填过一首《我们都是这样失恋的》，告诉我们“情欲发泄过后始终也厮守”的例子是“那么罕有”。看来，“我赠你体温，你赠我兴奋”虽是及时行乐，但终不靠谱。

一九九五年，那时的草蜢已不再那么红，不过《我们都是这样失恋的》还是进入了那年的劲歌金曲十大。之后，他们陷入停滞期，再后来，他们复出了，带着《我们》，带着几场演唱会，可我分明看到了他们的皱纹。可是，他们依旧蹦蹦跳跳。

但我记忆中的草蜢其实不是总在蹦蹦跳跳的，我爱的是他们的慢歌，爱的是蔡一智的作曲天分。即便到了今天，我依旧认为《深渊》是一首几近完美的曲子，还有一首不起眼的《心中的你》（不是《心中的歌》），也近乎完美。草蜢还有其他许多好歌，都出自蔡一智之手，包括这首《我们都是这样失恋的》。这首歌总会出现在我的车载音响上，曲末的和声十分出色，三个人的声音此起彼伏，貌似没有重心，却让你一一听个分明。

词倒不惊人，可细听之下，却还是出彩。仍旧是宿命论的爱情，“相恋的单恋的依恋的，一个个没结果，谁人能有勇气问个为何”。孤身一人，便不免愤世嫉俗，“恨世上所有爱侣互相展示热情，从来未碰上最爱仿佛是种罪名”，也不免疑惑世上是否“真有永远幸福这件事情”。

这宿命论，只因情事坎坷，从前“将她拥有”，可这爱情却不见白头。于是，便对热恋中的人儿劝诫一句：“他朝的你也小心苍天诅咒，情无论存在着多久，仍是会仍是会仍是会仍是会走。”

想来，宿命论者如林夕，面对世间各种暗恋，都会问一句“爱会多久”吧！

因为他认为不会长久，所以他便在为赵学而所填的《够时间》中写下一句“旧时乐趣将变作你的疑难”。开始没留意这句子，后来才觉触目惊心。我不似林夕悲观，也不相信爱到尽头是分手。可即使不信宿命论，也见多了“情到浓时反转薄”的例子，那些“旧时乐趣”，日后真的变作疑难。

《够时间》并不起眼，却让我看到纠结的林夕。“试过太多假快乐，付出太多真感觉，过了时间，真心话都当说谎，再跟你磨蚀下去，剩下面具也脱光，柔情蜜意将化做各种罪状”，没错，诺言敌不过时间，过了时间，真心话都变说谎，面具也用无可用。

也许，这时候最需要的就是好聚好散。起码“残余回忆不错”，不至于像不欢而散时那般互觉面目可憎，又起码，还有心思爱别人，还有余力忘记你。

可终究是纠结的林夕，够时间也需要前提，那便是“如能分身，或会够时间爱别人”。可那孙悟空常用的把戏，于常人来说终是梦想而已。“离轮回时刻毕竟这样近”，那是林夕式的悲观。

后来想想，确也悲凉。哪怕生命变得漫长，可“旧时乐趣将变做你的疑难”，依旧是许多感情的伏线。

《爱不释手》也讲述这感情中的宿命。每次听这首歌，总能想起《人来人往》里的那句“爱若难以放在手里，何不将这双手放在心里”，初时觉得这句歌词平淡无奇，后来才琢磨出内中滋味——我的爱若难放在你手里，被你接受，那就把你留在我心里。

爱不释手，却终要放手，所能做的，其实就只是把这双手放在心里。

开头是“相识——分别——偶遇”的三部曲，“同学与我临别互相挥手，当时天真相信，友谊毕了业后更倚重，然后某某临别海关挥手，一场相识一番相送，但往后没碰头从不通讯，然后凑巧与你能够手牵手”，那是人与人之间的疏离，也恰因这疏离，“与你能够手牵手”便可堪珍惜，哪怕“谁又会知我们有多久”。

最喜欢那句“谁亦明白火花多猛烈，始终烧不到这世界尽头”。爱情非永恒，这谁都知道，哪怕真的情长，也敌不过生老病死。那绚烂火花即便不伤人伤己，也难烧到世界尽头。

不过难以前行时，还是心有不甘，“我未意会这么快，便行近分手的门口”。也喜欢那句“若抱在臂内也不够，承诺又哪有力去守”，说得无奈，可拥抱本就不是信守承诺的基础，即便一个人身体属于你，心也未必属于你。还有那句“谁亦明白火花终有日耗尽，但为何霎眼停了手”，也是心知结果，却不爱结果来得太快。

纠结的林夕还是摆出了劝诫的架势，“预了拖得你手，便要分得了手”，说白了就是“食得咸鱼抵得渴”。可我不喜欢那句“难道不知道你惯于堕入爱河，而喜欢被骗的我，曾误信我对你估错”，虽然句式和语感我都喜欢，可却讨厌这一句的感觉。

相比“你惯于堕入爱河”，相比“曾误信我对你估错”，我更愿意把这首歌理解为“相爱渐变相处，然后缩手然后变生疏”，这才是所有感情的必由之路。

不过即使“情到浓时反转薄”是感情的常态，可恋爱永远是人的本能。听黄伟文所填的《我这么容易爱人》，总会想起《寻开心》，想到“你赠我体温，我赠你兴奋”。那句“谁来就抱着谁，恋爱是本能”，活脱脱就是寻开心的写照。

可恋爱虽是本能，但要到“这么容易爱人”的地步，甚至“谁来就抱着谁”，那怕只有一个结论：对感情早已失望。就像《寻开心》

那般，不过只是交换体温与兴奋。

开头还颇有几分悠然寻欢的意味，“仍然被过路人的对望吸引，很需要骤眼的缘分，仍然为了叶儿就暗恋森林，装饰最空白的时分”，一派漫不经心，哪怕“过路人的对望”，也可成为“骤眼的缘分”，然后填补“空白的时分”。

可悲伤随之袭来。原来，“从来没有念头想爱甚么人，因此也没太多遗憾”，原来，一切只因怕遗憾。因为怕遗憾，才会“谁人站到面前亦似有可能”，才会“因此也容易变心”。

因为，早已知道，恋爱的结果，不过是另一个人的名字在自己心上“划成耀眼的疤痕”，刻在心上，甚至“比起那怀念更深”。

于是，只需要容易爱人，容易变心。“讨你欢心，因你刚刚靠近，唇边恰巧需要那微温”，这是我极喜欢的句子，情境极讨巧，甚或有些末世颓废，“靠近”与“微温”，于我而言都是能杀死人的词。

至于对方，也无须动情，只需吻下去，“忘形才是面前的责任”。甚或变心，也“别带着仁慈和恻隐”，也不会让人“终生抱憾”。依旧，是那漫不经心状。

只是，“明天一位比你更残忍”，“我这么容易爱人”，却让人听出了悲怆。

其实我宁愿你不那么好，得不到也好

《一切还好》，长长的歌词，从头唱到尾，竟无重复。

看到了岩井俊二的《情书》的影子，看到了那句“你好吗”，分开之后，那千般爱意无限牵挂，最后都不过是一句“你好吗”。

开头就讨我喜欢，“转眼间和你未见，便寂寞一千三十四天”，“寂寞一千三十四天”，却还是“转眼间”，那心酸便扑面而来，“道别的光景真像昨天”，其实有些心酸，永远只在眼前。

可我总觉得林夕的说教有些无趣，比如“失去的唯有认了，在冥冥中她不属你的，得到的越看越化，幸运光景都只是借机”，无非《富士山下》里的“要拥有必先懂失去怎接受”。可人总渴望得到，大道理解决不了任何问题。倒是“大家总是旧相识，无疾而终也增长了见识，亲爱的凭你悟性，为何没想到珍惜”，让我想起《你爱我爱不起》的几分刻薄，也想起《如果东京不快乐》里的“我就算拥抱过后回头没海岸，也换来见闻观光”，不是大道理，却胜似大道理。

那些兜转爱情，不过是一桩桩轮回宿命。“当天放弃我的是你，今天你也有被放弃了那个滋味”，感情无非一起或分开，倒是那句开解的“他逼你再爱，大概会变了你不愿”，让人动容。

有时，旧情难忘，那滋味确实难言。“其实我宁愿你不那么好，得不到也好”，可想来想去，都是对方的好吧，而且，“其实我还期望你还好”，唯盼“你肯跟我倾诉都算好”。

真的，期望“衷心跟你讲你好”。

说到这无缘分的感情轮回，我总能想起草蜢的《没缘分的恋人》。一九九二年的《又爱又恨》专辑，是我心中草蜢的神碟之一。派台歌《永远爱着你》自不必说，与关淑怡合作的两首歌《So Sad》和《情深爱更深》都让我大爱至今。《心中的你》清新可喜，《撕开我的心》狂野撩人，也是我心中的经典。哪怕如《回来吧》、《等你想你再亲你》这样的不起眼作品，也极耐听。这首《没缘分的恋人》，由蔡一智包办词曲，关淑怡和声，也是我极爱的。歌词平平无奇，却是那个年代的“模板”式歌词，工整且动情。

“说过梦里共醉，两痴心永共对，说过共你可分享这一生的乐趣”，那是所有爱情的最初，可最终还是“孤独在泪流”。

哪怕，曾说过“若爱失去，这一生没趣”，哪怕曾说过“若我有不对，请告知心中字句”，可最后“仍是那孤寂的深秋”。

有关淑怡的和声，那句“飘飘雨点散开，冷冷夜雨伴我，旧记忆心中记载”就无比动听。只是那旧记忆萦绕于心，便不免“仍追忘于冷风中的迹印”。这是痴心，还是愚笨？“分开总要发生，早应该放弃莫记起”，只是，总有一种情怀不想忘记。

吹熄了灯，挥挥衣角的前尘

《进化论》，关淑怡前些年复出时的作品，显有深意。妖冶旋律中，是涅槃重生。人总需进化，沉溺之后，往往飞得更高。

“一睡半年”，醒来，“如早春一下惊雷”。“曾经不动，安躺废墟”，那是昔日落寞沉寂，“不过天却不允许”。仿佛，人待转生。“吹熄了灯，挥挥衣角的前尘”，这句我尤其喜欢，前尘尽在衣角，而非心上，便是放下了吧。“回忆像旅行，飞往相隔一世的雪崩，遗迹经小心清理，不带彼此的指纹”，也是我所爱的文字，那情感废墟，连指纹都扫个干净，“前生爱过谁人，都记不起怎发生”。

若是浩劫一场，情路便是末路，却“命不该绝”，“就应该进化，就此拉下面上蒙的黑纱，慢慢割破梦魇出去吧”，如破茧而生。

前路未必平坦，“电光火石，命运将分岔”，可抉择际，“又想倒下，就赠自己一巴”。反正，“并未厌世，就再生去吧，新的一生没有他，伤口不需有疤”。

隐约间，飞得更高。

伤别。

每逢夜深挑灯点算爱情新伤旧恨

涉及曲目

《未忘人》
填词：黄伟文
原唱：李蕙敏

《破相》
填词：黄伟文
原唱：容祖儿

《心淡》
填词：黄伟文
原唱：容祖儿

《明年今日》
填词：林夕
原唱：陈奕迅

《再见二丁目》
填词：林夕
原唱：杨千嬅

《自由行》
填词：黄伟文
原唱：杨千

《下一站天国》
填词：林夕
原唱：黄耀明

《美中不足》
填词：黄伟文
原唱：许志安、叶德娴

《愿我可以学会放低你》
填词：黄伟文
原唱：何韵诗

《一丝不挂》
填词：林夕
原唱：陈奕迅

《伤逝》
填词：林夕
原唱：叶倩文

《人来人往》
填词：林夕
原唱：陈奕迅

《暧昧》
填词：林夕
原唱：王菲

《离开以后》
填词：陈少琪
原唱：张学友

《没有你还是爱你》
填词：周礼茂
原唱：林忆莲

《最后的歌》
填词：林夕
原唱：杨千嬅

《爱人还是你》
填词：周礼茂
原唱：吴奇隆

《木纹》
填词：黄伟文
原唱：何韵诗

《约定》
填词：林夕
原唱：王菲

《有福气》
填词：周礼茂
原唱：陈慧琳

《美丽之最》
填词：夏至
原唱：侧田

《谁愿放手》
填词：阮世生
原唱：陈慧琳

《花事了》
填词：林夕
原唱：王菲

《情永落》
填词：林夕
原唱：侧田

《灰飞烟灭》
填词：黄伟文
原唱：许志安

《爱后余生》
填词：林夕
原唱：谢霆锋

《车匙》
填词：陈少琪
原唱：陈柏宇

《如果我们在恋
填词：黄伟文
原唱：陈慧琳

《耿耿于怀》
填词：黄伟文
原唱：麦浚龙

《怎么舍得你》
填词：潘源良
原唱：张学友

《寂寞的男人》
填词：潘源良
原唱：张学友

《微凉》
填词：小美
原唱：林忆莲

《风继续吹》
填词：郑国江
原唱：张国荣

《红叶落索的时
填词：李敏
原唱：周慧敏

《情深说话未曾
填词：潘源良
原唱：黎明

《爱你是我一生
填词：向雪怀
原唱：郑秀文

春天分手秋天会习惯，苦冲开了便淡

黄伟文很偏爱李蕙敏，或是大家都贪靓的缘故。当年李蕙敏从不红到红，又从高处陨落，为她写歌的总是黄伟文。

一九九五年，我刚读高中，先听《你没有好结果》，再回头去听《活得比你好》，而这三部曲的最后一曲，我自己一直觉得应该是《我为我生存》。可那时，大家都认了李蕙敏的狠，认定了那首《未忘人》。

《未忘人》的狠，狠到了字面带血的程度，比如那句“拾回命可惜已经饮了恨”。

这是黄伟文式的歌词，狠辣直接，毫不含蓄，如《你没有好结果》的“一刀插入你心”那般爱恨分明。但他也有含蓄而哲学的时刻，哪怕大家都未曾注意到，那是一句我极爱的词，“未来是阴影最深的缺陷”。

这首歌我听了十几年，开始最爱“情人一转眼，有万箭穿心”，俨然翻脸不认人的情事版。后来喜欢“企图捕捉一点稀有渺茫飘忽幸运，回头竟百年身”，以“百年身”换来“稀有渺茫飘忽”三大形容词，着实可见“爱的代价”。再后来喜欢“每逢夜深挑灯点算爱情新伤旧恨”，那情境如跃眼前，总无端想起李蕙敏的瘦，暗夜里不盈一握的腰身，咬着唇，这受伤害的模样，配上“挑灯点算”这种国语歌里绝对见不到的用词，听歌的人也不免咬牙切齿。

这几句词都太直接了，直接到可以让一个少年顿悟情事之可怕。

可那句容易被忽视的“未来是阴影最深的缺陷”呢？

很多年后我才发现，这首风格“酷虐”的歌，最酷虐的不是“挑灯点算爱情新伤旧恨”，不是“万箭穿心”，不是“百年身”，而是“未来是阴影最深的缺陷”。无影无形，甚至拗口，但细细一想，便悲从中来。

是何等失败的感情，何等惨烈的受创，才会让一个人的未来“阴影最深”，变成缺陷？在《未忘人》的世界里，没有“明天会更好”，只有已预知的明天——阴云遍布的明天。

每次听到《未忘人》的“每逢夜深挑灯点算爱情新伤旧恨”，也总会想到黄伟文为容祖儿所填的《破相》。这首歌同样讲述过往情伤，撕心裂肺。

“破相”，指面部伤痕破了面相。作为此歌意象，将心伤用刀刻在脸上，恰似黄伟文惯常的直截了当。

这情伤，哪怕已经过去，仍如影随形。即使是愉快现场，仍“愁云密布我面上”。所谓破相，就是一笔“历史遗下的账”，且“越笑越见疤痕”，“苦泪竟将这一脸愁容划深”。

很喜欢那段“快乐再光临，可惜我没能力重生，命运已乱了，如何笑，怕惊动面上余震”，尤其是“面上余震”这简简单单的四个字，却极悲怆。

一场情伤，带来命数逆转。“一笑，留痕其实太深，来年由爱变作恨。裂缝从眉目裂向心，面色转暗，两颊下陷。祈旧爱连累半生，若我敢，再次试试蜜运”，这一段极尽形象，尤其是“从眉目裂向心”的悲凄，甚至让人祈求“旧爱连累半生”。为何是“连累半生”？因为不想一生受累，低姿态至此，何等悲怆？

于是，“段段缘分擦身，段段犹似利刃，刀锋过，至发觉我身，又或是我心，十万道血痕”，这样的歌词，这样的语感节奏，只有粤语歌词中才能得见吧。开头的“段段缘分擦身，段段犹似利刃”，精炼至极，便如《未忘人》里的“每逢夜深挑灯点算爱情新伤旧恨”，刀刀见血。

很多时候，这种创伤使得自我安慰变得不堪一击，比如《心淡》。不喜容祖儿的唱腔，却喜欢这首《心淡》。不知为何，总觉这首歌的决绝，非声嘶力竭可表达，却需浑厚，于是便喜欢李克勤和草蜢的现场版本。

初听便知这是黄伟文的词，“大概也够我送我来回地狱又折返人间”，也只有他会这般形容痛苦情致，一口气唱完一句，任由情绪倾泻。

爱到深处，伤也伤够，就不免心淡——或者，强迫自己心淡。谁让这爱如此谦卑呢？

“想不起，怎么会病到不分好歹，连受苦都甜美”，要有多爱一个人，才会这般爱到不知痛，才会这般“每日捱著不睬不理，但却捱不死，又去痴缠你”？这不顾冷眼的痴缠，在外人看来，终是卑微的，难道，“终此一生都要这么不可争一口气”？

在感情中，肯对另一个人低声下气，原因只有一个：“只不过是我太过爱你，连自尊都忘记。”也正因为这“太过爱你”，才会相信别人不相信的一切，承受别人不能承受的一切，才会“跌到极麻木只好相信，又再爬得起，就会有转机”。

可终难一起，终难打动对方，只好心淡。逼着自己心淡，告诉自己心淡，哪怕，一切如初。只能，“由这一分钟开始计起春风秋雨间，限我对你以半年时间慢慢的心淡，付清账单，平静地对你热度退减”，半年为期，把你忘记。而那无从躲避的伤心呢？只能告诉自己“春天分手秋天会习惯”，时间可以改变一切。告诉自己，“往后这半年间只爱自己”，哪怕不太习惯，也就当过关。

反正,“苦冲开了便淡”。作结的这句真好,可算是失恋必备金句。

以时间疗伤,或细数时光无情,在歌词中极常见。记得有段时间,《十年》颇流行,不少人很是喜欢它的歌词,我偏不识趣,嗤之以鼻。有人反问我,难道“十年之后,我们是朋友还可以问候,只是那种温柔再也找不到拥抱的理由,情人最后难免沦为朋友”这样的歌词,不让人感到沉痛吗?

我只能回答,粤语词人不填国语歌词是正确的选择,即便天才如林夕,填起非其惯用语境的国语词来,也平庸絮叨。《十年》就是反面教材,上面所说的那段所谓沉痛的歌词,其实在粤语版的《明年今日》里,只用了一句话就表达得更清楚,而且更沉痛——“离开你六十年,但愿能认得出你的子女,临别亦听得到你讲再见。”

相比之下,《十年》是多么絮叨,又多么平庸。昔日恋人街头偶遇,互相问候,那是三流言情小说里都会有的场景,恐怕只能糊弄小女生了吧?何况,这样的歌词车载斗量,旧时的《分手总要在雨天》、《祝你快乐》,各擅胜场,亦非《十年》可比。可是,分手多年后,他们相遇,所希望的仅仅是能认得出对方的子女,以及一句再见,那又是何等的悲怆?

那种沉痛,已是不知痛。

不过《明年今日》里,那句“人总需要勇敢生存,我还是重新许愿,例如学会承受失恋”,亦是我不爱的表达方式。这种电视剧里都常可见到的说辞,实非林夕该有的手笔。我极爱的是那句“或在同伴新婚的盛宴,惶惑地等待你出现”,情境如跃眼前,亦挑不出一个赘字,语感也曼妙。

听了无数次之后,最爱的是那段“在有生的瞬间能遇到你,竟花光所有运气,到这日才发现,曾呼吸过空气”。粤语歌词的美与独特,都在这种表达方式中吧!

原来我非不快乐，只我一人未发觉

有时，离恨是一种极致的悲伤。

林夕曾写道，“我写过最悲伤的歌词是‘原来我非不快乐，只我一人未发觉’。”这句歌词里的悲凉，年少时未曾体会，后来却顿悟那极致的悲伤。自己都无法发觉的快乐，难道真的是快乐么？你在异国长街上想起的，恰恰是你想要忘记的。“一杯热茶”、“异国民谣”，又真的能让你“再找寄托”？

我相信，林夕是掏出一颗心去写这首歌的。“这一刹我只需要一罐热茶吧，那味道似是什么都不紧要”，多动人的铺垫。而“唱片店内传来异国民谣，那种快乐突然被我需要”，“突然”二字在这里用得极妙——思念永远是想来就来、毫无征兆的，情绪无法抑制，身边的一景一物，都化为你信手拈来的寄托。

我最爱的是黄耀明的翻唱版本，一来是因为偏爱他，二来是因为以他圆熟的技巧，唱起“无论于什么角落，不假设你或会在旁”这一句时，极是动听，此前的压抑和此后的宣泄都因此变得顺理成章，而这句歌词也有我极爱的无奈悲怆，“或会”二字尤为动人。

我相信林夕能写出更花俏夺目的句子，文字本就是他手中玩熟了的鸟。可有些悲凉情绪，即便天才也写不出第二次。

以“放心吃喝”、“畅游异国”式的出游散心来排解离恨，在粤语歌中也是常见意象。你有没有试过一个人去旅行，只为了忘记一个人？“避了你至少几千百公里，原来为了让你不再度被提起”，可最后呢，“遇不到他，怎够狠放得开你”。那是《自由行》，黄伟文填词，当年百老汇电视广告的主题曲，这是我眼中黄伟文最好的歌词之一。

其实我最先听到的是此歌的国语版，歌名很土，叫做《写给城市的诗》。轻快悠扬，却不撩人，听听也便忘了。后来听粤语版，才发现歌词差异极大，粤语版看似平淡，却狠到极致，越听便越是动容。其实在这首歌中，主人公只是经历了无果的暗恋，算是“还未开口便已失恋”的例子，却已“避了你至少几千百公里，原来为了让你不再度被提起”，可见这爱之深、离恨之深。

不知为何，蒙马特“满街的马戏”，总让我想起《再见二丁目》里的“异国民谣”，它们都是移情之物，可紧跟着的一句“再也变不出惊喜”，便让人悲从中来——在马戏艺人旁边围观的惊叹笑脸，偏偏没有一张属于你自己。有些悲伤如影随形，无可转移。

我最喜欢的是“伤心像旅行，盼会遇上安分，在地球尽处共我拥吻，最怕世上游遍，发觉没有此人，冰岛也没有避世的小镇，亲手破灭最后那天真”。“遇上安分”，便是指遇上那个能让自己移情的人吧，可却“最怕世上游遍，发觉没有此人”。至于作结的“亲手破灭最后那天真”，想来，黄伟文写这句时，也有着当初写“一刀插入你心”的咬牙切齿吧。

“一生在旅行，买票预了双份”，偏偏每站空等，于是便落入“最好的是否早已在身边”的疑惑中，说一句“最爱纵使真的要等，静静坐着亦会走近”。配上旅途的疲累，便会觉得“如果放病假会复原，假已放得这么多”，问问自己“到底我沿途扮够任性，需要坐定下来么”。至于那句“负伤出走荒野中露宿的我，下个圣诞夜又要怎过”，让人不由得不想起大龄女青年关于回家过年的两难。

相比之下，“预备66岁初吻”虽出语惊人，但有些过火，不若“最怕世上游遍，发觉没有此人”那么堪玩味。不过初听之下，最抓人的一句，怕也正是这句。

这一类歌词中，我最爱的当属《下一站天国》。当年初听这首歌，恰好是现场版本，轻飘飘的弦乐，恰是我爱的悠扬。前奏过后，黄耀明一开口，便是一句“明日过后，我的天空失去你的海岸”，听罢，就此爱上这首歌。

真的，只因这一句。

后来有人曾经问过我，这句歌词是什么意思，甚至觉得不通顺，我却第一时间想到了温瑞安小说里的一句话，“你的失意是我的”。没错，你的欢喜是我的，连你的失意都是我的。天空很大，海同样没有边际，你带走你的欢喜和失意，就等于带走了所有。在我的理解中，大概就是这个意思吧。

其实整首歌词都极平实，无惊人之语。黄耀明唱起来同样写意恬淡，可我就是爱极了那淡漠里的伤心——伤心到了淡漠，才是真的伤心。“然后时候有限换来无限奢望，然后公园商店逛一趟，还可以平静地望透天边海角，我已很快乐”，看看这句，你有没有想到《再见二丁目》，有没有想到“原来我非不快乐，只我一人没发觉”，有没有想到“我也可畅游异国放心吃喝”？听到“请吸一口气证明你开心”，有没有想到《明年今日》里的“在有生的瞬间能遇到你，竟花光所有运气，到这日才发现，曾呼吸过空气”？

也有卑微情致，如“请牵一牵挂试验爱的残忍”，又如“请轻轻一吻证明这个不是路人”。若一切均不可得，那便“各自梦游余下生命”，这便是“行尸走肉”的另一种诠释吧？

那些，都是林夕。

期盼你那愉快结局，常记挂那美中不足会是我

有时，离恨中潜藏着对豁达与释然的渴望。又或者，这渴望仅仅是个心理安慰。比如黄伟文所填的《美中不足》。

《美中不足》有两个版本，一是许志安和叶德娴的合唱版，一是许志安的独唱版，填词均是黄伟文。主题是婚外情，风格依旧狠辣，文字依旧直接，可个中情意却含蓄。

开头便揭示这是场禁忌之恋，“待你好是我不规矩，我有罪”，可越禁忌越快乐的定理，适用于任何感情。所以明知不对，但“我想试下去，是否会变合拍一对”。合唱版则多了叶德娴的女声呼应，“你别赔罪，如无我准许，怎么会闯得进情欲禁区”。

“一起错讲不上谁害了谁”，这话倒是至理，感情向来无对错。何况，感情转淡变冷确实令人煎熬，“万千怨偶后悔嗟叹”，若非“偷欢过然后要还”（俨然“出来混总是要还的”情场版），又有多少人能接受平淡？所以，禁忌之恋虽风险极大，可仍有人前仆后继。

至副歌部分，情绪突变理智，亦有黄伟文式的动人情伤。“愿你先撇下我，似熄灭灯火，从此永决像隔着河，期望你的婚姻于谷底找到突破，回首与我这段情不愧爱过”。大凡一方情伤所导致的婚外情，总是更痴缠些。一方婚姻不幸，寻找寄托，另一方出于同情，自己却也深陷其中，这样的感情，从起始便相对牢靠。放手自然也难，

但一旦放开了，却也总是决绝的，互不拖累，“来日你影一幅一家亲相里没我，仍可笑笑背着人心里有我”，便是这种藏在心底的韵味。

合唱版里有类似一句，也是我极喜欢的：“来日你安稳的共儿孙看着银河，万天的星火，想得起我么”，内中情致自有动人处。

收尾的“唯盼你故事到结局，完美里那美中不足会是我”，“期盼你那愉快结局，常记挂那美中不足会是我”，都是我偏爱的句式和情调，虽悲凉，却达观。

当然，这种达观往往只是美好的主观愿望。更多时候，离恨如刀，一把一下又一下割伤自己的刀。当年听黄伟文填词的《愿我可以学会放低你》，总觉得旋律单调了些。后来才知道，单调旋律只为陪衬那撕心裂肺，并不喧宾夺主。

开头就惊心，你“任我出去任我飞”，我便离去，可“游荡两日，又重踏这地”。即便放手，也已离不开，只因“我灵魂被你收起”。

一望便知，那是黄伟文。“太多错误经已因你起，我都知再找你，连幸福都要放弃”，几句淡然之语，无心怪责，却有几分怜惜。

哪怕是“其实你有多好，到别处碰不到，至令我重返这条路”，都并非反问，反倒让我听出了几分信誓旦旦的意味——你就是好，就是别处碰不到。

能纠结到反问变自言自语，怕也只有黄伟文了。

同样的，他也能让肯定变疑问，“愿我可以学会放低你，就让我重头来过物色新知己”，“愿我可以绝到踢走你”，听来决绝。可是，鬼才相信。

于是，后面紧跟着一句“望着你的脸，如山水一般优美，要走的我总企在原地”，还有一句“我如何能拒绝张开的臂”，瞬间推翻自己。

于是，“我只可以将心割下来，亲手给你”。其实，根本放不低。

那时青丝不会用上余生来量度

《一丝不挂》刚刚推出时，我曾用过一个QQ签名，心里很是喜欢，“那头青丝待我用余生去量度”，与《一丝不挂》里那句“那时青丝不会用上余生来量度”仅差几字，意思却变了，由后悔变憧憬。后来有朋友说“余生”二字也是悲凉，我倒不觉得。

开头那段我很喜欢，那是一丝牵引的纠缠不清，相恋难前行，分手却又难断，要了空间，松了绑又想再见面。世间男女，其实颇多这样的故事。“当我工作睡觉祷告娱乐，那么刻意过好每天”，“刻意”二字看得出行尸走肉的痕迹。没了你，生活便刻意起来，勉力让自己过得好，起码要过得正常，可那终究是非正常的。

这何尝不是一种离恨？

许多人都喜欢“勒到呼吸困难，才知变扯线木偶”，可我更喜欢之前那句“谁当初想摆脱被围绕左右，过后谁人被遥控於世界尽头”。“摆脱被围绕左右”和“被遥控于世界尽头”相对，极是触目惊心，前者是想有个人空间，恨不得摆脱高飞，可后者呢？个人空间早已无限大，甚至已至世界尽头，却仍“被遥控”。这一句的语感和韵脚也都漂亮，陈奕迅唱起来也圆熟，毫不别扭。粤语歌词的美和惊心，往往在一些容易被忽视的对比中。

同样，因为爱细节，便尤爱“这些年望你紧抱他出现，还凭何担心再互相纠缠”。矛盾心态用“望”与“担心”两个词，便说得清楚明白，哪怕你有他，我依然死心不息，但非决绝，只是离不开。也因为喜欢这句，便觉得“全为你背影逼我步步向前”这种单独拿出来极漂亮也有故事的句子，都略显平淡起来。也喜欢“为你安心，我在微笑中想吐未吐，只想你和伴侣要好才顽强病好”，“顽强”二字便如前面的“刻意过好每天”，纵然挣扎不止，也不过一具行尸走肉。只是，“我在微笑中想吐未吐”，实在太像描绘孕妇，总让我听到发笑。

最初不觉得副歌有何特别，只是爱那句“那时青丝不会用上余生来量度”，但后来听得多了，蓦然听出了“不聚不散，只等你给另一对手擒获，那时青丝不会用上余生来量度，但我拖著躯壳发现沿途寻找的快乐，仍系於你肩膊，或是其实在等我舍割，然后断线风筝会直飞天国”这一段里的悲凉。原来，我爱的那句“那时青丝不会用上余生来量度”，有了上下文，才有真意——等你“给另一对手擒获”，纵然我死心不息，也无需用我的余生量度你的青丝，可时光流转，却发现纵然相隔甚远，我的幸福仍系于你身。感情要有多深，才会让自己的幸福系于旧情？

想离开？可以，请亲手割舍。

这才知道，原先“以为青丝不会用上余生来量度”，可无论对方在不在身边，这余生，都早已给了对方。想割舍，又不舍，也不甘心。

倒不喜欢那句“难道爱本身可爱在于束缚”，在这悲凉前，大道理总是无力的。

林夕早年还写过一首歌，同样写离后情绪，境地却大不同，当事人仍时常见面，彼此致电，可两颗心却已别离。

那是叶倩文的《伤逝》。这段伤逝，无关世俗，无关人言，只是情尽，“再拥抱”也“未着迷”。无怪乎有人说，感情中最悲切的，就是在无视世俗、战胜一切险阻后，突然发现感觉失去了——人唯一不能战胜的，只有自己的内心。

所以，比谁都在乎内心情绪的林夕，决不会像三流词人那样絮叨为感情付出了多少，絮叨在情路上战胜了什么。他只告诉你，愿你“爱过不要浪费”，愿那感觉不伤逝。

热恋中的人儿不会想到这一点，只会“当天跟你天都不理，欢欢喜喜没有预备别离，只想永远好天气”。可结果呢？却是“得到欢喜至终得不到你，只得最爱的知己”。很喜欢这句“得到欢喜，至终得不到你”，道尽了一切无果的爱情，而“只得最爱的知己”，则是旧情难断难续间的勉力求全，想必，终是尴尬的。

而后的日子，只能“谢谢现在互相都不讨厌”，“陪情人时候甚至也会致电，无言时谈论没相干的影片”，似乎也弥漫着暧昧情绪。可随后的“偏不要见面”，还是说出那千般尴尬。

唯一欣幸的，怕还是彼此的了解吧。爱人变知己，即便心已远，但还是相知的，“彷徨时遗下伴侣也要致电”。

闭起双眼你最挂念谁，眼睛张开身边竟是谁

有段时间，我会把《人来人往》与《暧昧》放在一起听。

这是因为我喜欢细节，讨厌大道理。

《人来人往》的故事很简单，有人出现了，来到你身边，然后，她又离开了。人生中注定有这样的过客，她曾经需要你，曾经依赖你，曾经因为你抚平她内心的伤，但是，她终归还是要走的。留给你的，只是相恋的过去和失恋的现在。

这一切在林夕笔下，就是从“用尽心机拉我手”，到“借故松开我的手”；就是从“说到终于饮醉酒”，到“我也开心饮过酒”；就是从“刚失恋的你哭干眼泪前来自首”，到“刚失恋的我开始与旁人握着手”。

“闭起双眼你最挂念谁，眼睛张开身边竟是谁”，当年初听这首歌，就因为这一句，瞬间大爱。那异样情境，原来用十八个字就可表达到如此充分。其间也有豁达，“拥不拥有也会记住谁，快不快乐留在身体里”。不过我更爱的是另一种表达方式——“爱若难以放在手里，何不将这双手放在心里”，其实，一切都可放在心里。

《暧昧》的细腻更是到了极致，比如那句“你的衣裳今天我在穿，未留住你却仍然温暖”，一语胜千言，若是变成“当你和一个人分开了，你不要感到伤悲，其实对方带给了你很多美好回忆”之类的

陈词滥调式说教，那就面目可憎到了极点。写歌词真的讲不得大道理，一落了俗套，就跌了几个档次。

《暧昧》的文字也极漂亮，比如“陪著你轻呼著烟圈，到唇边讲不出满足”，“陪著你天天在兜圈，那缠绕怎么可算短”。前者追忆快乐，后者道尽情事纠缠。这快乐与纠缠，便是“徘徊在似苦又甜之间”。

有时，粤语歌的用字若是配上好的唱腔，真有吹气如兰之效。比如王菲唱那句“爱或情借来填一晚，终须都归还，无谓多贪”，“填”字最是动人，内中情致也悲怆。

我最爱的那句，是收尾的“天早灰蓝，想告别偏未晚”，看似不起眼，但“灰蓝”与“未晚”，“早”与“偏未”，各自相对，俨然一场不愿告别的拉锯战，内心挣扎在几个字中表露无遗。

张学友的《离开以后》，在意境上与《人来人往》有相似之处，比如那句“就算某天我吻别人亦当亲你”，这是不是另一个版本的“眼睛睁开身边竟是谁”？

那年听《离开以后》，总觉是大好的K歌，旋律流畅，也易唱。那时，我读高中。

陈少琪那段时间填的词，总向狠绝的路子上走，比如《衣柜里的男人》。《离开以后》也如出一辙，“是你事无大小多么生气，谁人亦可知你将别离”。

第二段是颇有几分情色意味的，“落寞地躺在睡床试试抱紧你，但是目光躲避，令我可感到你在喘气，没说出，亦领会谁在撩动你”。喘气和撩动，用在这里都让人联想，其实，说的就是“抱着你，想着另一个人”吧。

其实这情境，被弃者也会有，“伴着但我在预期你会说舍弃，问事实怎躲避，在倒数将要每日想你。若这刻，若最后无力留下你，将消失勇气释放自己，就算某天我吻别人亦当亲你”，“倒数”二字也是用得心酸，而“就算某天我吻别人亦当亲你”，只是“抱着你，想着另一个人”的另一个版本。

副歌中很有几句当年让我喜欢的句子，尽管直白，却动人，如“明天再偶遇，我也不敢偷望你”，“愿名字也再不记起”。现在看来，便觉普通，已算不上太喜欢，可那情绪，却还属于内心。

情乱，不免难自控，终是彼此熟悉的一对，哪怕心已远，可身体的接触与反应却自然，“你说我冰冰的一双手怎会暖在你笑面，我说怎么你面前一切亦熟练”，“熟练”二字虽俗气，却道尽男女间的种种情致。“估不到这一晚缠绵，来得这么温暖”，或是因为本不抱期望的缘故吧。

因苦短，便想留住这夜，便抗拒天明，便不肯离去，“你说你可不可于身边，跟我抱著再夜眠，我怕是开心眼泪儿不懂得遮掩”，终是难舍，一晚也成彼此恩赐。只是，“笑不出这一刹情迷，讲不出这一晚意乱，明天偏偏不远”，终究会有天明一刻。

没有你，还是爱你，舍不得不一起。

林夕为杨千嬅所填的《最后的歌》，也写感情到了最后一刻时的选择：是匆匆离去，还是凝望对方，还是相拥——如果对方依然愿意的话？还是，等最后那一首歌？

其实这种欲走还留的时刻，空气如凝固，总让人看不到两个人相处的余地。可那些开心，分明还在眼前，比如那些愉快的歌，比如“我记得跟你在何处唱游”。那时的时光，过得无比简单，“听每首歌终结，便轮到下一首”，似乎一切都顺理成章。可“时光总会落后，美好事情没永久”，人总是贪心的，谁又会嫌开心与满足太久？

只是，终究到了最后。其实很少有人记得，“最后一刻仍然还属于我”，其实，也值得珍惜。这最后一刻，可以听最后的歌，可以听对方的话，即便，终是别离。

有时，不过想听一句话，听我最喜欢的那句“愿我未来如何语调熟练仍然像最初”。那是在爱人眼中不变的自我，殊为难求。

也喜欢那句类比，“旋律比我幸运，我的下场没法知，比不起最后的歌，可以给我翻唱千次”，而爱情，往往只得一次。

吴奇隆曾有一首《爱人还是你》，这歌名与《没有你还是爱你》相若。

听这首歌时恰逢年少，连解散的小虎队都尚有余温，便也顺带着喜欢上单飞的吴奇隆。那时的他常出现在香港翡翠台的劲歌金曲节目中，稍显羞涩。

那时的我，其实无忧无虑，却偏偏到了强说愁的年纪，便也怨天怨地怨社会。那时也喜欢王杰，于是更对这首歌大有好感，因为作曲的便是王杰。这歌也真是好听，而且，唱得青涩也非缺点，周礼茂填的那歌词，恰恰唯恐歌者不青涩。

“爱人还是你，也许尽管未必填密我生命下半页”，听了便是心动。不过喜欢的还是在后面，“爱人还是你，我心根本未死，其实我暗中地在妒忌”，“爱人还是你，你喜欢他什么，留在我这心内是寂寞”。在很长一段时间里，再妙的歌词，在我心里都比不上那句“你喜欢他什么”，年少情事本无这坎坷，却莫名感同身受，怕也是强说愁的缘故。

也因为这强说愁，便觉“情天怎么只让他，随便飞过爱着你，情海不必他来徘徊方能旖旎”简直太有画面感。

伴侣没了，记忆会为患

所谓离恨，都是记忆作祟。所以，关于记忆与忘记的歌词数不胜数。

其实所谓旧情难忘，是许多人的人生常态。因为，那些日子，终究是自己一天天度过的，那感觉，恰如“日日浇水的我，觉得被挖空”。

感情的年轮越多，便越难无动于衷，“如果必须结束关系，难扮成从未栽种”，心痛只是注定。

很多人都以为分开很难，要死要活泣不成声。可分开了才知道，难的不是那瞬间，而是分开之后的漫长日子。黄伟文写“分开简单，抹去往事极难”，“难以用斧头一劈，叫画面飞散”，便是说这“抹去往事”的难处。毕竟，“人非草木，并不会太易惯”，即使刻个木造的心替换已死去的心，“痛苦未会减”。即使将“旧事连根一拔，忘灭如燃尽的炭”，可若有朝一日细数这段感情的年轮，还是不免会湿了眼。

如此种种，无非印证这样一句话：“伴侣没了，记忆会为患”。这里的“为患”二字用得真好，总能让我想起《择日失恋》的“日子兵荒马乱”，看似不搭，却让人动容。

最爱的两段，还是“就怕翻风的一晚，回首贪一眼，回忆急速扩散”

和“就怕新婚的一晚，临终贪一眼，徒添几分慨叹”。“回首贪一眼”是我爱的句式，而写婚礼上的惶惑慨叹，也向来是我所爱，《明年今日》、《情人的婚纱》与这里的“临终贪一眼，徒添几分慨叹”，莫不如是。“临终贪一眼”的“临终”，一语双关，既指婚礼结束时，也指“感情已死”，满眼凄怆，便尽在这一眼中。

黄伟文亦不仅仅有这样的简单直接。那句“来年树倒身影孤烟花散，年轮未可推翻化不淡”，让粤语和古汉语之间的种种联系尽现，且言之有物。清楚明白，断不会像某热衷堆砌辞藻的国语词人，填出来的词仿佛闭眼用笔戳一本《唐诗三百首》，戳到哪个词就填上哪个词。

既然记忆会为患，那该如何忘记呢？林夕在《约定》里说：“要决心忘记，我便记不起。”

《约定》极美，极堪把玩，甚至每个细节都让我爱不释手，从第一句开始便是如此。“还记得当天旅馆的门牌”，年轻时记忆力特佳，住过的酒店房号总能记住，且不会混淆，更莫说房号背后的记忆。美好的记忆多半如歌词般，“当天整个城市那样轻快，沿路一起走半里长街”。

最喜欢的那句，还是“还记得街灯照出一脸黄”。这是我眼中的神来之笔，情境感十足。“剪影的你轮廓太好看”同样是曼妙的句子，可紧跟着的“凝注眼泪才敢细看”，瞬间便夺去了柔情蜜意，让人不敢细看。

我也爱“还记得当天吉他的和弦，还明白每段旋律的伏线”，说的是和弦与旋律，可究底还是感情的伏线，哪怕昔时快乐如斯，可埋下的，却总是分离的伏线。

写到这里时我不免失笑，我总爱开始的细节，多于副歌中的凄怆决绝。或许是因为感情真的是说不出来的，它藏在旅馆的门牌里，藏在街灯照出的一脸黄里，藏在剪影的轮廓里，却不在大道理中……爱细节，甚于爱词人的金句。

不过，还是会被那句“要决心忘记，我便记不起”打动，这需要多大的决心呢？沉溺于感情的人们，有几个能做到呢？

周礼茂也写过一首有关记忆的歌词，亦讨我喜欢，那是陈慧琳的《有福气》。

离开之后，如何自处？“拖着落日自己去起舞”，这场景落寞但动人，“如没圣母听我倾诉，买亦买到幸福番碱泡（番碱即香皂，番碱泡即肥皂泡）”，那是貌似豁达的自处。可是，有些情绪，终究是抛不掉的。

甚至，洗也洗不掉。“或我只需独个洗澡，挂念你或会洗去全无”，这不过是美好愿望，哪怕只是盼着“着上毛巾外套，疲倦让我睡了再祷告”。

结果，便是“让我关窗又再洗澡，盼望泡沫再一次糊涂”。可那思念洗不去，泡沫再多，也未让自己糊涂，“我如泣像诉”，“没法过得好”。

只能，安慰自己思念一个人也算福气，“天大地大大于心不死”，也是在安慰自己。那些小情事，不过天地一粟。最爱那句“怀念你一次，便劳烦了天气，港湾不禁也白雪纷飞”。周礼茂的才情有时也惊人，“劳烦了天气”，这句式太讨我喜欢。

“美丽过的结局，美丽在回味”，这是希冀用往昔快乐麻醉自己，淡忘结局。“旧相片曾一起还有你”，便已足够。

也有一种情致，与“美丽过的结局，美丽在回味”类似，那是夏至为侧田所填的《美丽之最》。初听动人，可听到后来方知是悲凉结局，那美妙不过幻象。只因，你离开。

“手愿意捐给你托着头，做你的安枕刚好足够，望你的天真可以永久。眼看你半世还未够，喜欢你的眉头，哪怕皱起始终清秀”，这歌词仿佛回到上世纪九十年代，那温情脉脉与画面感，都如往昔风格，很爱那句“喜欢你的眉头，哪怕皱起始终清秀”，看似平淡，却是我爱的节奏和韵脚。

那些往昔，哪怕未在一起，哪怕暗恋，都已极美。“在某天未发展，在某间咖啡店，尚记起坐你后面，习惯守望半天，望你从来都温暖”，即使只是背影，也让人温暖如斯。

而你那些性格，同样美好如斯，“你不施脂粉多好看，自信坦率多可爱眼光，你碰上挫折仍硬朗，不沮丧不彷徨”。于是，“想一生看下去，还会等一天八十岁，看你发端灰色的点缀”。

若是这般相守到老，“未来只有乐趣，和你去拖手看新居”，有你，“我的双眼里”，便“寻找到宇宙之最”。只是，“怕始终未登对”，只是，怕“你竟用决心，任意放弃所有”，就此离去。

但哪怕如此，也不会就此放弃，“说过爱你要接受意外，总要挑战障碍比赛”，心里早已预了你的反复和不坚定，可恋爱即便成了接力赛，又如何？反正“说过要与你赤道看海，更说永远爱你未变改，等著你目光未会离开”。

等你回来。

你回来后，“未来只看著你，微笑中斑点会皱起，得我始终望穿你”，那望穿的，不止你的肌肤面容，还有内心。

只因，我的第一句和最后一句，都是对你说：“我的双眼里，寻找到美丽之最。”

也有些时候，记忆与重逢会起冲突，化为“物是人非”四字。

高中时，常以歌伴睡，《谁愿放手》的出现频率极高，那也是陈慧琳的歌中让我极爱的一首，只可惜我总觉她唱歌没什么感情。

旧事自是美好，“曾某年某一天某地，时间如静止的空气，你的不羁给我惊喜。曾说同你闯天与地，曾说无悔今生等你，也不担心分隔千里”。当年年少情怀，最喜那句“你的不羁给我惊喜”，只因“不羁”二字仿佛人生坐标。也因年少情怀，自是贪恋那“多少欢乐常回味，天空中充满希冀”的情境。

彼时，未知人生还有失去。哪怕“年年月月逝去越是觉得深爱你”，也已无法一起。甚至连重逢也变得尴尬，“来这年这一天这地，重见曾似相识的你，笑得轻松中带伤悲。谈你谈我的新趣味，无法忘记当天的美，你的关心不过演戏”。“笑得轻松中带伤悲”，分明是岁月痕迹，而“你的关心不过演戏”，总让我想起有类似情境的《多谢关心》、《分手总要在雨天》和《衣柜里的男人》。旧情人相逢，虚伪的关心客套更像一把滴血的刀吧？

值得一提的是，填词的是阮世生，香港影坛的名编剧。当年的《天若有情》、《风尘三侠》都出自其手，后来做了导演，又有《每天爱你八小时》、《烈火青春》等片子。

这样的感情与伤别，难免让人心有倦意。当年，林夕先写了《开到荼蘼》，又写了《花事了》，尽管，两首歌并不那么搭调。

“开到荼蘼花事了”，说的是终结，荼蘼过后，夏天便去，从此花事了。《花事了》的轻灵旋律里，就藏着几分伤别的倦意。

开头便是我喜欢的，“趁笑容还在面上，就让余情悬心上”，我爱这样的对比，而紧跟着的“世界大生命长，不只与你分享”，也是明快的。

只是，这明快里，总有几分不甘。“让我感谢你，赠我空欢喜”，说得轻松，却让人听出些情绪，“记得要忘记”，要是真能忘记，又哪里需要“记得忘记”？

至于“时间比你重要”，不过是一句气话。你的时间，也许只用来想念对方，或用来忘记对方。

同样是写时间，林夕在为侧田所填的《情永落》中，写下了一句“离开你以后，仿似余生无多”。先说个题外话，我第一次听到这句，便立刻想起郑伊健的《只会因你唱》，旋律完全一样。后来查阅资料才知道，原来这也算一桩公案。

这首歌词的虐心之处，尽在那句“离开你以后，仿似余生无多”。有时，一句话便可言尽所有痛苦。

没错，分手是“按你的需要”，而你的下一个，并未似我当初，令你“彼此空间太少”，但却也“又再分手了”。你到底要什么？是空间，还是不停更换的下一个人？

看不懂这一切，不如不看，“谈情原是神圣，不应张开眼睛”，让我想起《相爱很难》。不怕伤心，只怕伤心到麻木。更怕，麻木到“离开你以后，仿似余生无多，从此怎呼吸，也都不甚清楚”，虽然“仍存在世上”，却如行尸走肉。

其实，这“无缘无故别离”，“全为了准许你再爱一个”。至于自己，能学到的，无非失恋。

相比“离开你以后，方知余生无多”，“灰飞烟灭”四字怕更是狠绝吧？许志安那首《灰飞烟灭》，其决绝架势，一望便知只能是黄伟文。

幸福乐园，在他笔下只是曾经，只是“星光下红唇泡影破灭前”的存在。而爱情，不过是“似我掌中虚线”，“无常地间断”。

其实算不上多好的歌词，也未算许志安的名曲，只是那决绝中的不甘，让人看到太多爱情的影子。“我知道不可幸免，却不满匆匆乍现，最凄美的故事总要那么短”，总让我想起那些倔强的脸庞，年少情事乃至孽恋，都少不了这样的面孔，《风柜里的人》里有，《屋顶上的骑兵》里有，《失乐园》里也有……

也正因为这不甘，便总觉得副歌的第一句“谁不知灰飞烟灭脆薄回忆不堪一击”和“谁不知灰飞烟灭再没痕迹不可追忆”委实好听。先前抑压的情绪也跟着牵动起来，其实调子依旧低沉，却有不甘在作祟。

《爱后余生》也极虐心，对于这首听了十几年的歌，我一直误以为那不过只是首电影插曲，可却偶然间听出了动魄惊心，正正应了这歌名——爱后余生。

那张专辑里，有关于“锋菲恋”的《一击即中》，却怎么也会有这道尽一切离情的《爱后余生》？大爱的句子，比比皆是。开头的“分享过你这种漂亮，离得开了你令我坚强”，便是我心水。对于男人而言，若能离得开那些如漩涡般让人沉溺的女子，人确实是会坚强些的，哪怕伤了满身，也只“愿我的内心未擦伤”。

年少时听这首歌，印象最深的是那句“请不要说改天再会，何不干脆说下次失陪”。其实，终归陌路，那些日后相见之类的客套话，不过是应付的言辞，倒是“下次失陪”，狠绝却贴切。不过现在最爱的，却变成了之后那句“让那张温暖床单晒干，路过的地方别再躺”。这是当初未曾留意的妙句，那是在说，感情是回不去的，无论身还是心，一语双关。

有时林夕狠起来，着实动魄惊心，“假使当初可以为了你，忘了爱所有人，分开手去追寻，足可拥抱千万人”——哪怕你曾是全部，哪怕你让我“忘了爱所有人”，但离开了便知晓一切。“足以拥抱千万人”，并非某些人理解的另觅新欢，只是要说一句：我对你的感情，其实足以打动千万人的心，只是，那当中已经没有你。

可终究是留恋的，“即使天空海阔没有爱，还有你这个人”，哪怕那感情如被烧光的森林，可那余烬，依然在内心温暖，“当做一点陪衬”。

甚至，“一想起你，怎么可以对任何人热吻”。连身体，都留恋于你，从不出卖自己的灵魂。

没有你还是爱你，同在这里再呼吸这空气，经不起这惊喜

分手前夜，需不需要一点纪念，以填补日后的离恨与空虚？

小说里有很多这样的场景，比如拥抱一夜、无言流泪之类。也有人说，抱一夜不累吗？哭一夜不闷吗？就不能干点别的吗？生活不是小清新，肉体温存才是常态。可不管重肉欲还是小清新，所需的无非两个字：陪伴。

周礼茂为林忆莲所填的《没有你还是爱你》，一派低姿态，只求陪伴。当对方提出“可不可于身边，跟我抱著再夜眠”，便惊喜万分。

那句“没有你还是爱你，同在这里再呼吸这空气，经不起这惊喜”，极虐心。不过彼时老歌，尚未如后来词人那般直截了当，直接说能在这城市里或这地球上与你一起呼吸空气已是惊喜，就如林夕在《明年今日》里所写，“在有生的瞬间能遇到你，竟花光所有运气”。还有那句“笑不出这一刹情迷，讲不出这一晚意乱，明天偏偏不远”，那末路也只争分秒，舍不得不一起，亦不能没有你。

一晚意乱，只因是分手之夜，离开便会就此陌路，故而苦短、凄清。

“你说你只想得到一些，给你做个纪念，我说但有一些破梦儿不要又代重现”，那些欲走还留，欲放难收，难免情乱至不知所措，终究，“情还乱，尚有一些未断”。

有时情路里太多标志

当年听阿杜唱《他一定很爱你》，因为发音含糊的缘故，我总把“在车里”听成“在车底”，心想再郁闷也不用钻车底啊，后来才知道是误会。或许是因为从小爱车，车就像陪了我十几年的伙伴，有车这一元素的歌词，我也总感兴趣。

那年，陈柏宇刚出道，唱他的《车匙》。那时他的声线，远不如今天圆熟。如果拿唱《你瞒我瞒》的状态去唱《车匙》，在我心里怕能加上十分。

不过，一听还是喜欢，毕竟，车上总多情事。第一句“遗弃这旧汽车，消灭记忆那裂痕”，便有共鸣。到了“再远看你家，就当临走情人热吻”，几有撕心裂肺感，想必，那远望时的眼神，是凄绝的。

陈少琪这首词写得真好，一句“手中紧握车匙，追不到往事，方知挂念较怀念更容易”中的“挂念较怀念更容易”，当年曾被我认为是年度金句。人在热恋中时，往往以为牵挂便是世间最难的事，可最难的，其实是离别。

还有一段有共鸣的，“为何乘坐路程未够，留下话题未够，我却要带走，是你赠的迷人玩偶”。没错，“有时情路里太多标志”。

《如果我们在恋爱》里同样有车这一意象。不得不说，这又是一首被陈慧琳浪费的歌。本是不错的旋律，本是很黄伟文式的歌词，可在陈慧琳并无感情的唱腔下就此平庸，连大热的K歌都未算。

这首歌的情境，无非“分手之后，她遥望他与新欢”。我总对这情境心有戚戚，对遥望者心存怜惜。当年之所以一听郑秀文的《祝你快乐》就爱上，也是因此。“听说她关心你，曾听说她长得很美，还令不羁的你终于可以体贴入微，看见今天的你，眉宇里存着朝气，无论她是谁人也令我妒忌”，“不羁”与“体贴入微”相对，“朝气”与“妒忌”相对，都令我动容——之所以总是对这样的“她”心存怜惜，是因为我总觉得，在感情中，哪怕两人分手了，也是彼此爱过的吧。

《如果我们还在恋爱》里也有这样一段，“我有时也好想见她，看看谁能和你抱紧度过余生，仿佛还未放心，想知当日的我被迫牺牲，成就了谁那一生”。“放心”、“牺牲”和“成就”，用在这里都触目惊心，只是，陈慧琳唱不出那不甘。

我也极喜欢与“任性”二字有关的歌词，比如“那时如果勉强下去直到你不爱，勉强地面对这比赛，可有力捱到今晚，坏孩子可会改”。“勉强下去直到你不爱”，是黄伟文驾轻就熟的低姿态，而“比赛”和“捱到今晚”，词都用得狠而绝，但都不如后面那句“坏孩子可会改”那般直触内心。

开头也是我喜欢的，“我有时会深宵驾车，远远停在你大门外，看着有谁前来找你，看着你睡房灯关与开”，这样的事情若由女人来做，杀伤力委实更大。

在这样的感情里，自然少不了“落力地挽救”（“落力”即卖力），却终不免“自量地分手”。只可惜，“她得到幸福，将不会是我悲哀”这般凄清的句子，却被唱得毫无情绪。

往事却似断箭，还剩下在体内

麦浚龙的制作团队向来超豪华，《耿耿于怀》不算出彩，却也是颇佳的K歌。词也是我喜欢的，尤其是开头：“你最近还好吗，尚爱看少女漫画吗？最近近乎没露面，你有新对象吗？真想带你见见我刚识到的她，我想听你意见，这算是病吧，为何无论我愿意怎样试，怎样也不可一样爱慕她。”“少女漫画”和“新对象”，都令我忍不住笑，而“真想带你见见我刚识到的她，我想听你意见”，那小男生的旧情难忘和欲盖弥彰，还有隐隐的“示威”情绪，都着实可爱。

“难道没练习太耐，感觉都追不回来”（粤语中“太耐”即太久），那自然是借口，真实的情绪，自然是“还是我太爱你，对过去太放不开”，仿似“生锈的锁不能开，钥匙也折断了，留在旧患所在”，“怀内放满对你的爱，难怪跟谁也再没法恋爱”。这段于黄伟文来说，自然驾轻就熟，从开头延伸至此的情绪，还是动人。

也有黄伟文惯用的手法，比如“我有时仍很怕路过你那从前的家”。对这样的句子，我向来没有免疫力，连后面的“往事若然未落幕，再揭起有害吗”也顺带着喜欢。

其实，人都有“耿耿于怀从前的爱”的时候，“往事却似断箭，还剩下在体内”，时刻锥心。只是这样的少男歌，虽然唱着“从没有振作过，痛了再痛也应该”，可只不过是成长的片段，过后无痕。

这种耿耿于怀式的伤别，若是中年男人唱来，又有另一番情致，比如潘源良为张学友所填的《怎么舍得你》。如果一个人，让你忘记了也宁愿再想起，那么，又怎么舍得失去？

《怎么舍得你》开头的“红笑脸红裙红丝巾，白纸般坦率还天真，一对眼水晶般吸引，流转的舞步像浮云”，其实并不讨我喜欢，我不爱红色，想到一个女人红裙红丝巾，就有点腻歪，我也不爱“白纸般坦率还天真”，我是御姐控。可却被“忘记你但仍然想起”秒杀，其实，从未忘记吧？古龙不是说过么？你庆幸忘记一个人的时候，便已又想起了她。更不要说执意想起。

想紧抱你，可“抱紧的只得空气”，“明知得不到你，何必再要记起”，也终究对自己无能为力。

有时，感情就是这般难言，“情与爱是无从更改，未更改却因何分开，失去你才明白未可舍弃”，这感情的曲线，分明是世间常态。“但始终祝福你，宁愿我这田地”，怕是最无奈的选择吧。

“一丝丝一点点烧毁忆记，一幅幅一声声又复燃起”，“一丝丝一点点”，那是烧毁时的不舍，而“一幅幅一声声”，来得轻易，难免“肠断至死”。“恋一生差一些不可一起，只一心等一天日月如飞”，可终究是“等不到你”。哪怕忘记，宁愿“又想起你”。

对于张学友来说，这类型的情歌委实太多，同为潘源良填词的《寂寞的男人》亦是一例。

有时候，寂寞如影随形，无力感弥漫于每个角落，让人恨不得另觅安慰。可有些人，在你心里终究无可替代，哪怕“明知许多女伴一转身会遇到”，却还是“今晚我不懂如何告别烦恼”。

潘源良写寂寞，那寥落着实到了骨子里。“繁忙的工作，加一把劲来过渡，无聊的交际，只管把笑容制造”，这是一个男人在外面的疲于应对。没了你，自己便如行尸走肉，忙碌与笑容，不过是程序，活着早已不知为谁。

回到家呢？那也不过是打开电脑，登陆聊天软件，然后“模拟找到，模拟倾诉，模拟很好”——三个模拟，瞬间将我秒杀。假装拥有这一切，哪怕，再也找不到你，哪怕，再也无法倾诉，哪怕，从此与好绝缘。

那“各行各路”，分明让人承受不起。于是，“从前的一套，今天仔细仍照做”。于是，又有三个模拟，“夜深粉紫色这外套，模拟起舞，模拟拥抱，模拟得到”，不过这三个模拟颇有几分恋物情结，一个大男人拿着一件粉紫色外套摩挲，让我有点不敢想象，感觉自然不如前三个模拟那般好。引申一下，话说睹物思人这事情，女人穿男人衣服去留恋对方，那情境极美，比如《暧昧》的“你的衣裳今天我在穿，未留住你却仍然温暖”。可男人拿着女人外套挂念，就确实让我腻歪。

喜欢那句“浮华掌声里，只想一个人赞慕，从难关出发，心境可向谁透露”。其实，活着无非为你，没有你，赢了世界又如何。而那心底情绪，却也只能自己说给自己听，并盼你知道。

爱意要是没回响，世界与我又何干

那些伤别之歌，并非只有哀怨虐心，也有风轻云淡，比如小美为林忆莲所填的《微凉》。

那些微凉的天，你会不会想起某个人？那种“微”的状态，往往令人所喜，比如“微凉”、“微醺”……而微凉呢？微凉的秋，微凉的酒，喜欢“苦涩轻透”四字，像极了我爱喝的茶。

“为何当天不懂去爱，为何分开方知热爱”，已是老生常谈，只是“夜了荡来感慨”，“荡”字用得动人，那些夜半的愁绪，往往倏然而至。即便“不应该”，那也无可避免。而“寂寞感觉此际荡来”，即便“不甘”，同样也无可避免。

于是，独自上途。

《风继续吹》亦在悲苦中有恬淡。那年的张国荣，不红，甚至临近消失。在那个圈子里，过客本就比留下的人多。唯有这种状态下的崛起，方有石破天惊之感，《风继续吹》就出现在那一年。他说，他最爱的自己的歌，就是《风继续吹》，那是他真正的开始。

据说，郑国江为他写这首歌，只收了一半的钱，联想后来的际遇，少收的那一半，怕是形同再造之恩。郑国江填词的特点，《风继续吹》和《涟漪》怕是最能体现的，无非清晰韵脚，隽永意境。比如首段的“去”、“吹”、“堆”，又比如耳熟能详的“默默垂”，都极押韵。新词人往往不在乎这些，更爱惊人之语，在我眼中其实也是各有千秋。

至于隽永意境，“冷却了野火堆”便是我的大爱。其实情侣在夜间坐在沙滩上望海，是港剧中最滥俗不过的情节，越是那种人尽皆知的情境，便越难表达，“冷却了野火堆”，怕是最隽永的一句。

同样隽永的还有“垂”字，只是这个字作为末字，其实并不好发音，发轻了便缺了情致，发重了则过火。我听人K歌时，“垂”字往往用力过猛，且唱成去声，恍若轻柔绸缎上砸上一记重锤，半点动人处都无。

现在想来，这怕是郑国江给张国荣的一个考验吧。

在听李敏填词的《红叶落索的时候》之前，我未曾想到过，原来“秋心”二字合起来是“愁”。那时我正读中学，还根据这歌词，写了篇名为《秋心愁》的小说。

这首歌同样写离愁，旧日“在秋季的街角分手”，时过境迁，仍难忘怀。眼下手中阅读的小说则说“秋心是愁”，想必也有同样情节，让人感同身受，倒确有“防悲曲独奏”之效。

只是，“仍未看得透，你不亲口解释为何走”。因这离愁中的不甘，才会有“一堆堆思念仍未够，过后仍是愁”的境况吧。

有时，伤别中还暗含勇气。潘源良填词的《情深说话未曾讲》是中学时代的歌，却记忆犹新。那时便觉黎明浪费了此歌，可彼时连网络都无，资源有限，听来听去都是黎明的原版，几不知翻唱为何物。后来，便有卫兰版，虽然声音嫌硬，却明显比原版好听。

这是分手后的追忆，在远方怀念对方，思念漫长，温暖也成妄想，“每日来又往，也像隔一道墙”。分开了，方知“你若燃亮我，我亦要懂得释放”，感情，终究是双方的事。于是，才会“过去每日同路往，不懂珍惜那些境况”，才会“这晚我独来独往，却是太后悔浪费共对时光”。

喜欢那句“你若能会意，挂念已找到方向”，那是彼此心灵相通。时空隔不住相知，终将奔向彼此。

所以，问一句，“你这刹那在何方”，因为，“我有说话未曾讲”。期待你的回应，那句“爱意要是没回响，世界与我又何干”，总让我感觉气势如虹。等你回应，只等你的爱来回应，除此之外，一切与我无关。

这一章节，若以《爱你是我一生理想》作结，倒也贴切。因为，伤别的人儿都有这样的想法吧？哪怕，只是错觉。

初看《爱你是我一生中理想》这歌名，还以为是一首温馨情歌，后来才知是绝望中的不甘。这样的歌词，向雪怀早已写熟了。先是那些热恋与憧憬，仿若天赐，“是你赐我生命爱一趟，迷糊梦里你来到，推开一片窗，令我再有希望，重拾情深一往”，只听这开头，那炽烈温存便萦绕，但那美好情绪转瞬即逝，结果是“受过伤的今天更伤”。

只是难忘，所以“令我再次失望，还是情深一往”。这首歌最动人的一句，是“愁时共你，笑亦和你，是我一生中的理想”，只要在一起，便是最美好。但终究是“无援地伤心一场”，哪怕“余情未了”，也“不敢梦和想”。

“情怀如雨，永远没晴朗”，那真是只有粤语歌才会有的词，短短九个字，意境却美。

暗恋。

没有得你的允许，
我都会爱下去

涉及曲目

《钟无艳》
填词：林夕
原唱：谢安琪

《明目张胆》
填词：黄伟文
原唱：何韵诗

《防不胜防》
填词：黄伟文
原唱：陈奕迅

《最佳位置》
填词：黄伟文
原唱：陈慧琳

《祝君好》
填词：周礼茂
原唱：张智霖

《当我倾心爱上》
填词：张美贤
原唱：李克勤

《每隔两秒》
填词：李敏
原唱：赵学而

《光天化日》
填词：林夕
原唱：黄耀明

《好朋友》
填词：林夕
原唱：梁汉文

《友谊万岁》
填词：黄伟文
原唱：杨千嬅

《情人知己》
填词：潘源良
原唱：叶倩文

《一场朋友》
填词：林夕
原唱：许美静

《如果你知我苦衷》
填词：林夕
原唱：周慧敏
翻唱：黄耀明

《如何掉眼泪》
填词：黄伟文
原唱：郑秀文

《但愿他珍惜你(爱的故事下集)》
填词：李敏
原唱：孙耀威

《纸巾》
填词：陈少琪
原唱：余文乐

《就手》
填词：林夕
原唱：泳儿

《后窗》
填词：陈少琪
原唱：达明一派

《迷恋》
填词：陈少琪
原唱：达明一派

歌名：《化》
填词：林夕
原唱：杨千嬅

《我错过了什么》
填词：林夕
原唱：杨千嬅

《跟踪你》
填词：黄伟文
原唱：BOY' Z

互相祝福心软之际，或者准我吻下去

一厢情愿，这总是一个让人知难而退的理由。可她不会，“没有得你的允许，我都会爱下去”。无奈，却不退避，甚或决绝。

印象中，林夕和黄伟文都写过许多这样的词，给杨千嬅，给谢安琪。我最爱的，是林夕所填的这首《钟无艳》。只是，那份倔强，可能本就是不被爱的真相，这世界上，怕还是喜欢小萝莉的男人多些。其实许多男人都欠缺自信，便喜欢在小女生身上寻觅成就感，对成熟独立的女子则敬而远之，生怕暴露自己的鄙陋和孱弱。她怕也是知道的，所以唱出“我痛恨成熟到不要你望着我流泪”，又唱出“其实我想间中崩溃脆弱如恋人”。可平日倔强惯了，柔弱的戏便失了真切，于是“被你识穿这个念头，得到好处的你，明示不想失去绝世好友”。

无奈，只能一边期待“互相祝福心软之际，或者准我吻下去”，一边“漂亮笑下去，仿佛冬天饮雪水”。我一直认为，“互相祝福心软之际，或者准我吻下去”是粤语歌词中最卑微的句子之一，“或者”二字最是凄怆，可这“心软之际”，何时到来？而那样的一个吻，即使成真，又如何？

“被你一贯的赞许，却不配爱下去”，似是极致的残忍，连赞许都失了意义。而选择“没有得你的允许，我都会爱下去”，又需要多大的勇气？

有段时间极爱听最后一句，“你的她怎允许结伴观赏雪的泪，永不开封的汽水，让我抱在怀内吻下去”。它的意思是：哪怕在你身边，我依然形单影只。

有时，这暗恋的倔强，也会成为安慰自己的力量，就如黄伟文为何韵诗所填的《明目张胆》。

有段时间，曾喜欢岩井俊二多于北野武，或是因为《情书》的缘故，便爱极了那舒缓节奏与温暖光影。还有《四月物语》，虽非男生爱看的调调，但光影却养眼，还有一丝男女皆宜的暗恋心事，便也喜欢。

黄伟文也爱写暗恋，可迷人却来自残酷。比如《明目张胆》开头那段，“等终于到夜深，才能收集上次你留在饭店那纸巾。夜更深，不敢送赠的吻，全凭我手中的偷拍照，营造着你那体温”，恰似陈奕迅那首《防不胜防》。“留在饭店那纸巾”，已见爱得卑微，而全凭偷拍照，“营造你体温”，更是让人动容。

后面的词讲开了心事，反倒吸引力减弱。或者，细节总是最动人的。只是那句“我如果想一世人和你过，平时就要企后几寸，去幻想，别要摸”，道尽暗恋心事。《祝君好》里的“宁愿无拥抱，共你可到老”，《最佳位置》里的“比不上恋人，但厮守一辈子”，怕都是这悲怆吧。

有时，暗恋的过程也往往成为暗恋者的自嘲，比如那句“待你好，只不过是帮我，成为我爱演的一个我，其实未算太坎坷”，虽有“感动自己”的嫌疑，可若不这样想，又能如何呢？“明白让你太烦的不是爱”同样卑微。若真是热恋，又如何会烦？退避三舍的人，往往只是爱在心里口难开的人儿。

落到最后，便是一句“如若我也有权爱，同样我也有权不必被爱”。哪怕，一心守着这权利，只是为了安慰自己。

与《明目张胆》开头的细节相仿，同样由黄伟文填词的《防不胜防》，也以这样的情境组成。会不会有一个爱你的人，每日出入于你家，只为了带来或带走一些东西？带走的或者是垃圾，或是小物件，只为纪念，带来的则只有贴心物。比如“为何喝过那杯咖啡无故失终了，家里却仿佛增添了数本新书，为何你那床头玩具熊再找不到，花樽的花偏偏天天转色”，又比如“为何那个故障手机无故修好了，梳妆台怎么这么快没有香水，为何有雨门前就突然有一把伞，相簿的相偏偏天天变少”。

《防不胜防》让人爱的便是这细腻，“花樽的花偏偏天天转色”，便是我喜欢的趣味。还有那相思的人才有的情愫，“在你的唱机放低唱片是我，算是暗中一起分享过首歌，从你的套房带走被单是我，你睡过的至少我都睡过”，原来卑微的爱着，这感觉也可坚守。

最爱的还是那句“照着你的笔迹写封信给我”，仿佛为自己送花。那是电视剧里常出现的情节，往往因穿煲而搞笑，但细想却是悲哀的，就像歌词的最后一句，“在你抽屉中放低戒指是我，你就算知也不会想是我”。

宁愿没拥抱，共你可到老

说到暗恋，当然不可不提黄伟文所填的《最佳位置》。

歌词的大意是，男主角堪比钻石王老五，身边女孩子排着队等候，女主角只是带点暧昧成分的好友，结果思前想后，觉得“还未有新空缺来容纳我，正选只得一个，后选经已太多”，维持现状就是最佳位置。有人曾说，这是史上最低姿态的歌词之一，甚至有些犯贱。

可犯贱归犯贱，回望一下人生，就会发现人与人之间其实真的有个最佳位置，很多时候过犹不及。比如男女之间，关系越近，就越难有纯粹的友谊。若是知己好友，难免有淡淡的喜欢，无非是揭破与否的区别。有人反对揭破，说男女间最傻的事情就是和异性知己上床，等于平白没了个朋友，注定一无所获。这话的潜台词便是：那个最佳位置，其实不可跨越。

也有人说，男女关系间最微妙的境界，莫过于捅不破的暧昧，就像那句“越过知己的亲密，然而未有拥吻过”。这种关系异常撩人，妙就妙在那进退两难里的点点甜蜜，退一步则疏远，进一步则过火。但这样的关系，又有多少人能保持呢？谁又能克制自己的欲望，为自己留一个最佳位置呢？谁又能甘心默默期望，说一句“无论你喜欢谁，请你记住留下给我这位置，时常在内心一隅空出几寸为我坚持”呢？

表面说着“是否爱还是其次”，可实则却是得不到爱，只能退而求次。

那句“比不上恋人，但厮守一辈子”，常让我想起《祝君好》中的“宁愿无拥抱，共你可到老”。

《祝君好》是TVB剧集《十月初五的月光》的片尾曲，原唱张智霖在剧中饰演一个哑巴。所谓“十月初五”，是指澳门的那条十月初五街。每次去澳门都会经过此街，习以为常。偶然想起它与港剧的联系，也是一转念的事儿，随即便继续去吃吃喝喝加购物。有一次也见过慕名前来的港剧迷，那已经是TVB首播十后年的事儿了，港剧迷也变成了网络观剧一代。可那首歌，却时常萦绕心头。

无论剧集还是歌词，故事都很简单，很老套，简简单单三个字：我爱你。

而你呢？你可以爱我，也可以不爱我，来去自如。因为，你是我真正深爱的人。只是，绝口不提爱你，因为“害怕连累你一生日月”，因为人生中的最大憾事，是“跟你曾遇过，给过你太多波折”。

可是，还是会想你，会想见你，哪怕只是远远的，看你的轮廓。这种爱，是“宁愿没拥抱，共你可到老”，是“任由你来去自如”，你的快乐就是我的快乐，而我的快乐，只因为未曾牵绊你。

这故事的结局有两种：也许你知道，有一个人“站在远处，祝君安好”；也许你并不知道。我是盼着你不知道的，因为，我不想你难过。

下面要说的一首歌，来自李克勤，张美贤填词，歌名是《当我倾心爱上》，罕有人知。其实，在我醉心于港乐的那些年里，总有些歌温婉动人，它们非主打、不派台，却隽永动人。那时的许多个夜晚，便在这些歌声中入睡，十几年了仍忘不了。

那时也爱学大人，总去泡吧，偏爱的是清吧。后来走到任何一个城市，总爱去酒吧里坐，哪怕只逗留一晚，也要去呆呆，每次都会想起这句“长长玻璃倒影，影出我们在对看”。或者，这句歌词太有画面感。

只是，心里总是纠结的，“陪同茫然夜深等太阳，未到凌晨已经失方向”。踯躅，只因为有一句话总是说不出口：“这句爱你我怎么跟你讲”？

到得后来，便更是犹豫起来，变成了“这句爱你我应不应去讲”。“长长一双倒影，街灯里寻觅去向，两对忧伤眼光，却是再三的碰上”，会让我想起林夕的“街灯照出一脸黄”，十分细腻。

“如何还言又止感渺茫，像你何时已偷窥真相”，其实，这场暗恋，是希望你知道，抑或希望你不知道？答案往往难求。

有时，暗恋者的心既不像《最佳位置》和《祝君好》里那样“认命”，也不像《当我倾心爱上》里那样犹豫，而是充满憧憬。可是，再多憧憬都好，未开口的暗恋，始终只是暗恋。就如李敏为赵学而所填的《每隔两秒》。

这首温婉的《每隔两秒》是赵学而首张大碟的主打歌，简单却动听。想来，那时的飞图唱片，是打算把她打造成柔情似水的女歌手吧，其实以她的声音，走这路线也讨好，虽然没有《寻开心》的迷离，可那温婉也是骨子里的。

“如时针，爱念每刻运行，每一秒一分，仍在构想入神，夜里梦里真爱来临，日里未有发生”，这是典型的女词人手笔，遣词用字都小心翼翼，甚至有几分刻板，就如“每刻运行”般。

“听到你声音，犹像置身白云，是我未压抑的兴奋，令我乐意倾心”，是言情小说式的调调，可虽无惊人之语，却还是能让人想起一些过往，并会心一笑。如果只听到这里，这便是一首温情脉脉的情歌，爱得痴狂，还有甜蜜，可“每隔两秒我都想起你，但我不懂使你心欢喜”，便把这情境变成了单恋，哪怕“每隔两秒我都想起你，完全忘掉了自己”，也还是单恋。

终是不甘心，也有憧憬，“成为现实爱人，谁愿梦里白等”，于是，期望“爱哪有原因，两心只须合衬，然后慢慢两人情难自禁再热吻”。

也因为这憧憬，便很期待与对方在光天化日下爱一场，牵手给每个人看，接吻给每个人看，让每个人，都能看到那登对笑容。我曾说过，我爱用自己的方式去理解歌词。于我看来，林夕为黄耀明所填的那首《光天化日》说的若不是说不出口的暗恋，便是无法公开的畸恋。

因这难言，便有万般期待和憧憬，毕竟，连街头挽手，都成奢侈。所以期待让全世界看到这爱情，也期待一个无人之境。

于是，便“对着青空许愿，找一个宽广平原，不需要砖不须要穿，跟你幸福爱恋，赤脚踏过青草地烈日”。只想，含着笑宣布，“共你高贵地拥抱”，“共你于赤道起舞”。

天地间，无一切身外物，只有爱。直至，“双恋至死”。

那憧憬，让人没有恐惧，“爱里找不到恐惧，只恐找不到爱侣”，于是，便只想遇到你。哪怕，这爱中有苦楚，也无妨，“就算因快乐呕吐”，也无需谁来搭救，“谁若有十字架，请找缺少爱的去哀悼”。

但愿万般的牵挂，自你掌心内渗透

“若是让我许愿，但愿没任何事留恋”，林夕的词时常这般虐心。这种生无可恋的失落因何而来？因为好朋友。

高二时第一次在翡翠台的“劲歌金曲”上听到《好朋友》，当时无感，数年后却后知后觉，突然爱上。

其实男女间要维系好朋友的关系实在极难，退一步便疏淡，进一步就“变质”。若是到了一方有情一方无意的境地，这“好朋友”的关系就愈发尴尬。

《好朋友》开头便是那句“若是让我许愿，但愿没任何事留恋”，因为“迷恋的不可以选，只好心死再算”。纠结过后便是自我开解，“并未能叫你爱我本是太平常，我不应该惆怅”。相比副歌部分，我真是爱死了开头这种小情绪。还有那句“自愿在你左右，遗憾地叫友谊越恒久，而知己这么罕有，才肯接受这残忍的引诱”，“自愿”对应“遗憾”，“罕有”对应“引诱”，再加一个“恒久”，道尽纠结中的坚持。

这样的情致，只能以试探、掩饰的方式暗暗吐露倾诉。比如借聊天的机会，“趁这晚你在场，谈心中假想的对象”。这样的情境，是不是让你想到了很多电影桥段？类似的还有在酒吧里玩真心话大冒险吧？又或者，在自己暗恋的人面前谈自己喜欢的电影主角、自己喜欢的歌词……

可这欲盖弥彰式的表达，无助于爱情。于是，“生命再悠长，也说不出路向”。

有了这些句子，副歌部分的“也许总有他人懂得爱惜我，然后往后多年爱若是结果，你与他会携手衷心庆祝我，无奈只是好朋友，别吻我”，便不再那么出彩。其实我年少时很喜欢“你与他会携手衷心庆祝我”的虐心调调，但后来的我已变成细节控。

听完梁汉文的男版暗恋，再来听听杨千嬅的女版暗恋——黄伟文填词的《友谊万岁》。

我一向觉得，男女间的关系大抵两种：普通或者不普通。换种说法，即无情或有情。关系越亲密，友谊就越不可能纯粹。可以在苦闷时向之诉苦的人，可以耳鬓厮磨的人，若非彼此间有情意，那便是单恋，暗恋者可以为对方牺牲自己的感受。

至于“友谊万岁”，在情事中往往是骗人。要不就是没心没肺没牵挂，纯属敷衍；要不就是爱得太深，即便无缘也不舍得离开，甘愿在你身边换个位置。

《友谊万岁》的开头便是我喜欢的。我偏爱场景的描绘，比如喜欢《如果我们在恋爱》的“深宵驾车去你家楼下，看你家的灯关与开”；喜欢《明年今日》的“或在同伴新婚的盛宴，惶惑地等待你出现”……而《友谊万岁》里“循例的邂逅，在场全是好友，同样说同样笑同样喝酒，轻轻握你手，仿似同伴那样问候”，也是一个看似平常却有故事的场景。只是后面的那句“但愿万般的牵挂，自你掌心内渗透”，才暴露了内心感受，这句的情绪也极细腻，想靠握手来渗透的牵挂，其实毫无指望，着实让人心有戚戚。

最爱的一句是“弦外的韵律，就由眉目演奏”，若是两情相悦，自是美妙，可若是一厢情愿，就不免哀怨，不知是“谁在奏谁在听谁在接收”。“假使开了口，恐怕无力继续善后”，也是为说不出口的爱找个借口，其实善后不难，无非尴尬而已，说到底，还是怕自己舍不得吧。

其实男女间，最怕“谈话的态度，像随时被拥抱……但是别开心太早，若说爱慕还不到”，连暧昧都似极了施舍。

于是，终究还是要问的，“我对你怎样你也应该知，如写满我脸的字，为何你杯碰杯一刹，还提着友谊友谊这词语”，一边是任谁也看得出的心意，一边是心不在焉，又该如何是好？“一向我对你怎样你也应该知，还请你有个表示，是情侣或朋友都可以，亦胜于冷静至此，按着拍子唱着友谊万岁”，想来，这质问也是无奈的，“是情侣或朋友都可以”，可结果真的不重要么？

也许，事后才知道，“友谊万岁”才是最好的状态。

异性知己的暧昧，似乎是普遍现象。清楚对方的一切，连身体接触都自然如情人，连隐私都变成两个人的秘密。即便飞蛾扑火，在那一瞬，想必也是肯的，甚或是豁出去的。

至于结果，那不过似极了其他情事的纠缠，也有吵闹，也有冷战，连分手，也那般纠结不清。可在十数年前，词人还是铁了心不让这傻事成真，潘源良写《情人知己》，将抑制不住的情感一一盘拢，终至收回。克制，然后让“知己笑声到永远”。

潘源良写场景，也是细腻的。先是多年重逢，“长夜细诉别时情”，之后便“其实你对我痴情，藏在暗里已多年”，挣扎犹豫后，终还是“怕未可以预见”，只求“最终双方都会醒”。其实，“唯害怕爱火烧完，现有的知己已再不见”，怕是许多人已然想到的，只是，情难自制的情形总是多些。潘源良写的怕只是个美好状态。

很喜欢其中几句歌词的语感，都是可堪回味的节奏。比如“我怎么可狠心地欺骗，但也不忍和你绝情”，比如“无奈看你此刻眼睛，仿佛我不应拒绝邀请”，读来或听来，都一般动人。

寂寞是我总比你爱得多，绝望是你总非爱她不可

有时，暗恋者的地位极其尴尬。这尴尬，应以“被动的电灯泡”为甚。若主动做个电灯泡，虽碍了人家，却总有喜剧效果，可被动的电灯泡，却是对方拉你做陪衬，处处多余，却要亦步亦趋。如果这个被动的电灯泡还对对方心有爱意，那就更悲凄，一路上醋海翻腾，情伤难免。

都说异性知己带着爱，所以还是不要拉着异性知己做你拍拖时的玩伴为好。

林夕为许美静所填的《一场朋友》，开头极是动人，“寂寞是我总比你爱得多，绝望是你总非爱她不可”，两句便把三人关系说得分明，无非你爱的人不爱你，你爱的人爱别人。“浪漫是你的一句对不起，闹剧是我跟她变做知已”，也是我喜欢的一句，心底甜蜜不过一句“对不起”，还要与对方伴侣“做知己”，那残酷瞬间袭来。

“拥紧我的始终不能是你，却要我与你一起”，这情绪的表达看似普通，却悲切。

有朋友说听到“三人行，场面愉快的三人行”时，邪恶笑场，我有同感。不过笑场归笑场，这两段写得着实令人动容，“场面愉快的三人行，能容纳我等于怜悯，你信我有多开心”，连对施舍也

欲罢不能，骂着不争气却又紧紧跟随；“谁人愿每天三人行，藏头露尾的小陪衬，我信你也会不忍”，“藏头露尾”说的是拘谨举止，那尴尬已是遮掩不住。

于是，便有赌气的“宣言”，“宁愿没朋友，不想再依靠你，难道没朋友欣赏我的韵味，犹如旧爱有天总忘记，当天竟以为爱到死”。其实我是不信的，能忘记的旧爱，多半不是那么爱，与深爱不搭边，就算真的有“朋友欣赏我的韵味”，心里怕还是郁郁寡欢。

向来喜欢“宁愿没朋友，不想看她吻你”以及“二人合照我懂得回避”这样的情致宣泄。尤其是后者，港乐之中，太多这样的低姿态，一个细节，胜似千言万语。

这种尴尬情境中，心里自不免问一句：如果你知我苦衷，会如何？这些有时连暧昧怕都欠奉的关系，表面上总是融洽的，好友或知己便是那幌子。终有一方，不知道另一方的苦衷。

林夕填词的《如果你知我苦衷》的开头，一句“从来未爱恋过，但很珍惜跟我在消磨”，便着实是一种折磨人的态度，付出的心，对方却全似收不到。

可偏偏还有些无心的嘘寒问暖在碍眼，“你笑我为何没答一句，像不开心心里在想谁”，心里只能回一句“除了想你还能想谁”，嘴上其实也说得明白，“我说你为何没法猜对”。

可对方就是猜不对。是啊，“如果你知我苦衷，何以没一点感动”，“这样凝望你，竟看不到认同”，怕是感情里最残酷的一厢情愿。又或者，你已经心知肚明，却在装傻？“明知我心里苦衷，仍放任我造好梦”，自己却无心，躲在一旁享受这被爱的感觉？这样的情致，便如毒瘾般，“极陶醉但痛”。

值得一提的是，这首歌的原唱极其平淡，可翻唱版却堪称经典。

暗恋的情绪一向极复杂：暗恋到欲罢不能，暗恋到戏里戏外莫名，暗恋到连想掉眼泪都要患得患失，找些掩饰。谁叫我爱你，你却不知？于是，掉眼泪也要万般思量，忍不住，却不能让你看出端倪。

那些眼泪，或者因芥辣刺鼻，或者因洋葱刺眼，或者是盛放玫瑰的花粉扑鼻，或者是阳光太猛双眼受刺，又或者是风沙入眼。反正，哪怕伤感弥漫，眼泪止不住，也不可说是为了你。

或者，相约见面就去看悲情戏，借机流泪，也让你感到并非为了你。

很多人没在意《如何掉眼泪》的这个开头，可在黄伟文笔下，掉眼泪也要这样万般掩饰，那情绪是何等纠结——“明明暗地里是爱到要死，偏要扮成二人是知己，落泪都需要避忌，连情绪崩溃亦怕骚扰你”，道尽所有暗恋情绪。怎奈，“自知身份都不对”，所以，连落泪都需要避忌，连心碎仿佛都没有资格。

其实，哪怕“这秘密埋藏在眼睛里”，甚至“埋藏在血管里”，始终不为你知，也没关系。想做的，只不过是“想跟你痛快的流泪，愿眼泪尽被你榨取，不想这一世如同这死水”，只不过，是想为流泪找个根据。

有时，在这种尴尬关系中还会出现一种场景：你暗恋的人向你倾诉她的情事，比如李敏为孙耀威所填的《但愿他珍惜你》。

有些歌初听便是大爱，十几年不改。当年的《爱的故事（上集）》已是港乐经典之一，但下集的《但愿他珍惜你》却没多少人知道。中学时每周都追《劲歌金曲》，第一次听便喜欢。喜欢是因为歌词中的情境吧。虽没有经历过这样的暗恋心事，但亦能被愁绪感染。“下雨天在夜静沉寂处听你的爱故事，下着心中的雨，知他态度常放肆，你已经伤心多次，我盼你的忧郁可停止”，简单开头却颇伤感，于下雨天“下着心中的雨”，已是不能自医，却还盼对方的忧郁可停止。

感情从不是无私的，暗恋者更是往往挣扎。“到底应相爱或分开，假设情不再，应该等你决定，我假装潇洒望海。我早都知你离不开，真叫人感慨，但我对你爱念未曾改”，便隐约透露心事，希望对方幸福当然是主要的，可潜意识里有没有盼着对方分手？反正，那已是不幸福的感情。

之后的又一次倾诉，又是在雨天，“你说失意际遇，是内心再犹疑，天空似是停了雨，我始终相当关注，盼你去找些开心日子”。可对方的失意，却仍不能让自己倾吐爱意，这无果的暗恋，是不是有点“咎由自取”的味道？

可这隐忍之爱，仍是极动人，一句“我但愿他珍惜你，这颗心不忍看你落泪时，一串串令心酸酸，仍旧仍旧眷恋”，便道尽内心爱意。这祝福，真挚却又不甘，只愿对方的“爱可一生一世永没尽头”，别再有波折，别再有伤心，别再让“我内心辗转无尽无尽挂牵”。

收尾那句“爱你却未开口，宁愿像现在是好友，愿你开心偶然想到我”，这世间有多少这样的“友谊万岁”？

有时，这种暗恋也是极卑微的，比如陈少琪为余文乐所填的《纸巾》。在这首歌里，一个人只是另一个人的倾诉对象，无关爱情，只有单恋，便如纸巾筒里随手可抽出的纸巾，擦干眼泪，便在天上飞。那些连暧昧都算不上的情境，在词人笔下如信手拈来。比如开头的“怎么总喜欢堕进我臂弯淌泪，倾出他一堆犯次数最多的罪，我这身躯边痛下去边听下去”，“泪”与“罪”的韵，粤语歌词里常用，而那手足无措抱着心中爱人的难言情绪，也着实让人“边痛下去边听下去”。

其实，这关系，无非打着知己好友的旗号，做对方“泄愤的工具”，以便让对方“从情路上可倒退，当你碰上地雷”——你是对方临时的旅馆，却非归宿。

哪怕身躯再贴近，哪怕视线再交接，哪怕神经再敏感，关系却是不变，“偏偏只可于遇到你痛哭相聚”。甚至，“怎么竟牵手让我看你的安睡”，甚至，“怎么不死心，梦里仍提他一句”——那情境，算不算极致的哀伤？反正，心里早已料到，“没用时被你两手抛高风里飞”。

这关系，以纸巾来比喻着实恰当，“能随时让你伸手可得到”，“吸走每串每串眼泪是责任”，还要“静听著你哭，直至没尾音，直到失去余震”。最悲怆的还是那句“你伤心我便贴近，令你很信任，抱著时温暖合衬，还妄想能被吻”，如此合衬，可一切，终究只能妄想。

比《纸巾》更为悲怆的，是林夕为泳儿所填的《就手》。

其实，总有一些这样的女孩子，不出众但温婉，与所爱的人能成为朋友，却成不了恋人。那种情境，就是“普通的我当然不会差得使你避我憎我，偏偏不会好得使你甘于相信是你心里不会感到生厌的”。单恋加单方面的默默付出，反倒成了一个伤心的过程。对方呢？对方也许被蒙在鼓里，也许已经洞悉一切，却借爱为工具，将“即找即到”的你视为工具。

开头便虐心，“假使只要一点小吃消遣一下便会找我，假使想要烛光映照举杯起筷便有需要找更讲究的货色，我知我仅有的价值”。没来由想起杨千嬅，这歌也适合她来唱吧？在电影里，她演过多少这样的角色？街市与大排档里总有她的身影，艳光四射与她无缘。在电影里，她往往能笑到最后，可在情歌中，这样的女子只有悲情。

又因“即找即到”的缘故，“假使只要一刻安慰充塞空当便记得我，假使想要伴侣那样摸到捉不到的感觉，便要寻觅更有趣更神秘角色”。

“摸到捉不到”是情事中让人欲罢不能的原因，神秘感是保持新鲜的要义。这二者，恰恰在平凡且一心暗恋，“能给你一早给你，绝没有惊喜发生”的女子身上无处寻觅。

所以，对方才会如此不上心，认定你“不舍得撤走”。以致“我太像便利店，即使贩卖所需的一切，亦没法留住你这位贵宾”。即使“不分早晚不管天气不必休假，为你想到这么周到”，甚至“变成飘忽于左近的空气”，也让对方没有兴致为你叹息。

顶多，就只能是个“就手”的朋友。

窗边的我不知方向，每个晚上你是我的想象

达明一派的《后窗》，借用了希区柯克的电影名字，却无那诡异悬疑，只有惆怅与期待。那暗恋心境，渲染铺排，情绪在期待中高涨，孤单却绮丽，就如最后反复吟唱的“窗边的我不知方向，每个晚上也是这样”。

只因那日在后窗见到你，街灯下，“你满带欢畅”，就此记挂。于是，便有“悠悠长悠悠长无尽设想”，悠长二字，总是这般迷人。后面跟着“设想”二字，寂寥却令人心动，一切遐想，只为“使你知道真相”。

漆黑中偷看你，便失去方向。那些暗恋情愫，便在凝望中纠结，“凭着冷风增加印象”，只是，仍只是“对这窗”。

哪怕，“每个晚上你是我的想象”。

《迷恋》则来自一九八六年达明一派的首张大碟，悠扬典雅的曲风恰是彼时流行。其实也能听出达明心水的英伦电子乐感觉，只是揉得太深，需要细听。

彼时的陈少琪，写这类小品式的歌词也细腻可喜。一串以“an”为韵的字，韵脚很漂亮。比如“结识于偶然”，比如“寻找她，觅爱的诗篇，信一天，有缘能再相遇，永没完，诉我心里愿”，对称工整的句子，还有动人的节奏。

那是偶遇后的念念不忘，一见钟情后的思绪牵动，乃至“每次看见这照片，那夜梦幻又默默闪，在脑内仿似交战”。“交战”二字我尤其喜欢，就像《无人之境》里的“如若早三五年相见，何来内心交战”，这两个字放在这里，看似不搭却恰当。

很喜欢那句“那刻的醉甜难再体验，托着头，再次深挂念”，一直觉得“醉甜”这个词很是曼妙，而“托着头再次深挂念”，也是动人情境。有时，世事便是这般奇妙，一次见面后，便“你已占据我每天”。

忘爱自然合衬

有一种暗恋，发生在分手后。对方以为可以做朋友，甚至“漫谈如挚友”，可你却万般挣扎，强作笑颜。感情总是不公平的。

很多人都说，时间会冲淡一切。不管当事人信不信都好，这句话总被用来劝诫。可其实呢？时间就像坟上的土，埋葬了心底的东西，可刮一场风，或者有个人用手一扒拉，便现了形。有些情感，打也打不化，踩也踩不低，踢也踢不走，哪怕你揉成一团丢出去，它还是转个圈回到你心里。

在《化》中，放弃感情就如清修，戒了相思戒了你。可对方回来，“漫谈如挚友”，便“令清修的我再失守”。其实何止漫谈，连相望都不易，“别凝望太久，令面容如刺绣，像一针一血的引诱”，对方的眼睛便如针般，刺在脸上，也刺在心上。

这是一场分手后的暗恋，手足无措只因爱你，“没碰着你再爱谁未算假”，这心已容不下别人。可还是低姿态，“何必担心下半生，何苦不信任缘份，谈多几次心，自然就似情人，唯有甘心”，带着爱意，甘心去谈心。是否似情人，怕只有自己心知，连偶尔的甜，也是奢侈。

那些开解与决绝，苍白无力。“无需等的别要等，庸碌一世没遗憾”，总让我想起《飞女正传》里的“若与不心爱的一起晚餐”的悲惨，还有“爱到动魄惊心，不负你有过刹那的兴奋”，终究还是敢爱、想爱的吧。“收得多花，迟早火花都化，未信共对上百年未爱他”，可别人送的花，又真能熄了对旧爱的恋火？若真的“对上百年”才爱别人，怕早已晚了。“若能不执着你，谁不懂去互吻”，终是麻木无感。

是啊，“如果恋爱为结婚，如果拥抱为名份”，那是多么简单，只是掺杂爱，便难言。

很喜欢那句“忘爱自然合衬”，或许真的无欲则刚，或许真的情深不寿，或许，真的有一个你未发觉的最佳位置。

写到这里，我突然想起了杨千嬅的另外一首歌——《我错过了什么》。这首歌讲述的是暗恋吗？是的，它讲述的是暗恋的错过。

我一直觉得，爱情中最悲怆的，无非两件事，一是相见恨晚，一是爱未说出口。前者是无助，后者是错过。有些人，错过了便不再来。暗恋的所谓美好，不过是那私密过程与小心思，可若是不说出来，结局终不过是暗自神伤。

于是，《我错过了什么》的开头，是那般迷人，却又悲凄，“还记得某日里，提着笔写着字，无意中发现了全是你姓氏，凝望那薄薄的纸，明白我在暗中想你多少次”，这些在电影中常常出现的老土情节，因为“无意中”、“凝望”这样的字眼，分外动人，那“暗中想你多少次”，分明是所有暗恋的注脚。

“和你忽远又近，难望见偏触摸到”，那是感情前的徘徊，望不穿内心情绪，身体却近在咫尺。可内心的疏离，决不是那些亲近可抵消的。只是，这样的夜晚，已是记忆中的美好，毕竟“差一吻已做到”，哪怕“迎着风赶着雾”，却依然可以“柔情尽诉多几倍”。

最喜欢的一句还是“而我偏已习惯沿用你喜爱用词”，哪怕“我共你从未讲心内事”。很喜欢林夕在此处的敏感，其实若是喜欢一个人，便不自觉受其感染，比如口头禅，比如一些用词，若是两情相悦，即便自己并未察觉，对方看到，也会暗自欣喜，但若是单恋，这“习惯”便悲切起来，不管对方是否察觉。

错过后的后悔，总是无力的，“当天假使恋爱，为何不爱清楚”。可是，终究错过。

让我在你七尺以外陪你走

有些小男生的情绪着实可爱。BOY’Z 的歌多有动听旋律，虽然唱得一般，但那青涩或许恰恰是歌词的注脚。

《跟踪你》讲暗恋，那情绪似极了《四月物语》。于单恋者来说，爱不过是一场跟踪，身前左右，假装邂逅，扮作无心的偷偷凝望，已是极美好。写暗恋的粤语歌，心酸的多，如《跟踪你》这般能让人会心一笑的却极少。

黄伟文的细致，表达这样的小情绪恰是最合适。几个日子信手拈来，先是在“你天天必经餐店之前”，“期待你会惯性三点三走过在身边”，然后是“共你于 CD 铺一起买唱片”，这里的情致像极了《明目张胆》里的“收集上次你留在饭店那纸巾”。那句“暗地戴你戴过试听那耳筒，再回味你仍残留那点温暖”，浓情类似，却未必神伤。

另一段也是这般情致，一起进戏院，“隔着两米与你看好戏上演，总算共你曾同时觉得心软”，也能打动内心柔软的那一寸。这暗恋，终是从未开口，只求“让我在你七尺以外陪你走”，“走到你街口，对着背影挥手”。

或许是小男生特有的害羞，才会让这暗恋转不到表白，“在暗地里跟你游过街也就够”，“我爱你有阵时亦不必真正讲出口”，多少都是得不到的自我宽慰。

可这小男生的自我宽慰，偏偏不显得伤感，却让人没来由想到“来日方长”四字。

卑微。

得不到你可怜，
也得到休假半天

涉及曲目

《择日失恋》
填词：黄伟文
原唱：吴浩康

《绝》
填词：黄伟文
原唱：傅佩嘉

《假如让我说下去》
填词：林夕
原唱：杨千嬅

《献世》
填词：黄伟文
原唱：陈小春

《大开眼戒》
填词：黄伟文
原唱：陈奕迅

《失常》
填词：乔星
原唱：官恩娜

《晚节不保》
填词：林夕
原唱：刘以达

《垃圾》
填词：黄伟文
原唱：卢巧音

《爱的挽歌》
填词：林夕
原唱：郑秀文

《烂泥》
填词：李峻一
原唱：许志安

《喜欢恋爱》
填词：林夕
原唱：卢巧音

《悲哀代言人》
填词：黄伟文
原唱：关楚耀

《半点心》
填词：潘源良
原唱：草蜢

崩溃我有经验，选一周最后那天，
得不到你可怜，也得到休假半天

在感情中，那些伤到骨子里的低姿态，总是深情的。对方领不领情，那是其次，即便是气焰嚣张来说分手，你也还需认命，谁叫你在乎呢？

感情其实并不平等。

因为善用比喻等修辞手法、用词也大胆的缘故，粤语歌词中常见直抵人心的低姿态。黄伟文填词的《择日失恋》可算是其中最为“残虐”的一首，让人听得满心凄怆。面对分手，不情不愿却无法维系，最后只得一个要求：分手也请宽限两天，就如无自由的犯人，问一句“行刑可否改天”。

《择日失恋》的凄怆，从头到尾，未曾停歇，随便抽出一两句，都可虐心。一上来便是“无暇抱怨无暇悼念，日子兵荒马乱”，将“悼念”和“兵荒马乱”用于感情世界，看似不搭界却抢眼，让人顿觉沉重。无暇抱怨无暇悼念，甚至失眠都得择日。可是，你此时前来道别。

能不能“择日再讲，但愿你当作行善”？“别要我工作里显出了弱点”，后面那段是黄伟文式的虐心，“假使你也方便，选一周最后那天。不想与我纠缠，也恳请撑到那天。因今天恐怕要工作到特别夜没法见，想哭两秒都怕要到深宵三点，才能抽空心酸”，那个“撑”字，透着哀求味道，俨然面对高利贷债主，再不顺眼，也请宽限几日。至于“想哭两秒都怕要到深宵三点，才能抽空心酸”的“抽空”二字，更是让人心酸。

我还爱“何时叹气何时落泪，预约得真太乱”里的“预约”。换了国语词人，恐怕只会絮叨“没了你生活乱糟糟”吧，可在黄伟文笔下，却是叹气落泪接踵而来，个个不预约，最后落得一个“乱”字。“为何痛觉从来并未约好钟点出现”则异曲同工。

最有杀伤力的，还属“崩溃我有经验，选一周最后那天，得不到你可怜，也得到休假半天”，从韵脚、语感到用词，都没半分含蓄，虐字当头。有时候，低姿态者的要求，无非休假半天。

若是这分手终难避免，便往往在绝望中浮现一种故作坦然的低姿态，比如说一声“谢谢你”。

同样是黄伟文，曾为傅佩嘉填了一首《绝》，在分手的绝望中说了一句：“谢谢你帮忙，将仅有愿望都风光殓葬。”

当年初听这首歌，傅佩嘉还叫高雪岚，钢琴十级，作曲无数，可终是个新人，而黄伟文却厚爱她。“曙光全部熄灭，杀掉我影子，我只能独处，背后全没有支柱”，这容易让人忽视的句子，却是我眼中写绝望最贴切的歌词。你唯一的支撑，不过是你的影子，后来，连影子都已欠奉。

《绝》的境况，带着黄伟文式的刺骨，“让痛苦轮回千次，彰显那快乐有尽时”，仿佛吃无尽的苦药，然后回味一杯白开水的虚假甘甜。实则，内心早已是“我不会再信未来，我不要再看历史”的怆然。那是一片黑暗，唯剩你自己。

尽管早已对《你没有好结果》式的决绝见惯不怪，但还是会惊诧于黄伟文的狠，“如今我在你面前呈堂随便收看”，“呈堂”对应“收看”，便触目惊心。

至于“谢谢你帮忙，将仅有愿望都风光殓葬”，那也许是只有黄伟文才写得出的词。也许，分开时都应对自己说一句：好吧，将“我爱你”埋葬，将仅有的点滴埋葬，不管风光抑或不风光。

作结的那句“能够这样，全靠你帮忙，将恋爱绝后的标准答案”，“绝后”二字用在这里，亦堪得一个“绝”字。

林夕为杨千嬅所填的《假如让我说下去》，是分手后的低姿态。那句“但如果说下去，亦无非逼你一句话，如今跟某位同居”，便让人着实不敢说下去。

歌中故事，是分手后的孤单与害怕，在暴雨天中情绪倾泻。那些“谈情的气力”，只能用来给对方打个电话，可即便说挂念对方，对方也“最多会笑着回避”。

随后便是乞求，“我想哭，你可不可以暂时别要睡”，甚至在台风中说出“我怕死，你可不可以暂时别要睡。陪着我，让我可以不靠安眠药进睡”。我最喜欢那句“陪着我，像最初相识我，当时未怕累”，这是分手后的人总能回忆起的热恋情致，有爱时，自然不累，无爱时，连通个电话互相问候都是负担。

那些幻想其实极是可怜，若这楼在台风中倒下，即便死去，“临别亦有通电话”。

这情绪宣泄到最后，便是一百八十度的转弯，“我的天，你可不可以暂时让我睡，忘掉爱，尚有多少工作，失眠亦有罪”。到底是睡还是不睡？早已不是自己可决定。这两难只因一个谜题：“离开不应再打搅爱人，对不对？”

不过写分手后的卑微情愫，最虐心的还属黄伟文为陈小春所填的《献世》。

都说好聚好散，好聚容易，好散却难，所谓和平分手，似乎只见于肥皂剧，现实中，只有赌气、怨气……甚至歇斯底里。可《献世》的低姿态，让哪怕不明了粤语歌语感节奏、语式的人，也能瞬间听出悲怆。好聚好散吧，“宁愿失恋亦不想失礼，难道要对着你力歇声嘶”？是啊，就算不怕折腾自己，也不忍让你难过。

“我没有胆挂念，你没有心见面，试问我可以去边。只要我出现，只怕你不便，亦连累你丢脸。”那小心翼翼的低姿态，生怕自己变作对方负累的情致，令人动容。可更虐人的在后面，“你是我的秘密，我是你的废物，缺席也不算损失，今晚你生日，祝我有今日，地球上快消失”，一头是心上秘密，一头是个无关紧要、尽可缺席的废物。难怪会唱出“我这种身世，有什么资格献世”。

有时，黄伟文的文字残酷已极，比如那句“也没气质对你哭”，“气质”二字用在这里，怕只能用“残虐”二字来形容——哭也需要气质吗？面对自己所爱的人，怕是需要的。“不介意孤独，比爱你舒服，别离就当祝福”，那是欲盖弥彰的故作轻松。

最残酷的还是那句“眼泪还是留给天抚慰，你是前度何必听我吠”，一个“吠”字，姿态低到了极点。

这个“吠”字也总能让我想起黄伟文为陈奕迅所填的《大开眼戒》。很多人说这首话题之作是人兽恋，可我更愿意将之当成一种譬喻——自惭形秽之人，如何去爱对方？

“本性是这么低等”，才怕你看到真相，怕“怎跟你相衬”，只想在你眼里如常人，让你放心去爱。所以，才有这暗喻：“不要着灯，能否先跟我摸黑吻一吻，如果我露出了真身，可会被抱紧。”不一定是身体的缘故，或是心理，或是旧事，或是些秘密，反正，不想让你知道，“惊破坏气氛”，只想隐于暗处。

也有“温馨提示”，“当你未放心，或者先不要走得这么近，如果我露出斑点满身，可马上转身”。近情情怯的是自己，而那些旧日秘密或伤疤、性格中的缺陷弱点神经质，都不想暴露，免得你为此而受伤，因此，宁愿你不是那么靠近，不是那么爱。

最让我动容的是那句“重组我什么都不要紧，假使你兴奋”。分明可为你付出一切，就连丢弃一切过往，也非为了让自己不受伤害，只是希望，能让一个更好的自己靠近你。

如你执意接近，如你想看我的过往我的内心我的深处情绪，则“要有被我吓怕的准备”。“试问谁可洁白无比”，不过是说世间谁无过去谁无缺点。

“答案大概似剃刀锋利，愿赤裸相对时，能够不伤你”，实则是感情中的至理。不要去刨根问底，不要去触碰对方内心的秘密，不要去揭开对方内心的伤痛，那些，伤人伤己。实际上，哪怕是你最爱的人，若在你面前毫无秘密，一切被揭开，不仅他受伤害，你自己也不免受伤。

如果接近，希望，你有爱我的准备。

“若你喜欢怪人，其实我很美”，其实可以反过来说：你若能无视或淡忘对方那些过去或那些阴暗面，就是你给对方最好的爱。

所谓低姿态，便是无自尊。乔星为官恩娜填词的那首《失常》，便直言一句“连自尊也就地火化”。那句“准我垂头继续叩拜，若你喜欢请你再踩”，活脱脱是美女受虐记。可感情里的“连自尊都就地火化”，可非身体服从那般简单，死心塌地便是一场自虐。爱你便纵坏你，乃至受气“受到竟当做了趣味”。

直至，失常。

那低姿态，便成常态，“何必怪你，喜爱收集眼泪不妨储起，如流泪可以震撼你，乐意哭到令你欢喜”。只是，眼泪换不来尊严与爱，哭也不能让你欢喜，眼泪也不能让你震撼。

喜欢那句“为你浪漫地守在悬崖，资格用自尊换取不算坏”，“浪漫”与“守在悬崖”相对，那是豁出去的决绝。哪怕，被你踩到无法翻身。

也喜欢那句“何须怕你，承诺最后会未记起，遗忘便刻上我右臂，绝到一世被你想起”，“遗忘便刻上我右臂”，同样豁出去，只求绝到“一世被你想起”。

“连自尊也就地火化”的勇气，不是人人都有的，那是沉溺，沉溺到不知如何去衡量爱，只知道爱一人，甚至“忘掉重病轻伤”。至于你，只管欣赏，“即使不懂欣赏”，也“不必担心我自虐”。反正，“你不爱正常”，“我愿继续失常”。

失常到，把“承受创伤当作绝技”。反正，“平凡恋爱枯燥无味，常人力倦筋疲，谁用眼泪爱你”，反正，“留任正选胜过后备”。

那句“忘掉快没氧气”，就如“连自尊也就地火化”，都是情路狂奔，忘掉一切。其实，“爱像信仰”。

忘了告诉你，我想做你穿破了的布

《晚节不保》是我最爱的歌词之一，刘以达的破嗓子唱起这首歌来，虽不动听，却动情。若换人唱，反倒没这残缺感，与那句“忘了你说过我的粗糙”完全不搭调。

每次听到“忘了告诉你，我想做你穿破了的布”，就不免动容。这是林夕的神来之笔，而最妙绝的，就是那个“破”字，如果变成“我想做你穿在身上的布”，就逊色得多。很多人都曾说，“忘了告诉你，我的路途看不到你苍老”岂不是更加抢眼的金句，比“穿破了的布”强多了。但你们可知道，这首《晚节不保》，说的便是卑微之爱。“我的路途看不到你苍老”这样的炽热情话，帅哥可说，万人迷可说，大叔可说，连孩子也可说，可“我想做你穿破了的布”，只属于刘以达的残破与卑微，这是最贴合这首歌的一句歌词。

“寻未寻欢乐，行未行歪路”、“忘了告诉你我想拥抱而不想执手祷告”，内中意境都也能让我会心一笑。

与“穿破了的布”异曲同工的，是“留我做个垃圾，长留恋于你家”，那是黄伟文的《垃圾》。这是黄伟文的经典词作之一，卑微之爱，尽在其中。

开头便极尽卑微，却爱得坚决，“如果我是个空罐子，为你铁了心”，一语双关。其后那句“为你盛放颓废中那媚态”是我极喜欢的，盛放的何止媚态，还有黄伟文挡不住的才气。

有段时间，一听到“留我做个垃圾，长留恋于你家”，就会想起《最佳位置》中的“无论你喜欢谁，请你记住留下给我这位置……谁共你好都不碍事，我都会衷心支持”，那也是黄伟文填的词，词意其实差不多，内中情致，着实动人。

哪怕这爱恋极其虐心，到了“被世界遗弃不可怕，喜欢你有时还可怕”的程度，仍希望“在你手中火化”，这样，便全无牵挂，什么也不怕。

同样卑微的，还有一首老歌《爱的挽歌》，林夕为郑秀文所填。那些年，电脑还远未普及，网络更不必说，满街的碟店都活得滋润，门口大大的老式音响，总放着当年最流行的歌。那一年，走在街上，总能听到《舍不得你》。

连我妈妈都知道那是郑秀文唱的，即便过了十几年，对她的印象还停留在《舍不得你》上。那年，她真的红了。

那张专辑也是彼时的港乐制造模式，一首上口的主打歌，外加几首耐听之作，制作总是精良，很多歌都能听到今天。比如《爱的挽歌》。

有人曾说，在《最佳位置》之前，《爱的挽歌》怕是最低姿态的一首。“若是玩弄我，唯求并未揭破”，听来动容，颇有几分“谁共你好都不碍事”的意味。

只是，林夕在第一段里就写下了“真的叫我非爱不可”。已是非爱不可了，姿态高低又算得什么？所以，“愿伴着你，就是没自我”，“就是在玩弄我，亦自愿受着过错”。

当年恰逢少年，每听到“呈献出一切去求你这一晚陪伴我”，就免不了不怀好意的笑。眼前总有那些电视剧里的情节，女主角突然拉开外衣，里面不着片缕。后来听着听着，便听出了“只需当打发时间，别疑虑太多”中的悲怆，反差愈发得大，感触也愈发得深。同样，意思相同的“今宵可不可无须要太清楚，只要刹那间结果”，也是经久之后才听出那哀伤意味。

于是，便为求陪伴而认命，以一句“世间一切也无法去抵抗时日过，不管真心跟瞒骗亦同样结果”安慰自己。

其实，只有爱是没有要求的。哪怕，身如烂泥。“愿可做你脚下那堆烂泥”，据说是《烂泥》最先写好的句子，由这句引申，便有了整首歌。初听时，直觉是黄伟文，似极了他的风格，可后来才发现是李峻一。

他说，这歌词的灵感，来自于“落红不是无情物，化做春泥更护花”，我却不爱这说法，因为有点“装”的成分，就好比当年的草莽皇帝非得找个八竿子打不着的显赫祖宗一般，还不如莫问出处那般痛快。我宁愿相信，这首歌的灵感只是来自感情中的低姿态。

其实从小任性惯了，感情中也习惯了霸道任性从不迁就，当年着实难以理解“烂泥”二字。就像黄伟文填的《垃圾》，我也曾难理解。可后来便看到了低姿态的可贵处。其实，有时的低姿态，你并不自知，比如包容，比如远观。

后来见惯世事，又觉得在感情里，很多人那种一头栽进去的付出，也未必就真的低人一等。“最盛放的玫瑰，怎可瞬间枯萎”，那是心底的怜惜，有这怜惜，才有“舍身去垫底”。“全身贴地，方使你企得起”（粤语中“企”即“站”），这怕是低姿态的极致。所求的，无非是“耗尽每分让你艳压一切”。

一度很奇怪，为何这首歌里出现了“我暗地里等下去，宁可远望，不可对你触摸”，虽在这首歌里，最爱这一句，可它却是和整首歌不搭的，若是牵强附会，怕是如我前面所说，远观也是一种低姿态。

忘不了汗毛减不轻的敏感

《喜欢恋爱》，看似喜庆的歌名，可到末了，不过是一句“残酷的却是我太喜欢恋爱”。残酷，只因离不开，哪怕知道终是无果。

第一次听便记住了“忘不了汗毛减不轻的敏感”，让我想到《迷魂记》里的“别错碰我的手臂，毛管不够争气”，两句都出自林夕之手，一个意思却有两种别致的表达。

开头的“若要决心难为我，何必手软，离开幼稚园怎可担心跌损”，说白点就是想伤我就来呗，大家都是成年人了。而“难堪不过给你当作副选”，则让我想起《最佳位置》。当副选的人儿，总会赌气，便自轻自贱起来，于是“点起香烟，说对不起你交足戏”，故作从容。也会告诉自己“或者喜欢你，完全为麻醉自己，失去工作也不必寂寞至死”，一脸的不在乎。

可是，真的“无需深爱”？真的“情非都不必急于痛改”？“难得到你的将来”，确实不意外，可是，又甘心么？

“谁人都可爱，谁也可不爱”，这是林夕的纠结，可谁能说“被我喜欢的都离开，可是没有害”？“麻木的我与你暗中往来”，结果便是“没有留下纹身，刻骨一样铭心”。问问那些陷入感情的人儿，谁能“洒脱得当你未诞生”？

残酷的，其实不是“我太喜欢恋爱”，而是我离不开你，于是，

“麻木的我与你暗中往来”。

同样离不开的卑微，还有林夕为陈柏宇所填的《拍一半拖》。拍一半拖，却非单恋，那便是一方有情，另一方却在应付。

初时觉得歌词一般，可听多了却听出妙处，也大爱起来，尤其是一句“难保爱过后觉得还可，你有时也喜欢我”，将我秒杀。今人感情浮躁，骑驴找马的满街都是，“只懂得爱自己”，也“搞不懂你自己，爱好变化似天气”，甚至“谁都似会更配得起你”。反正，身边的永非最好，最好的永在别处。

可还是有一些人，甘愿痴缠于骑驴找马者的身边，甘愿“拍一半拖”，权当作试验，哪怕明知“谁人更像最爱没法比”。

林夕还是那般纠结，“人只得一个，情趣太多”，那么，该喜欢谁？“而手得一对，最爱太多”，那么，该牵谁的手？

姿态也是低的，“如果想布施，何妨赠我”，“如果心太多，何妨赠我”，分一点你的“博爱”，做 1/N 的爱人。只求，“爱过后觉得还可，你有时也喜欢我”。

其实，有时卑微的感情只愿退而求次，比如做个所谓的“标杆”，“以我去计出分数”，好让你有个标准“找最好”。若是运气好，“难保爱过后觉得还可，你会赠亚军给我”。

只因，“彼此一般孤单”，这身心便可“借给你试爱”，且“无需奉还”，哪怕你“抱着我去拣”，依偎着我去找下一个，也是心甘。最坏最坏的结果，也不过是“你有日投入漩涡，要答谢我的切磋”。那也算是我为你寻得真爱出过几分力。

与《拍一半拖》相比。《悲哀代言人》中的主角更为凄凉，俨然一个陪客。对方夜夜笙歌，他便夜夜作陪，却无名无份，还要看“谁人与你热吻”。

这沦陷情事，其实已至崩溃边缘，乃至当事人唱出一句“明知苦得很，何必牺牲到那样深，做个悲惨世界的代言人，如何能自命荣幸”。

黄伟文写这类虐心情境，自是驾轻就熟。一句“让我走，我已经唱闷了对角色入座谈失恋的恋歌”便画面感十足，自己所爱的人与别人耳鬓厮磨，自己却独坐一旁唱K，以失恋情歌应景，这是何等悲怆？何况，这样的情境并非一次两次，而是“每晚出席陪坐，而你心中亦无我”。

所以，才会有“宁愿什麽都不爱，为着别难过”的想法，“何况再表演心痛也没有帮助”。

只是，这得不到的爱如毒瘾，让人难以自拔。“泥足这么深，何不早一秒来解困”，这发问倒是轻易，可泥足深陷者的痛苦，谁人能知？何况，这情境还表面风光，人人都以为你是有名有份的正牌男友，结果是“做了悲惨世界的代言人，还怀疑被镀了金”。这尴尬情境，更是凄怆。

这离开的决定，就如戒毒瘾般煎熬。黄伟文的文字中没有“我明白了我要离开你”之类的陈词滥调，而是以对比、比喻来诠释，“人家或者很喜爱为浪漫而错，而我彻底地知错，拒绝再飞堕”便是对比。另一句“若你所赐我的眼泪未能荣耀我，何妨冷静下台，泡沫自行敲破”更讨我喜欢，“荣耀”二字甚是巧妙，“冷静下台”与之相对，见证了旧日的痴狂与今日的决绝，“泡沫自行敲破”这简简单单的六个字，道尽失恋者的心声与新生。

于是，“脱下这名衔，再另寻合衬”，还反问一句“谁说订了合约，为你伤心”。“订了合约”四字用在这里，真是巧妙。

草蜢的老歌《半点心》，也述说这种情境。最悲哀的爱，也许莫过于在别人那里“分一点”吧。而对方，情意似有似无，以致“你抱我吻上我嘴巴，却似你吻向他”。

期盼的，是“总有一点爱吧，可以交给我吧”，哪怕，“相爱少点也罢”。可终究，这不过是“编织梦话”。这一厢情愿，终究是卑微的，“怕说到你跟他，我说无穷傻话，你听了永远笑哈哈，我更言而无话”，甚至“到这晚却说半点心仍然求能留下”。

其实，初听这首歌时，我未曾发现在动听旋律中竟藏着如斯卑微。后来才突然听出个中悲凉。原来这首歌，唱来只是故作轻松，原来那半点心，也是苦求不得——哪怕“不过是个小小愿望”，也是苦求不得。

因为，你的心“一早已整个完完全全交给他”。

沦陷。

躲于衣柜里，

躲于失落里

涉及曲目

《伤追人》
填词：林夕
原唱：古巨基

《还你门匙》
填词：林夕
原唱：余文乐

《衣柜里的男人》
填词：陈少琪
原唱：梁汉文

《多谢关心》
填词：林夕
原唱：张智霖

《自己保重》
填词：李峻一
原唱：麦浚龙

《留言》
填词：陈少琪
原唱：张学友

《谁叫我》
填词：林夕
原唱：周华健

《任天堂流泪》
填词：林夕
原唱：古巨基

《必杀技》
填词：林夕
原唱：古巨基

《心跳回忆》
填词：林夕
原唱：古巨基

《跳水》
填词：陈心遥
原唱：刘浩龙

《妒忌》
填词：李克勤
原唱：李克勤

《失落于巴黎铁塔下》
填词：古倩敏
原唱：伍咏薇

《重新做人》
填词：林夕
原唱：梁汉文

《春秋》
填词：林夕
原唱：张敬轩

《以身试爱》
填词：林夕
原唱：关心妍

《爱比死更冷》
填词：周耀辉
原唱：黄耀明

但这懦弱男子绝望独力难支

有一种情绪叫沦陷，发生在分手时。这分手往往突如其来，还掺带着第三者，对方步步紧逼，让你无处闪躲。电影和电视剧里常见这样的戏，粤语歌中亦常见。

林夕的《伤追人》便是一例，开头便巧妙，“本应打九九九可以求助，无奈你不是在持刀伤害我，我到底惊慌什么”。是啊，到底惊慌什么？对方并未持刀。原来，对方竟邀第三者同来同坐，“如像一巴掌掴我”。而且，还要当面清算物品。我一直觉得，分手时最刺痛的恐怕就是“清算物品”这一项，一起的时间越久，要分的东西就越多，也越难分。无论是默默打包还是交至手上，都是电视剧里常见的伤心场面。

若是被动分手，还要被对方携新欢上门清算物品，那便更是虐心。林夕一句“电脑杂志旧信合照护照，尚有一个电炉，欠你这么多”，细细碎碎的叙事，却听来怅然。何况，还有第三者在场，以帮忙拿东西的名义，那句“要他帮手也太绝吧，让我欣赏他怎羞辱我”实在太有画面感。

点题的是“原来伤懂追我不必去躲”，可我最爱的却是“无奈我的劫后余生都赔掉”，粤语歌词中常有这样极端的句子，分手如劫，可后遗症足以赔掉那劫后余生。这样的诠释自然胜过那些“我还是爱你”、“我忘不了”之类的陈词滥调。

余文乐的《还你门匙》，同样出自林夕之手，也是还东西。

想来，归还钥匙可算是分手时最残虐之事。有了钥匙，你便可以自由进入，你们在一起，还了钥匙，你便是外人，再无干系。只是，情难再续，“和你沉默太久，应该说的怎开口……无法笑着陪你走”。

怕只怕，这沉默到了极处，变成了争吵，充斥难听的话和难堪的比较。而这些，往往是感情的最终。“是谁差是谁好，都只怪寄望太高”，每一段感情的环境不同、心境不同，其实便无可比性，可总有人爱拿这些比来比去，“是谁竟从头细数当天对你好不好”，也是难堪。“难过隔着电话听不到，而我也是为你好，谁愿意难看到朋友都做不到”——有时，面对面确实无法说出心中言语，有些事情本就无法用言语表达，何必强迫去说呢？

是啊，“谈情说爱是那么易”，可“共聚无话更易”，感情来得固然快，也热切，可淡漠却更是决绝，直至无法相依，“无谓再演”。

“还掉你那门匙，也出于好意”，哪怕撕心裂肺，也接受一切。或者爱情便是如此，如“坐上回旋木马，直到抛开你我为止”，兜兜转转，终究尘与土。

这伤痛若是无力支撑，便不免沦落。陈少琪为梁汉文所填的《衣柜里的男人》，便道尽“这懦弱男子绝望独力难支”的情境。

那是一九九五年，梁汉文当年的主打歌。彼时的他半红不黑，却总有好歌。歌词叙述的其实是个故事，他为家里换上新的布置，可她“归家观赏片刻，最后提出分手二字”，因为她另有新欢，从此他“躲于衣柜里，躲于失落里”。

这首词堪称佳作，有粤语特有的紧凑语感，比如“在你别去的同时交低门匙，还转身潇洒称赞摆设太精致”（粤语中“交低”即交给、放下），便无一赘字。

很多人在分手后都不免“作践”自己，“爱上凌乱切断电源，为着要适应即将要独居”。其实，这也是一种宣示吧，宣示自己的爱与伤，期望对方看见，也寄望对方同情，就如歌中那句“像废墟中，家里被我这么布置，堕落是为着期待你望见时”。可若对方去意已决，这堕落就往往成了自取其辱。不爱你的人总无视你的伤痛，一切轻描淡写，甚至暗藏讥讽，比如“你今天终于探访，劝导毋须这么幼稚”，再顺口说一句祝你“在某天寻回新的情人”，“还转身潇洒安慰相信我可以”。

这些貌似温暖的句子，貌似仁慈的台词，才是真正的刀锋，割于心上。“这懦弱男子绝望独力难支”，其实与懦弱无关。

我第一次听到《衣柜里的男人》，便想起林夕为张智霖所填的《多谢关心》，其中那句“都不敢奢望用沦落来换你不安”，仿佛《衣柜里的男人》的注脚。与《衣柜里的男人》里的“劝慰毋须这么幼稚”和“转身潇洒安慰”一样，林夕笔下也有相同的情境，“一声声好吗多么虚伪”，甚至“摆出这关注眼光逼我倾诉近况”。这关心如步步紧逼，最令人无所适从。这关心无疑是虚伪的，“如果不舍得失去对方，旧日为何不讲”，对吧？

所以，只能以一句口不对心的“多谢关心”来回应，但对方这关心，“似是欠缺爱情的拥吻，只显出背后伤感”。是啊，“关心都只当怜悯”，可“谁需要怜悯”——其实爱情当中，最不需要的便是怜悯。

分手时，让对方保重是常事。可你知道吗？自己保重也那般重要，千万“不要有病痛”。

李峻一为麦浚龙所填的《自己保重》，开头便是卑微的，“爱也要讲资格，我有什么资格”，姿态低到了尘埃里，乃至“你若靠向他，总可算合理抉择”。只是，“我每晚都咳嗽，自你有最新好友”，只是，“两颊变得消瘦，自你搭上新好友”，那身体随心沉沦，都无法接受那事实。“但你偏痛切慰问，病菌怎么会缠身”，这句总让我想起《衣柜里的男人》，“你今天终于探访，劝导毋须这麽么幼稚”，也会想起《多谢关心》，“如果不舍得失去对方，旧日为何不讲，何必摆出这关注眼光逼我倾诉近况”。

是啊，多谢关心，可何必关心？

“我若再依恋你，定会加重我这病情”，在感情中，有人总不知，对方的欢喜是你的，连失意都因为你。“只盼在这天起忘掉你，用放弃来治疗绝症”，不管，能否真的做到放弃——毕竟，谁又不知道，越是这般期盼，就越是难忘记，“用死心驱去病菌”，又谈何容易？

分手了，真的不要有病痛，那脆弱，实在难支。“盖着那厚外套，替代天冷被你拥抱”，可再厚的外套，又怎如你的温暖怀抱？

又或者，“让你可看到，受了伤也咬着牙，来为创口贴下胶布”，只是为了让你心安吧，可以不带一丝愧疚离去。至于胶布下的创口能否复原，那，只是自己的事。

陈少琪为张学友所填的《留言》，内中情致也会让我想起《衣柜里的男人》，都是分手后的情伤。前者听对方的录音，后者躲于衣柜里，都非苦寻解脱，只是走不出来。

“只此一次，绝对不再想听见，沙了片断，重现百遍”，这是放不下的哀伤，“你别去一天，已是数载不见面”，这是粤语歌词惯常的夸张手法，愁绪尽在其中。

“过去你说过什么，仍是每昼夜也选播”，可听对方的声线，不过是“快乐夹杂痛楚”的过程。那矛盾，也在过往言语中，“你说过什么，都可暖透亦刺伤我”，其实，那敏感神经，只因太在乎，在乎到“余生不想这么追忆去度过”。

最喜欢那句“门前甚至被窝也像你刚来过”，其实只要心里有对方，对方的痕迹便无处不在，每每念及，便“心跳似是凌乱雨线”。

时间有用吗？自我控制又有用吗？“每夜说一声决定再不可挂念”，可是，对方的声音，“灯熄了过后都可听见”。时间，只让“伤心比起最初深得多”。

周华健的《谁叫我》亦是同样情境，那是感情中的情不自禁与沉溺。哪怕，已经分开，也是难忘，欲罢不能。乃至，为了对方，“花不起要花的挥霍”，“舍不得满泻的工作”，“捉不紧满足的感觉”。

不是有人说过么，为情所伤，就拼命工作吧，“舍不得”三个字，用得动人，“道别后加倍留恋”，自是意难平。“为爱恨入神”，那是世人情事，大多无缘超脱，“寂寞夜会怕冷，谈情时会怕说，漆黑中更加怕软弱”，也是情伤时的必然。而这畏惧，无关是否凡人，性格如何，因为无论换作谁，也难抵抗“有了爱没有了我，有过去没有结果”。

我亦沦落到游戏都玩不起

那年，林夕为古巨基的《游戏基》填词，里面有我极喜欢的《必杀技》和《任天堂流泪》。

有时候，填词无需文字华美，创意也是动人之源，比如《任天堂流泪》的歌词。任天堂，我们太熟悉了，马里奥，我们也太熟悉了。可是，你想过马里奥的爱情吗？

原来，我们从小玩到大的游戏，其实只是个爱情故事。他上窜下跳，越过一切艰难险阻，只是为了爱。人生无处不痴情。当年初听，觉得《必杀技》更胜一筹，可听了很多次后，就更爱《任天堂流泪》。一句“眼看他将带走你，我亦沦落到游戏都玩不起”，一语双关。“再来跟他激斗”，同样一语双关。“你要分手我会补救，至少你会赞叹我肯出丑”，那是不是一种痛到极处的自轻？

怕是只有最敏感的人，才能在游戏中看出这情致吧？

《必杀技》也曾让我单曲循环。那时觉得林夕太有才，这首歌的旋律也太流畅，古巨基的假声也讨好，于是大爱至今。

若是爱你，若是在乎你，那么一起时，你随便的一丝不屑也是偌大伤害，不在一起时，一句朋友式的关心话语也是偌大伤害；那以游戏之名铺排的歌词，不过是说：只要爱你，那么不管你做什么，于我都是必杀技，毫无抵御能力。

林夕的才情，在那几张概念专辑里展露无遗，比如《任天堂流泪》里铺陈超级马里奥和公主的爱情，比如借龙珠讲爱情的《悟空》，比如《大雄》，还有《心跳回忆》……而游戏里司空见惯的“必杀技”，成了感情里的体温计。

“你近来又再有空，我在防备别发功，能勉强戒绝伤痛，但喉咙还在痛。”分手了，就生怕你有闲暇“发功”，前来嘘寒问暖，终究未复原，只是“勉强戒绝伤痛”，说一句“多谢关心”也难。终究只是前度，那些赞赏或关怀，也不过将对方视作宠物，“分予你当玩意”，消遣之余自我感动一下。

可“我”却无从抵御，怕是数十年后也不敢再见面，如果愿意再见，那也“像一关过完，再单打一次”，那轮回的负累，恰如游戏里的通关，历经劫难艰辛，末了却要重头再来。平复心情或许需要一辈子，沦陷怕只需要一秒钟。

最怕的那句是“为什么不找找我”，轻描淡写，却让“我练到再倔强再绝也永没法比”。在感情里，被弃者的道行终归是低的。

若是那些仿若从前般若无其事的身体接触，就更伤人，只能“求你别要如从前纯熟地碰我，而我问我为何还能够碰伤我，不要让我一败涂地输得更多”。

一直认为，这首歌说出了分手后最残酷的那部分——祝福和身体接触，这二者最是伤人。

至于说什么“错过你了，其实心里还是很爱你”之类的客套话，更是如针刺一般。知道感情的赢家都有必杀技，都如有神助，可何必时时技痒？“技痒”二字，实在令人动容。你可知道，一关心我，一讲起你，“已经等于再杀死我”。

《心跳回忆》同样是一种沦陷，乃至分手后难以再爱。玩《心跳回忆》游戏的时候，还是大学时代。毕竟玩惯了战略游戏，不爱这小情小调，玩几次后便厌了那简单粗糙和单调剧情，只隐约记得其中几个女孩子的名字。终究是恋爱养成类游戏的鼻祖，纪念价值多于可玩性，只是成长中的记忆。而林夕用这游戏的名字写歌，却极讨我欢心。其实每段爱情，都是心跳回忆。

前两段是我喜欢的小心思，“曾经念念未忘于三点响起轻软的声线，问我可会弄冷面，是你在我家过路望见尚有一丝灯光，以为还未沉睡便致电”，这是美丽的误会，情致动人。而经此一次后，便常在静夜的那个时刻开灯，“一屋闪烁的光线，让你估我这夜失眠”，说是博同情也好，说是耍花招也好，终究是善意的谎言，只因期待爱。

喜欢那句“无论彼此怎样变，回忆总会留低这光线”，那些心跳，哪怕厌了，也终是记得。连分手时，也是这般小心思，“望着露台的方位，开关松脱的灯制”，用这闪烁引你注意，“让你走过马路观礼”，这是你我的惜别礼，却“仍能甜蜜一世”。

哪怕“爱得比我少，然后见面更少”，却事隔多年仍心跳。其实，爱情总发生于瞬间，那几秒心跳，足以使“往后和每位也差些少，仿佛我的心如不见了”。

你觉得可以释怀的爱情，往往比想象中更深刻，甚至“再苦都会笑”。“我爱的不少，遗憾也不过是并没法使我的心这样跳”，诚哉斯言。

全世界看到你逼我离开犹如跳水

有一种沦陷，如绝境边的跳水。

有时，离开就如陈心遥为刘浩龙所填的这首《跳水》，哪怕如奥运冠军般姿势优美还会压水花，可那终究是离开。对方却在踏板后冷冷看着，无动于衷。那些旁人也只是用“奇异眼光”看着，嘲笑你的“无谓牺牲”。

感情向来这般，越投入便越伤心，最可怕的，莫过于“言词无情地伤我”。那句“唯只得一个请求”，听来心酸，其实恋人到最后，往往有这样一个最后的请求，无非内容不一。比如不想见到对方归还你留在对方家里的物件，那时的打包归还，简直如刀。又比如《跳水》中，“相恋亦算一场，当有日来探访凶案现场，要为我拍掌”，是为了离开时那如跳水般不拖泥带水的姿态吧？其实，实现不实现在其次，只是想让对方见到那挣扎的姿态，换来些许同情。

喜欢那段“如何爱你也不对，原来要我豁出去，走到尽处哪可退，悬崖旁被你追”，尤其是“豁出去”三字，与“如何爱你也不对”相对，那痛便直入骨。恋情拖到最后，再无退路时，往往便是看对方做什么都错。

相比之下，“如玻璃杯抛窗外，今天不必你可怜，留低碎裂的心灵然后化烟”，本来玻璃杯是很好的意象，可最后的“化烟”二字，实在累赘，便不讨我喜欢。所谓情断，到最后无非“全世界看到你逼我离开犹如跳水”。

可是，能不能“让我光彩退下，不要被人推”？其实，感情到了这地步，早已是“只要你一说，我便跳下去”。

这虐心情境，若有第三者存在，便更是煎熬。李克勤自己填词的《妒忌》，便极具这样的场景感。

这首歌出自《偷偷摸摸》专辑，那也是李克勤最讨我喜欢的时期，可过后回望，却不得不承认那是他混得最差的时期。有人曾说他那段时间缺了经典之作，《偷偷摸摸》、《依依不舍》和《为你流泪》都不尽如人意，可或许是口味问题，这几首歌反倒都成了我的大爱。甚至专辑中一些无人知晓的非主打，像《冷感》、《爱的不再是我》和《当我倾心爱上》，也都讨我喜欢。

《妒忌》所说的无非移情别恋，李克勤写起来自然难比林夕与黄伟文。可那时年少心境的我，倒极喜欢“黑色跑车”和“鲜花”的对比，像极了港剧里的情事。

开头的“谁人在吻著你，谁又偏偏不躲避，狠狠的抛低了我，谁还在回味”，倒写得漂亮，“偏偏不躲避”和“回味”，都恰到好处，那情境也虐心。“谁人在抱著你，谁又甘心作后备，轻轻的低声叹气，情是没余地”，那句“谁又甘心作后备”，一语道尽所有感情中的弱者心态，只是，“情是没余地”，“我妒忌”不过是自怨自艾。

情浓时，便“曾是极度浪漫，天边海角共寻传奇”，便“曾一起呼吸共同空气”。可那深宵旖旎，却终敌不过爱情的逝去，“那黑色跑车偏偏拉远我们距离，每晚深宵一点便来找你，但我只得鲜花，没法留住你”，剧情简单却针针到肉。

除了“黑色跑车”这种意象为港乐常用之外，名胜亦常见于歌词，比如古倩敏为伍咏薇所填的《失落于巴黎铁塔下》。中学时颇喜欢伍咏薇，有熟女风韵，浅笑嫣然时尤为动人。她唱歌并不动听，还带哭腔，不过这首《失落于巴黎铁塔下》倒让我一直记在心里。

填词和作曲的都是古倩敏，当年崛起的四位女词人之一。那时的港乐作品，常以地名为意象，一失恋便去名城，以繁华喧嚣、游人如织对比自己的郁郁寡欢、形单影只。比如《失落于巴黎铁塔下》，“游人忙着拍照，像要拥抱未来，我却困于忧郁里等待”。

有时，追逐时的不舍、失恋后的悲痛，都因“得不到”三个字作祟，甚至内心隐隐有“感动自己”的念头。比如这句“愿从前离别的你，可知我徘徊在铁塔”，总能让我想起陈少琪为梁汉文所填的《衣柜里的男人》，分手后家中凌乱不堪，渴望被对方看到这凄凉境况。可林夕为张智霖所填的《多谢关心》里也说了：“都不敢用沦落来换取你不安。”

即使是并不特别出色的词人，也能从粤语歌的用词习惯、修辞手法中受益，比如这句“愿从前无限温暖可稍作停留休息，于双臂间给我一点妄想”，“稍作停留”亦成“妄想”，更添触目惊心。

背着前度爱人，从阴影里起生

那年的十大劲歌金曲，起初觉得最不起眼的便是这首《重新做人》，可后来最爱的，却也是这首《重新做人》。

总觉得梁汉文很适合唱这种伤情歌，比如《衣柜里的男人》，比如《好朋友》，比如《伤了三个心》。《重新做人》有着平淡的编曲，却恰是最好的绿叶。梁汉文的唱腔十分低沉，中音迷人，即便到了副歌也没有把声音真正拉起来，那份压抑，却恰恰和歌词契合。

主题和梁汉文的其他许多专辑主打歌一样，都是女友移情别恋或曾经移情别恋。这首歌虽没有《衣柜里的男人》那般明目张胆的“凄惨”，但隐藏着的悲伤一旦被发现，便如决堤一般倾泻，不可收拾。开头那句“别在电影院热吻，这个动作很残忍”，便足够触目惊心。要知道，这里说的不是看到女友和别人在电影院热吻，而是自己因为害怕想起旧事，不愿在电影院热吻——心底的沉痛，即便她在你身边，即便热吻，也难忘却。

只好移情。所以，便有了“我要听大时代新闻，我要知地球另一端怎应付赤贫”，“怕在陪伴你时重蹈覆辙，回想起某君”。

其实，在我看来，林夕这首歌写的并不是失恋，而是你回到了我身边，但你已是我的噩梦，而我也只能沦陷。很多填词人能写出痛，可有几个人能像林夕这般写出真正的沉痛呢？我爱你，但却只能躲着你，是不是比“我爱你，但你不爱我”更沉痛？

我没有为你伤春悲秋不配有憾事，你没有共我踏过万里不够剧情延续故事

若是《春秋》是浅吟低唱的调调，怕会成为我的大爱，可张敬轩唱得过于用力，反倒暴露了这首歌在编曲上的平淡。遗憾自是免不了。

因为细节控的缘故，场景感十足的开头便让我喜欢，“你摇着我手拒绝我，动人像友情深了”——是我的手，不是你自己的手。知道吗？那些出现在拒绝中的肌肤触碰，才触目惊心，若是变成“你摇着手”，便失了意味。

暧昧间的拒绝，其实最是伤人。“我没权终止见面，只因你友善依然，仍用接近甜蜜那种字眼通电”，说的便是这情境。那些友善甜蜜，越无心越伤人。

大多数人喜欢的，怕还是那句“我没有为你伤春悲秋不配有憾事，你没有共我踏过万里不够剧情延续故事”，这句子倒真是大气磅礴，可掩不住悲怆。“伤春悲秋”是真，“踏过万里”却只是奢望。至于“我没有被你改写一生怎配有心事，我没有被你害过恨过写成情史变废纸”，则道明了自己在这情事中的沦陷。

这种在情事中被拒的沦陷，与所托非人的沦陷相比，哪个更悲怆些？

林夕为关心妍所填的《以身试爱》，一上来就是一句让人动容的“卖命予他，当作毕生的抱负，实在无辜”。这场以身试爱，其实所托非人。

像“卖命”这样的词，一向只能在粤语歌词中得见，放在感情中貌似突兀，却带着一股狠绝气，极贴合那些惨情歌。这一场卖命，竟遭对方“训练成快乐战俘”。

可对方却不堪这爱，一句“连垃圾也起了爱心”，便道出这感情性质。

何必浪费这爱？何必“自命勇敢，爱上他这种对象，押下余生”？这勇气，若用于他处，想必轰烈中成为佳话，甚至“可救世，能扑火”。可若爱错了人，就“浪掷力气，于恋火里自焚，化作祭品”。

林夕说这是自虐，是“以身自虐地练习受伤的经过，一身伤疤展示情侣间的战祸”。而且，这爱情也必将无果，无非“用眼泪唱成挽歌”。

浪费了一世精力，一生价值，无非成了凡人眼中的反面教材，让苍生“听苦恋变色，凡人受你帮助，吓得再不敢以爱驳火”。

至于失恋后的沦陷，还有哪首歌能及周耀辉填词的《爱比死更冷》贴切？

这首《爱比死更冷》，堪称黄耀明的暗之花。那幽怨冷峻的铺排，在迷幻的电子乐下绽放，妖艳如斯。宛如一次爱的历程，爱得义无反顾，分得撕心裂肺。开始时，便知道那情路上注定只有沉重步伐，但“哪怕将一身沾湿”，也仍一心接近。

可“来到了水中央”，沉沦至此，你却突然消失，“呼喊你，你静默”，我却已无力自拔。

只能“这身通通湿透，拼命在颤抖”。更可怕的是，回头望去，只剩“渐沉没了的岸”，连退路都无。

“极爱过到最后，剩一身的冰冻，为爱你，我最后剩不堪的心痛”，这爱，只比死更冷。而你，“在湖边美丽的叹息”。

那“热血变冷汗”，空余心灰意冷，“困在无边记忆”。

虽然只是借用法斯宾德的电影名，与电影完全无关，可每次听，仍能想起法斯宾德的镜头，那些冷峻疏离。

情欲。

一弯身躯多少过客，
只爱在怀内觅暂借的恬静

涉及曲目

《事后》
填词：林振强
原唱：刘美君

《漩涡》
填词：黄伟文
原唱：黄耀明、彭羚

《春光乍泄》
填词：林夕
原唱：黄耀明

《撕开我的心》
填词：因葵
原唱：草蜢

《吻感》
填词：黄伟文
原唱：郑伊健

《余震》
填词：潘源良
原唱：张敬轩

《裙下之臣》
填词：黄伟文
原唱：陈奕迅

《不夜情》
填词：林夕
原唱：黄耀明

意乱情迷极易流逝，难耐这夜春光浪费。难道你可遮掩着身体，来分享一切

粤语歌词中的那些情欲之歌，往往妖艳沉溺，却决不下流。炽热情致中，尽是流淌的欲望。

早在上世纪八十年代，港乐中便不乏这样的作品，也有一些歌手以唱这类歌而著称，比如刘美君。曾有一位填词人说，听刘美君唱歌，很容易便听出那情欲味道。那时的刘美君确实以大胆情色著称，甚至多年以后，香港再也找不出一把声线如她魅惑、意识如她大胆的女声。

林振强填词的《事后》，是我眼中最能代表刘美君的作品。旋律魅惑飞扬，词亦大胆，俨然少儿不宜。可那情色迷离，绝不等于低级。刘美君的慵懒声音，在夜间极有穿透力。林振强的词也精巧，无一字直白，却能让人耳热心跳。

开头便是迷离，“飘浮，如夜那般半睡潮浪之中，轻轻轻飘浮，浮在那舒畅内和微湿中”，“半睡潮浪”、“舒畅内和微湿中”，无不一语双关。

词中出现了几次“懒理”。“懒理秀发披面庞，含着笑再吻吻你的汗”，这场景极香艳，“懒理世界的转动，继续留在活在浮在暖暖臂弯之中”，则意态撩人，亦沉溺自得。

粤语歌词的表达方式，妙处往往在于不直白。“我爱你”、“我心痛”、“我受伤了”、“我很幸福”之类的陈词滥调通通罕见，大量借代、比喻、拟人之类的修辞运用，让歌词在兜兜转转的绕弯中表达一切。比如这句“漂浮，浮在这因你在而乱的毯”，是我极喜欢的表达方式，也让我没来由地想起古龙的《九月鹰飞》。书中有一个场景，郭定跟着叶开去其住处，看到床上凌乱的被褥，突然心头一痛，明白了叶开与丁灵琳的关系。古龙没用其他任何煽情的文字，可郭定心头那瞬间而来的痛，是武侠小说中最让我难忘的场景之一。

至于那句“此刻心头，红像你火吻后而红的肩”，也画面感十足，让人想到情爱中那些狂乱的吻与发红的肌肤。

副歌的大胆句子，即使今天看来仍极前卫。“回味亦觉精彩，千个浪又像喝彩撞来，曾全部受你主宰，死去活来。回味亦觉可爱，想起你在我之内，曾全部为你张开，死去活来”，活脱脱的床事写真，死去活来间，是无边魅惑。

也有人曾对我说：“《漩涡》是我听过的最妖艳的歌。”那是黄伟文为黄耀明与彭羚所填的一首合唱曲。

其实，彭羚的声音算不上妖艳，只是魅惑。我曾经想过这首歌如果由关淑怡和黄耀明搭档的话会不会更好，但后来就觉得，两把“妖声”并存，反倒难以突出，就像《万福玛丽亚》。所以，彭羚怕还是最合适的。

所谓“漩涡”，就是让人沉溺，内中自是不免禁忌之爱的味道，所以才会“逾越了理性超过自然，瞒住了上帝让你到身边”。既然是禁忌之爱，便不免有风险以及预知风险的“觉悟”，“即使爱你爱到你变成碎片，仍有我接应你落地上天，如你化作了粉末谁还要健全”。

情色意味尽在那句“来沉没在我的深处吧，埋在爱情下，世界快要变作碎花”。也有那豁出去的意味，“来拥抱着我形成漩涡，卷起那热吻背后万尺风波”，沉溺其中，化作肉体痴缠，“从我脚尖亲我，灵魂逐寸向着洪水跌堕”乃至“不顾后果这贪欢惹的祸”。

这种豁出去的情欲痴缠，在《春光乍泄》中也尽现。那些意乱情迷时，你接受，抑或逃避？是理智重要，还是先释放欲望？是不是，该叹一声人生苦短，然后将快乐握在手中？就如《春光乍泄》般，问一句“难道要等一千零一世，才互相安慰？”

那些极乐，早已打破“浪漫宁静宇宙”，凝望对方的深情，似乎“总不及两手轻轻满身漫游”。若不握住这一切，只怕“再见日光之后，欲望融掉以后”，便再见不到你这般温柔的神情。

喜欢那句“你我在等天亮，或在沉默酝酿，以嘴唇揭开，讲不了的遐想”，那些欲拒还迎，就在“等”、“沉默酝酿”这样的字眼中，静看时间流逝，而“用嘴唇揭开讲不了的遐想”，则分明是欲望战胜理智的妙喻。

“日夜寻觅对象，却朝夕妄想来日方长”，那是对情感的犹豫与徘徊，或说近情情怯，但时光流去，却不由得你不珍惜，终究，“意乱情迷极易流逝，难耐这夜春光浪费”。

何必拒绝那些春光与迷乱，何必“遮掩着身体”？怕就怕“青春全枯萎”。

难道，你甘心“要等一千零一世才互相安慰”？

欲望就像刀锋一般撕开这夜深

在情欲类歌词中，吻当然是极常见的意象。草蜢那首《撕开我的心》，就以“一个吻”铺陈。这首歌的快节奏下是对爱的期盼。小学六年级时初听《又爱又恨》专辑，第一首喜欢上的歌便是这首因葵填词的《撕开我的心》。后来才发现那是一张“神碟”：与关淑怡合唱的《So Sad》极尽魅惑，堪称神品；《永远爱着你》深情款款；《心中的你》悠扬励志；《又爱又恨》的旋律和MV都极华丽；《情深爱更深》也是与关淑怡合作，百听不厌；《没缘分的恋人》和《回来吧》亦悠扬动听……

《撕开我的心》编曲魅惑，歌词也略带些情色意味，十二三岁的年纪恰好能听懂，便喜欢内中情致。开头的调子压得极低，词也配合着低姿态，“实在未愿问，我怕你会气愤，我告诉你吧，这刻有点兴奋，若是极幸运，我盼你会答允，你告诉我吧，或会更加吸引”。

年少时直觉这是写床事，盼着对方答允，后来才知情事床事大抵同一轨迹。因葵的填词在意识上往往大胆，“夜幕极艳丽，教你两眼半闭，这意态诱惑，顿觉一刻可贵，别让夜幕渐逝，我会更觉快慰，你快快决定，让我看清一切”，意乱情迷之中又有豁出去的投入架势。

一直喜欢那段过渡的“最初只因一个吻，但是愿望太多只怕你不肯，但我等又再等，令我始终不愿再等，而欲望就像刀锋一般撕开这夜深”。歌词直截了当，旋律也动听，节奏极好，那如刀锋的欲望，在旋律中渐至高点。

所谓“撕开我的心”，是要表明心迹，“撕开后看得真”，让“身体相距渐近”。感情之中，被动的那一方都这般盼着对方答允吧？

若是答允，便有《吻感》这样的作品。

有些歌，换个人唱，或许就不再默默无闻。当年黄伟文出了一张精选碟，找赵学而唱《最佳位置》，便深得我心，可另一首《吻感》，为何不找黄耀明？

让郑伊健唱，委实是浪费了。那么妖艳，甚至直逼《漩涡》的歌词，却唱不出半分魅惑。

其实，谁能真正记得吻感？那些瞬间的情绪，其实并不会在脑海中停留，若要那感觉被再次唤起，其实唯一的办法就是找同样的人，再吻下去。

“仍爱回忆，回味每一吻，主角原因情景场地及气氛，微细动作，近观的眼神和将要吻的兴奋”，活脱脱一出吻戏教程，那是黄伟文式的细节。

“时间溜走，留下这些吻，给我余香余温仍润泽半生”，当年听的时候，颇有几分诧异，总觉“润泽半生”实在夸张。后来才知道，原来那是寂寞在作祟，“寒冷夜里，像春天降临，怜惜某个孤独人”，那些吻感，不过是心底记忆的交汇。

一个人的时候，这感觉才会被唤起。也只有一个人的时候，才会“仿似身历其境，场面重温，唇上那些味觉温度都通向心”。

说点搞笑的，还有一句“唇上柔滑热烫质感多迫真”，十几年过去了，我依然坚定认为，那非吻感，应该是在喝牛奶。

潘源良为张敬轩所填的《余震》，也以吻为意象。情节倒是曲折，二人早已分手，又复合，可这再恋只是余震，“让重伤的心再添缺憾，还剩低的寄望最后也牺牲”。

想来也是因为爱吧，所以才会“任水深跟火热，扑向一个人”。但终究曾经情断，“期盼的是彼此不伤害，却已不可能”，带着这伤痕再爱一场，总不免多些险阻。

有人曾说，早已分手的两个人，若是还忍不住走在一起，也许是因为身体需要大于心理。彼此对对方的身体都太过熟悉，才欲罢不能。《余震》中亦如是，“你的吻像龙卷风吹过，怎可对抗这吸引。身贴身如海啸冲击我，使我向下沉”。所以，才会“再走近是我完全难自禁，就算知道实在太愚笨，到底一刻也算是缘份”，这一刻缘分，总能让我想起“半晌贪欢”四字。

这样的爱恋，让人“仍然愿靠近，谁又理朦胧夜里天沉地暗”，即使只是余震，也是“痛苦中一丝兴奋”。

今生准许我裙下尽责任，忙于心软与被迷魂

据说，欣赏女人的美，是一个男人一辈子的“功课”，如果你可以在不同的女人身上发现美的气质，那便算是“出师”了。“不只喜欢一个女人”，据说也是男人的天性，可也有滥情与至情之分，像《裙下之臣》的境界，便是至情。

不过，歌词着实情色，比如开头的“抬头望长裙下的风”，这种状况下抬头，实在“惊心动魄”，难怪会“诱发过我那一秒悸动”，难怪“热血在腾”。

“横蛮善变柔弱天真，全是她不可解的魔术成份”，只有真正懂得欣赏女人，才会将这些特性变化视为“魔术成分”吧，探究一个女人的性格，就如寻觅宝藏，只要懂发现，美便在眼中。不过那句“纯白淡色或缤纷淡，裙下永远有个秘辛要探问”，委实过于色情，这是在描绘“窥私”吗？

“让那飘呀飘呀的裙，挑惹起战争，赐予世界更丰富爱恨”，听来有几分红颜祸水的意味，可那些女人的美，分明是传奇，你心中的那个女人，同样能挑起你心中的战争，那些爱恨，让你难自禁，让你对对方“崇拜得太过分”。于是，“为每个婀娜的化身每袭裙，穷一生作侍臣”，很喜欢后一句的语感，尤其是“侍臣”二字。

最喜欢的那句，当然是“今生准许我裙下尽责任，忙于心软与

被迷魂”，虽然听来情色，可这混迹花丛中的理想，于男人而言，也未算低俗——你得有多少本钱，才能一生于裙下尽责任？

顺便说一句，每次听到那句“让那摆呀摆呀的裙，凡士气下沉，赐我理由再披甲上阵”，都忍不住坏笑。

一弯身躯多少过客，只爱在怀内觅暂借的恬静

写风月场的歌词极多，有些失之直白，有些词不达意，唯有《不夜情》，意境曼妙，一派旧时上海滩味道，从容中有伤感。那旗袍丽人窗前感怀的优雅与凄清，如跃眼前。

沦落风尘，自是不幸，欢笑中亦总带着泪。男权社会里，无数所谓“佳话”、“逸事”都出于风月场，而那背后，则是一个个凄清女子。

也有爱情的存在，多半无果，“青春不衰的眼睛，埋藏着兴兴衰衰的感情”，来往间无痕。最爱那句“一弯身躯多少过客，只爱在怀内觅暂借的恬静”，想来，每个风尘女子都有这种“怀内觅恬静”的憧憬吧？可惜，只是“暂借”。在那“一弯身躯多少过客”的生命里，沉溺永远是奢望。

旧时上海，“夜未觉夜，华灯映射”，乃至“寂寞过剩，无边升平”，诱惑极多，“只会醉不会夜”。一段爱情于其中，不过一丝点缀，局外人毫不挂怀，哪怕“烟花只会散不会谢”，那也终究是消逝无踪的结局，不是吗？

即使是当事人，也无从改变这一切。“热闹过后，时针倾斜，熟练的手势将天与地都推卸”，每听到“熟练的手势”都会想歪，可“将天与地都推卸”的吐字真是好听，尤其是出于黄耀明之口，意境也

曼妙，一派慵懒之气，却带着几分决绝，哪管天地无情、世事动荡。可这短暂放纵与勇气，无非风月场上的插曲，“看你的脸仿佛看见一个千里洋场在演变剧情”，这爱情，无非千里洋场中的一段戏份罢了。

最喜欢的一句，是“夜幕已谢，浓妆一卸，道别的身影掀起背后的荒野”。“掀起”二字用得真好，情境感亦十足，背影后翻天覆地，荒野中黑幕升起，笼罩一切，情事就此过去。

沉溺中，唯一可聊以自慰的，是“你说不必生生世世，只要夜来仍能念出你姓名”。

纠结。

谁能凭爱意要富士山私有

涉及曲目

《富士山下》
填词：林夕
原唱：陈奕迅

《绵绵》
填词：林夕
原唱：陈奕迅

《理想对象》
填词：黄伟文
原唱：郑秀文

《六尺风云》
填词：黄伟文
原唱：李克勤

《放过自己》
填词：林夕
原唱：吴浩康

《伤了三个心》
填词：李敏
原唱：梁汉文

《色盲》
填词：周耀辉
原唱：王菲

《偏偏喜欢你》
填词：郑国江
原唱：陈百强

《相爱很难》
填词：林夕
原唱：张学友、梅艳芳

《还有什么可以送给你》
填词：周耀辉
原唱：陈奕迅

情人节不要说穿，只敢抚你发端，这种姿态可会令你更心酸

有一种关系是这样的：你爱我，我知道，我也爱你，但是，我不能爱。于是，隐忍，哪怕那隐忍，只是无力的欲盖弥彰，连旁人都瞒不过。这纠结情境，委实折磨人。

关心，反倒因这隐忍更强烈。“拦路雨偏似雪花，饮泣的你冻吗”，便极动人，是我爱的句式，“苦心选中今天想车你回家”，只觉那情意中的苦涩瞬间充盈。那些躲躲闪闪，那些欲盖弥彰，不过只是深情的注脚，哪怕错了时间。

“原谅我不再送花，伤口经已结疤，花瓣铺满心里坟场才害怕”，半真半假，或是真的不再送花，可心底怎会有能结疤的伤口？花瓣铺满心里坟场，其实无关祭奠，其实感情也并未逝去，而是再被提起，所以才害怕。而后面的“如若你非我不嫁，彼此终必火化，一生一世等一天需要代价”，这劝诫未免太决绝。像这样的话语，说的与听的，怕都知晓宿命，却心有不甘，不免神伤。

爱细节的我，并不太喜欢副歌的说教之嫌，“谁都只得那双手，靠拥抱亦难任你拥有，要拥有必先懂失去怎接受”，虽然“只得双手”和“难任你拥有”的对比颇有几分触目惊心，可还是不喜欢这大道理。只是那句“谁能凭爱意要富士山私有”，听得心颤，没来由想起一句“谁

也不是谁的谁”，其实强抑自私，或许也是感情的一部分，虽总是不甘。

因为偏爱细节，当然也喜欢“情人节不要说穿，只敢抚你发端，这种姿态可会令你更心酸。留在汽车里取暖，应该怎么规劝，怎么可以将手腕忍痛划损”。“不要说穿”和“抚你发端”，那含蓄的低姿态，想不辛酸也难。

林夕写过太多这样纠结的歌词，同样写给陈奕迅的《绵绵》亦是一例。

网上总有八卦，说《绵绵》是林夕写给某人的，里面的蛛丝马迹，多到连欲盖弥彰都成了难事。可我最不爱这刨根究底，也最反感八卦。于我而言，听歌就是用自己的方式去看待歌词，《绵绵》，抛开那些隐讳，剩下的只有纠结，可纠结中，偏偏又有几分温暖。

口口声声说“从来没爱你，绵绵”，可那爱意，却扭曲着蔓延，渗入骨髓。只要说不爱，便都是反语。

初听便喜欢“谈论连场大雨，你窗台漏水，不得了”，“窗台漏水”与“不得了”相对，总能让我想起那些小情人热恋时，抓着对方手指的一点点破损，满脸心疼的样子——爱你，你于我便无小事。

“从前为了不想失约，连病都不敢痛”，说得深情，乃至后一句“才回想起我蠢”，那自暴自弃也变得毫无说服力。也有我喜欢的细节，“和你也许不会再通宵，坐到咖啡酸了，喝也喝不掉”，“从前为你舍得无聊，宁愿休息不要”，听来都动人。

若说不爱，谁信？

有一段也是我所爱，看似淡然甚至不在乎，可那真切，细听下却遮也遮不住。“和你也许不会再拥抱，待你我都苍老，散半里的步，前尘就似轻于鸿毛，提及心底苦恼，如像自言自语说他人是非多么好”，说的是往事如烟吧，“前尘就似轻于鸿毛”，望及便知是林夕的句子，可释然又怎是那般容易的？“提及心底苦恼，如像自言自语说他人是非多么好。”那也不过是奢望。相比老去时的释然，人可能总更在意现在。

有了这些铺垫，“从来未爱你”便自然成了反语。“可惜我爱怀念”，不过是我只怀念你，“从来未爱你，但永远为任何人奉献”，不过是只为你奉献后的赌气，而“从来没细心数清楚，一个夏雨天一次愉快的睡眠，断多少发线”，那发线或许确实未数过，可心里记挂的，还是那夏雨天里的愉快睡眠。

至于“只喜爱跟一颗心血战”、“只喜爱跟万人迷遇见”，也不过是赌气的话。内心的纠结，终是为你，而心里想遇见的，同样是你。

那爱意，就这般倾泻，尽管内心纠结。

想分享午夜的忧伤，连谈电话也没对象

据说有一种心情，叫做既憧憬又失落，实在纠结。《理想对象》便述说这心境，这是郑秀文与黄伟文、吴国敬二人迄今为止的最后一次合作，恬淡的旋律，说的便是那纠结情绪。

“一张张漂亮婚纱相，连眉目都似在发亮，改天你与我来一张该很理想”，那也许是途经婚纱店，不经意扫一眼之后的憧憬。想必此时，脸上是带着微笑的，可紧跟着便是“多么想也是种空想，如何物色你没印象，怎可以替你太早草草签了账”。原来，这段情事“火候未到”，自是少不了失落。

这样的憧憬与失落贯穿始终。比如“想得这么理想，以后我与你岁月还漫长”，便与“怎确定能碰上，爱到永远没有闷场”相对。

其实最爱的一句，是“想分享午夜的忧伤，连谈电话也没对象，心很痒，看你能否空口讲理想”，那些黄伟文式的小趣味，着实迷人，“分享”、“午夜”和“忧伤”三个词，看似平淡，组合在一起却动人，而“心痒”与“空口讲理想”相对，也有同样效果。

同样让人纠结的还有《六尺风云》里的空间与感情之争。空间和感情，是不是一对悖论？六尺，又是不是一个恰到好处的界线？远于六尺，会牵挂，而六尺之内，会叹息无空间，喘不过气来。不是不爱，只是要那点空间。

所以，有人曾说结婚不如拍拖，拍拖不如婚外情，婚外情不如暧昧，这是今版的“妻不如妾，妾不如妓，妓不如偷，偷不如偷不着”。《六尺风云》出自黄伟文之手，开头有一段便让我听来欣喜——没错，是欣喜，“突发的身边趣事，舍得不等你看吗”，其实喜欢这句，与整首歌无关，只是觉得，爱一个人便逢事都想先让她知道的情愫着实动人。

“曾经嫌彼此太亲密，容许解说一下，其实还是爱吧，否则不拖你回家”，“解说”二字刺眼但也讨好，“否则不拖你回家”，听来便大男子主义。“就算我怨过日对住你晚对住你，不必夸张伤心得要死”，说白了也是在“解说”，只是发发牢骚，要点空间，并非不爱。

副歌部分的几个词都讨我喜欢，“着紧”、“受制”、“撑起”和“嫌弃”，彼此相对，矛盾中却也让人听出了笑意。

情事之中，相恋有纠结，相处有纠结，分开也不免纠结。林夕填词的《放过自己》，歌名倒是有开解之意，可歌词中还是不免纠结。

其实，我是不信这句“放过自己”的，纠结如林夕，哪怕放过世人，终也放不过自己。我不爱讲大道理的歌词，可《放过自己》的好处，就在于它在讲大道理之前，说了两段故事。讲故事就有细节，有细节就能满足我这细节控。

开头便先声夺人，“从前我有个伴侣，夜夜总要换别人睡，但是之后又闷极流泪，我又怪谁”，简直是天涯论坛上的极品感情受虐情节了，女朋友天天换人睡，回来还嫌闷，时不时哭一下，男主角就不知如何是好了……

相比露骨的首段，我倒是更偏爱第二段，“从前也有个蜜友，浪漫短讯日夜没遗漏，亦在手电被换掉时候，和平地分手”，这是暧昧关系吧，关系不过手机短信。

后面便是大道理，“讲得好听彼此错爱，讲真心话彼此虐待”，错爱是虐待，那是感情咨询专栏里常见的开解。倒是后面那句，是我喜欢的“纠结式开解”——“愿我们能叫私欲撇开，忍耐有新欢搭台”，说的无非是抛开那段错爱，对对方的新欢释然。喝茶的“搭台”（即拼桌）用在这里，有几分黄伟文式的巧。

“回头说我那蜜友，现在总有叙旧时候，但尽欢后若是未难受，为何仍分手。在事过境迁后再回头，才承认我好比她亲友”，“亲友”与前面的“密友”遥遥相对，也是触目惊心。

我的心连同头颅低垂，千错万错假想恋爱无罪

梁汉文的动人中音，着实适合唱凄惨情歌，《衣柜里的男人》和《好朋友》最是典型。还有一首《伤了三个心》，亦属凄惨情歌，但题材却大不同。

所谓伤了三个心，是说自己移情别恋，结果进退两难，伤人伤己。其实感情无对错，这样的情境委实太多，最后受伤的不过是所有人。

若是分手后的下一段感情，便无此纠葛，偏偏“还望你仍愿意强忍”，结果便免不了“痛苦被三角囚禁”，“竟伤了三个心”。这自然是自寻烦恼，乃至发出“移情别恋我在自焚”的感慨，巴不得对方“相信是我在遗憾痛心”。

不过总觉得，这样的情境虽然凄怆，但终究还是未曾寻觅到真爱的缘故，可能两个都不爱，可能爱得都不够，不然不会难以选择。只是，有时人确实难逢真爱，也着实难以选择。“我的心连同头颅低垂，千错万错假想恋爱无罪”，不过是无奈，而“观看着你脸憔悴，坚决坚决地说请离去”，终是作出了选择。

想身边的你，看到似雪的晚上像日的月亮

感情是盲目的，谁又不知道这句话呢？可说着这话，却不是为了提醒自己，哪怕飞蛾扑火，盲目依旧。

可盲目，便如色盲，往往困扰了自己的脚步，比如《色盲》中的“交通灯太鲜红，就算再等一千秒钟，和谁在散步，仍旧等过路”。那一千秒的红灯，只存在你盲目的眼睛中，便误了前行，陷入纠结。也因为盲目，才会“就算在多么清的天气中，和谁在爱中，仍然难刮目”，反正，“天生这样盲目”。

如这盲目连对象都欠奉，前行便更难，只有“灰的灰蒙艳便艳红”，只有无助，只想找人带路，可感动了自己，却“并未令你哭”。想来，那是一厢情愿的飞蛾扑火，连快乐都若无。身边的你，也变得虚幻，不再触手可及，只是心中的结，或一个意象，又如色盲者眼中天地，变了颜色违了常理，如“似雪的晚上，像日的月亮”。

是啊，若这感情本无缘分，“阶砖上步伐或两双，但为什么偏妄想”，其实，“你怎么可能带路”。终究两个世界，色盲者“归于灰与鲜红”，“但你留恋七色的天国中”，盲目，不过是一场飞蛾扑火。

不过，男女情事，盲目之时总难免，一句“偏偏喜欢你”，便足以让人一头扎进去。即使，这“偏偏喜欢”之中有着纠结。

为《偏偏喜欢你》填词的是老词人郑国江。因祖籍中山的缘故，经常翻看一些关于香山文化的史料，最感兴趣的几个香山籍名人，有苏曼殊、阮玲玉、郑君里、吕文成，还有当年的影后卢燕，大作家西西，另外就是郑国江。

这几个人，涵盖了文学、导演、演员、作曲和填词几个领域，有些看似声名不彰，可背后却更有故事。

郑国江号称词匠，被誉为香港词界泰斗，他写的歌，不仅数量多，且涉及几乎所有领域。比如当年看了许多粤语版卡通，配音着实让我听得不自在，显然比不上日文原版，但还是牢记那些粤语版的主题曲，如《多啦A梦》。

若说他的经典，《风继续吹》不能不提，还有《偏偏喜欢你》、《涟漪》和《风雨同路》，以及我喜欢的《陌上归人》。

其实这首《偏偏喜欢你》，最喜欢的还是歌名，“偏偏”二字，是化不去的相思，只是，“爱已是负累，恩爱似受罪”。

没什么林夕式的惊人之语，亦不如黄伟文般决绝，郑国江的风格总是闲适。老一辈的词人，虽眼见香港变迁，可骨子里却还是文化人的气质，总有几分淡然。“愁绪挥不去苦闷散不去，为何我心一片空虚，感情已失去一切都失去，满腔恨愁不可消除”，情境凄然，文字间却有冲淡气。还有一个特点便是韵把握得极好，不少新词人填词不讲究韵，或为韵随意更改词语的字序，老词人却严谨得多。

对于这盲目，林夕说：“别要张开双眼。”那是张学友与梅艳芳合唱的《相爱很难》，既然是爱情，盲目便盲目，盲目又如何？

这是林夕自己最喜欢的歌词之一，我倒一度无感。因为我是个细节控，又爱文字，最不爱道理，后来才醒觉，这首歌惹人爱的不是什么惊人之语，而是那飞蛾扑火的决绝——哪怕知道“生活其实旨在找到个伴侣”，依旧决绝。

没错，总有人“对火花天生敏感”，不怕爱人变敌人。

只是，歌词中还是遍布林夕式的纠结。相爱很难，单恋也难，不爱或许不难，却难耐寂寞。只是，大家总是“各有各寄望”，总怕有还不清的债，总怕责任。只是，浪漫总与私人空间相对，长久的平淡总与烟花般的短暂相对。只是，我们总有那么多的“只是”。

你要抛开多少“只是”，才有飞蛾扑火的决心？才有“爱便爱了”的勇气？或者，最需要勇气的，就是闭上双眼。

周耀辉为陈奕迅所填的《还有什么可以送给你》，同样有着纠结意味。不过与《相爱很难》大不一样，它不是纠结于爱情的盲目，而是纠结于付出得够不够。这首歌一听便知是周耀辉的手笔。若非他，怎么会有“送过你一刹透明，也送过你一串蜕变”这样的起始？一刹透明，人生因你晶莹至炫目，一串蜕变，人生因你而改变，这怕已是极致，“或者未来难做到更完美”。

那些譬喻，都是周耀辉用惯的句式，“梧桐将秋色无私地给了多壮阔的地，然而想不起剩下什么给你”，“蔷薇将春光如一地给了最细致的味，从此想起遗憾不应给你”，遗憾不应给你，还有比这更美好的情怀吗？

还有什么可以送给你？这之所以成了疑问，只因为，一切都已给你。

给了你“悠然的秋色”，甚至让你看得有些腻，却已“想不起剩下什么给你”，只知，“遗憾不应给你”，甚至因此“怀疑不应一起”。有时，情到浓处，便总觉自己是对方的负累，生怕成了牵绊。

哪怕，“送过你一个世界”，陪你走过一段旅程，甚至，用时间与心，“送过你一切旧记忆”，让自己盈满于那思议中，也仍旧心下惴惴，感叹“几多想送你，最后送不起”。

送了一切，却说：“只交得出勇气为你。”

让爱。

但愿你好，好得比天更高，
我高攀不到

涉及曲目

《让爱》
填词：林夕
原唱：许志安

《解药》
填词：黄伟文
原唱：陈奕迅

《非走不可》
填词：林夕
原唱：谢霆锋

《为你好》
填词：林夕
原唱：谢霆锋

《其实我真的爱你》
填词：小美
原唱：郭富城

《祝福》
填词：潘伟源
原唱：叶倩文

《让你愉快》
填词：陈少琪
原唱：张学友

《浓情化不开》
填词：林夕
原唱：周华健

《让你飞》
填词：简宁
原唱：张学友

《舍不得你》
填词：利达英
原唱：郑秀文

《原谅我是我》
填词：潘源良
原唱：草蜢

浪费那些眼泪，就当作捐给好伴侣

说起忍痛割爱，《让爱》怕是最切题的，歌名便直奔主题。

这首林夕为许志安填词的《让爱》，是我多年前的大爱，可若不是在翡翠台的一次选秀节目里见到有人唱，几乎便忘记。当年曾找过几个演唱会版本，其实这首歌像极了《一家一减你》，原版平淡，演唱会上倒利于发挥。那声嘶力竭的唱腔，总能喊出交织着的不舍与不满。

有些感情有些人，终是留不住的，“时间过得太长，连挽手都不知痕痒”（“痕痒”即痒），而且“逼你吻我更勉强”。这几句能让我想起《你有事瞒住我》，其实末路情爱，不外如是。《让爱》里，是无奈表态，“就当我终于打败仗”，“乘机表演大量”。

甚至，“你换个他，也算很正常”，甚至，甘心听你提起他。年少时最喜欢那句“缠绵时味道可一样”，其实情爱之中，做爱的感觉起码占了一半，性并非只是爱的催化剂，更是爱的表达方式和两个人的契合程度体现。林夕这句“缠绵时味道可一样”，问得露骨，却也情切，而那句“讲得好我肯鼓掌，我永远敬重你意向”，不甘中空留无奈怅惘。

有时，林夕的词亦狠而绝。眼泪“就当作捐给好伴侣”，“捐”字触目惊心，至于后面那句“当日是谁之后是谁，我也会礼让你过去”，

“礼让”二字也决绝。

“离开当然了解……陪他开心多伤心少，愿你愉快”，感情的末路，千般无奈后，多是这般自暴自弃。

因为“缠绵时味道可一样”的缘故，这首歌带了点情色意味。同样走此路线的，有黄伟文为陈奕迅所填的《解药》。

对这首歌中所描绘的女子来说，爱情不过是一场场比较。好的那杯茶，永远是在她的前面或后面，前任自有可留恋处，后来者自有新鲜处。所谓“不够爱”、“不够体贴”和“不够在乎”，绝非真的不够，只是，女人都需要比较，且在起步那一刻便判定现任为输家。

这不过是一种心瘾，需要的，也不过是一剂解药——放你出去，让你去觅寻。

初听《解药》，便听出内中残酷，可面对那样的感情，那样的不安分，你又该拿什么来证明自己？你说你爱她，可她只需问一句“有多爱”，便是个无解的问题。又或者，她说，你要的只是她带给你的快乐，同样无从辩解无法证明什么。证明爱的最好办法，难道真的是比较？

让她去寻找所谓的爱，而你，在原地等她。物是人非，总有个人等她。可那时，她又还愿意回来吗？黄伟文总能写出这般揪心与残虐，“想出去玩吗，即管去找他，他比我解渴吧，但夜来头痛，会发现你突然没有解药吗”，“解渴”和“解药”，都牵起千头万绪。

那些牢骚，听来都令人神伤，“他比我新鲜，但是会厌吧”，“你缺乏我照料，又会安乐吗”。可那关心，却还是发自内心，“你约会过某人，我说不要紧，你去玩都够吧，我在这里等”。想来，这样的情绪，怕也只有陈奕迅的唱腔可表达。

那句“不经过花心，怎么会安心”，总能让我想起林夕，他说安心才能开心，可黄伟文却告诉你，要安心，花心也是条必经之路。想来，人生，大抵如此。只愿，你“共万人狂吻”后，最后能发现“谁是最吸引”。

其实，这念头多少是在赌气，赌自己的与众不同，气自己“旧了便输给满街的飞吻”。倒是很喜欢那句“正好我的错装满你缺陷”，感情中的包容，大抵如此。

不舍得开心，留来给你欢喜

林夕为谢霆锋所填的《非走不可》，我倒是最爱黄耀明的翻唱版本，胜在吐字曼妙，彭羚版则胜在凄婉，陈奕迅版则相对寻常。至于原版，谢霆锋唱腔平平无奇，可却诚挚。

一直认为谢霆锋适合唱这一类歌，用力的唱腔，生怕唱不出字里行间的情致。“以为斜阳定会升起，会令奇迹感染你，差点为什么呼吸都忘记，也不舍弃”，那画面便极是深情。小男生的祈祷，可会阻止夕阳西下？又可否能让这奇迹感动你？即使终是不能，也不可笑吧。林夕常用“呼吸”这一意象，《明年今日》中有“在有生的瞬间能遇到你，竟花光所有运气，在这日才发现，曾呼吸过空气”，这里又有“差点为什么呼吸都忘记”，语出一辙。

当年一听到“不舍得开心，留来给你欢喜”，心便颤两颤。若是中学时看到这样的句子，怕是会拿支笔划上一条深深的横线。

那时也在想，林夕也爱昆德拉吧，“生命中承担不起的难过”也用得好，后面加了“放手给我”四个字，便更沉重。

这动人情致，到最后又走到了“割爱”的路上。“踏上分手这条路，才令我突然看到，你的天空宇宙只够我流泪，不可跳舞。”

相比这首《非走不可》，我更爱同样由林夕填词、谢霆锋原唱的《为你好》。

“为你好”，说来容易，做起来却难。我甚至认为，这是感情中最难做到的事，事关“为你好”便要牺牲自己，而牺牲自己，恰恰是难事。除非，你本就不在意，这“牺牲”全无代价。

《为你好》便是一个任性者的告白，如同后来的《早知》，劝诫对方放手，只因自己总要去追逐下一个。年少时喜欢这调调，哪怕那“为你好”说得言不由衷，几成借口。

开始的一段说爱人难觅，内心难以属于一个人。“谁人能和我爱到心花不停开，就似可一不能再，至可算爱。谁人才能够叫我梦想不能改，遇上更好不能爱，太令人期待”，爱到“心花不能开”、“梦想不能改”，甚至可一不可再，“遇上更好不能爱”，那便是专一吧。可这“太令人期待”的专一，却难得见。

“没有你不可能爱”，其实难做到。说白了，就是“我太愿相信。我有这么的幸运，却拒绝相信，我会这么的情深”。喜欢那句“凭一息间的拥吻，换到终一生的吸引”，“一息”与“一生”相对，后面却偏偏是一句“而你偏偏要等”，“偏偏”尤是动人。

后面的劝诫，在我看来就有些讨嫌。“我要你知道，我最爱的恋人怕永远也都找不到”，我很不喜欢这调调。但“但愿你好，好得比天更高，我高攀不到”，倒是深情款款，若是脱离这首歌，单看这一句，实在讨我欢心。

那日临行不讲不舍，只因我扮潇洒地引退

在港乐的黄金年代，委实好歌无数，每一次季选都有至今仍大爱的歌。还有一些，哪怕已淡忘经年，但突然听到或是看到歌名，那熟悉旋律便绕上心头。

有一天，突然听到《其实我真的爱你》，便忆起这淡忘的歌。其实，当年很喜欢这首歌，至于为何淡忘，想来是因为只记得郭富城的那些快歌吧。

前奏颇有古风，悠长隽永，后来才知道，这曲子原是谷村新司的《昭和》。词也雅致，有人说这是小美为郭富城填的第一首词，我对郭富城研究不多，不知真假，若此言不虚，倒真的很有纪念意义。歌词中满是旧式情怀，“斜阳夕照晚灯里，霓虹像劝我归去，情怀乱，眷恋心态暗地下垂”，意境萧索，尤其是简练的第一句，堪见功底。而“暗地下垂”的“垂”字，很容易让人想起《风继续吹》的雅致。

可终究是“情怀乱”，只因缘尽，哪怕“从来没怨你一句，从来没说你不对”。而最不该的，怕是“那日临行不讲不舍，只因我扮潇洒的引退”。

看多了那样的故事，无论电影电视还是书中，所谓为爱牺牲，无不是悄然远去或者压抑感情，以求让对方离去得安心些。其实我很讨厌那样，感情应是不受压抑的，不舍就是不舍，何必说舍得，

没有你不行就是没有你不行，何必说“我自己会好好过”，何必割爱。这样的选择，终会“悔恨临行不讲不舍，怎么要扮潇洒的引退”。

副歌的“无法跳出梦废墟，思想你正爱着谁，忘掉那天你刻意淌泪，说伪装祝福句”，旋律流畅，情致也动人。“离去那天渐看真，方知道最爱是谁”，可惜为时已晚。

有时，会在夜半无人时听叶倩文的《祝福》，爱那千回百转却仍不打破静寂的舒缓。这曲风，与《其实我真的爱你》相似，极尽悠扬。

潘伟源的词未算飘逸，仍有匠气，可那铺排却无碍动人情绪。因为，总有你需祝福的人，甘愿用自己毕生的福气去祝福的人。

有时，潘伟源也能写出我喜欢的细节，比如“染湿风中的发端”，节奏真好，与旋律无比契合。感情中，无论“为你好”，还是“祝福你”，若是真心，便都少不了一个“放下”的过程。哪怕心里仍是放不下，可理智还是说着两个字：放下。

哪怕，“过去过去，多少次心乱，今天今天，随着云烟渐远”，这中间的期限很久很久。

奉上衷心，祝福千串。

你与我将签纸，来涂掉了昨天意义，曾留在婚纱的诗意

“你喜欢我什么？”

“我喜欢你有性格，不像别人那样盲目。我喜欢你上进。”

这样的情话，只在情浓时出现。到了情淡时，便成了罪状，太上进太忙于工作，陪伴对方的时间便少了。优点成了负累，是感情的常态，一切只因时间。陈少琪为张学友所填的《让你愉快》，有舒缓旋律，也有大段大段独白，都在讲述这一切。

或者说，情转薄时，一切都可成罪过。“过去我爱每日忙，习惯想很远的渴望，原来无停止烧伤对方”，直至“这晚你最后在旁，没半点感觉的对望，扬言明晨消失于曙光”。

于是，你离去，抛下冷峻言语，“你说你这一生不想再看着我，避免再令你的一生坎坷；你说你今天起从头面对你的以后，沉沦在追忆不好过；你说你打算过将一切信任我，但永远令你所得的不多；你说你于当天如何面对众多抉择，而盲目天真的选我”。

反正，从开始便是错。

这首写离婚的歌，最动人的一句是“过去这一张纸解释你爱著我，在见证愿永相依的心窝，你与我将签纸，来涂掉了昨天意义，曾留在婚纱的诗意”，那些逝去的情事，终不是一纸婚书可留住的。

只能，让你愉快，“寻求别个地方来忘掉我，不用说最终的晚安”。也但愿，“凡尘内某地方能留住你，可让你心释放”。

纵使不见，爱情仍可天荒地老

那年，周华健弹着钢琴，唱他的《浓情化不开》。

并未等到年底的各个颁奖礼，只是看那个周末的劲歌金曲，我便已爱上这首歌。那年，我十五岁，总有些小惆怅，可听这首歌，便知释然的可贵。

林夕填的词，却不取巧，恰恰那个年纪也读不懂取巧的词，只爱这种直插入心的感伤，只知道“情越浓越会化不开”。

所以，便爱极了“为爱你，占据你一生，比分手更残忍”，也爱极了“为了你，有更好开始，再不舍也愿意”。那时才隐约知道，“为爱你，占据你一生，比分手更残忍。若爱你，却要你牺牲，怎么可算情深”。放手，原来也这般美，即便美得残酷，即便放得不甘。

即便，一拥抱便难分开。

张学友有一首《让你飞》，也是这般情愫。那时的张学友，几是品质保证，随便一张专辑，哪怕非主打，也值得一听再听。简宁填词的《让你飞》算不得什么名曲，可也足以让许多人记在心上。

老式的词风与编排，简单却直指内心。那情绪，无非常见的“爱你才离开你”，可杀伤力依旧。

那些老式句子中，分明是隐忍坚持，“谁说情共爱不需要后悔与忍耐，又谁说情共爱终需要放开”，明知爱中必有后悔，必须忍耐，却不愿放手。“宁愿在孤单的岁月看苍生变尘埃”，那是不滥情，可若要爱上，便不愿“看当天风中约誓今天轻率变改”。哪怕，你执意离开。

让你飞，便是因为这炽烈的爱，“不愿给你伤悲，你要走请不必感慨，宁愿你别离，不断地看着你不倦不悔地飞”。

“如你离别我，可知我愿意去等待”，即使你有他。“如明日跟他的约誓爱恋抛进泪海，仍是我始终都不退后，真爱并没离开”。又如果，你飞得倦了，“如若后悔亦无需呼叫，静悄地我必奔向你”。

这种执意等待的歌词虽已太多，可听来仍动情。

可惜真爱纵使全无禁忌，仍会动摇着我动摇着你

有一种割爱是主动而为之，我要离你而去，希望彼此人生更美好，比如《舍不得你》。

那年，仿佛走到哪里，音像店里都会出传来“舍不得你”的歌声，连老人家都会哼两句，那是郑秀文的第一首大热。曾有人说，郑秀文只差一首大热的歌，便可进入一线，这首歌恰恰让她做到了。

舍不得你，却要离开，“一试高飞，为着令人生更美”，这是港剧里的常见桥段。这感情并无对错，只是与梦想有异，不得不放弃。

其实我一直不喜欢这调调，还有什么能大于感情？其他不过是借口而已。“我却要挣扎离去”，多半内心是偷笑着的。不过这首歌胜在好听，而且“舍不得你”四个字的唱腔实在太易上口。

“回头再看我的最初，寻寻觅觅活在迷惘，多得你引领我，天天你亦为我，令我找到片段亮光”，这是感情的情状，因感激而爱，因关心而爱。“完全怪我要一试高飞，完全是为着令人生更美，珍惜你爱过你，感激你念挂你，无奈到最后要分离”，这是分手的情状。

一直最喜欢听“过去的丝丝记忆扰困我的心”这句，“丝丝记忆”用粤语唱来，实是动人，还有一句“扬翔是我愿”，发音也迷人。而最不喜欢的一句，怕是那句“共你普普通通地去爱，未够我独个精彩”，分手那些欲盖弥彰，貌似一下暴露了一般。

值得一提的是，填词者名叫利达英，昙花一现，查不到关于他（还是她？）的任何资料。

草蜢亦有一首《原谅我是我》。那年的《让世界变得很美》专辑，我独爱这首非主打的《原谅我是我》。二零零五年的“我们的演唱会”上，草蜢竟也唱了这首歌，而且是独立一首，并非夹在串烧中，让我意外。

不过这首歌的流畅旋律，倒极适合在演唱会上铺排，唱着不累，也动听。

潘源良的词很是简单，不过只是分手那点事儿，多是劝诫，诉说着情非得已。有时候，不仅仅是禁忌之爱才会诸多无奈，普通人的真爱，也不免被性格、缘分等牵绊。到离别之际，只能说一句“不必强求再可一起，不要恨怨你自己”，当然，也“请不必为我再痛悲”。

有时，感情就是彼此的迁就与磨合，可迁就太多，变成了无了期的“彼此折磨”，实在无法“甘心迁就去等转机”，只能“缘分终结没余地”。

哪段感情，没说过永远一起，没有“心底也愿意痴情莫说别离”，只是，总有一些东西，动摇着我和你。

豁达。

花色香皆看化

涉及曲目

《落花流水》
填词：黄伟文
原唱：陈奕迅

《稀客》
填词：黄伟文
原唱：杨千嬅

《疤痕》
填词：黄伟文
原唱：李蕙敏

《野花》
填词：林振强
原唱：林忆莲

《过日辰》
填词：何秀萍
原唱：黄耀明

《早餐派》
填词：周耀辉
原唱：黄耀明

《我为我生存》
填词：张美贤
原唱：李蕙敏

《多得他》
填词：林夕
原唱：王菲

《再见了》
填词：潘源良
原唱：赵学而

《笑中有泪》
填词：林夕
原唱：杨千嬅

《如果东京不快乐》
填词：林夕
原唱：杨千嬅

《会过去的》
填词：黄伟文
原唱：许志安、李婉婉

《那个下午我在旧居烧信》
填词：何秀萍
原唱：达明一派

流水很清楚惜花这个责任，真的身份不过送运

落花流水，不是被人打到稀里哗啦，而是落花与流水的相伴。

黄伟文填《落花流水》，美丽如斯，豁达如斯。开头便仿似童话般美好动人。“流水像清得没带半颗沙，前身被搁在上游风化，但那天经过那条堤坝，斜阳又返照闪一下，遇上一朵落花”，流水清澈，在斜阳下遇到落花，这是多么曼妙的情节，就如世间一切美好的相遇。

相遇，“就此拥着最爱归家”。只是，这开头并不意味着结局的美妙，“生活别过份地童话化，故事假使短过这五月落霞，没有需要惊诧”，那些聚散，看似不易，其实也轻易。陈奕迅口中吐出的“落霞”二字，就如《不来也不去》的“客尘”二字，着实动听。

于是，“流水在山谷下再次分岔”，而那些情感，也“渐化做淡然优雅”。只是，“自觉心境已有如明镜，为何为天降的稀客泛过一点浪花”——太爱这句的情致和语感，“天降的稀客”对应“一点浪花”，情境如映眼前。有些感情，对方确如“天降稀客”，可任你再如何热切迎接，这情事也不过泛起一点浪花。

副歌部分曼妙到了极点，洒脱写意，那淡然忧伤也化作悠扬，哪怕岁月无情，旧情无踪，也终是美丽的。“流水很清楚惜花这个责任，真的身份不过送运，这趟旅行若算开心，亦是无负这一生”，

这是我见过的对“缘分”最好的注释，也许你爱的那个人，只是你生命中的过客，你的陪伴不过是一段护送，但即便分离，那美好也永在心——请原谅我用如此老土的句子诠释这段歌词。

另一段副歌也曼妙，“天下并非只是有这朵花，不用为故事下文牵挂，要是彼此都有些既定路程，学会洒脱好吗”，虽然有我最不喜欢的说教嫌疑，可一句“不用为故事下文牵挂”，语感极漂亮，吐字也动听。那些落花与流水，各有归宿，“水点蒸发变做白云，花瓣飘落下游生根”，天各一方，那是“命运敲定了，要这么发生”。

有这心境，分开也变得美丽。“讲分开可否不再用憾事的口吻，习惯无常才会庆幸，讲真天涯途上谁是客，散席时怎么分”。前半句是人生真谛，再大的憾事，也无须用憾事的口吻道来；后半句的语感则极曼妙可嘉，“天涯途上谁是客”，粤语唱来着实动听。

哪怕，“淡淡交会过，各不留下印”，也“经历过最温柔共震”，那美好，总绕在心头。

请再次原谅我，这篇文字极少评论，只是一次又一次引用歌词，只因它太美。

同样极美的，还有林振强填词的《野花》。我爱林忆莲的原版，也喜欢张敬轩的翻唱。前者胜在林忆莲的声线，至于编曲，就如那张专辑的其他所有歌一样，用了古乐器，舒展动人，后者的重新编曲则更讨我喜欢，魅惑无边。

这是我心中最妖艳的歌之一，尽管歌词豁达，唱腔也婉转，可那风月之气却直渗心头，一抹艳色无可遮挡，妩媚到了极处。那魅惑，甚至不亚于情色意味极浓郁的《漩涡》，也不亚于编曲如大珠小珠落玉盘的《So Sad》。

歌词则恰是林振强的精巧，也有粤语的种种神韵，几如教科书一般。

第一句就美得动人，“谁能忘怀晨雾中，有你吻着半醒的身”，简洁却动人，直跃眼前。

只是，这感情终如落花与流水，相伴一场相送一程，便是分离，“痴共醉，多么地想跟你再追，然而从没根的我必须去”。而对方，或许也会在未来解脱，经历过方知自己需要，“来年人随年渐长，你会发现你的方向”。只是那句“从前流浪中，倦了爱睡我的中央”，初听便不由想歪，不要说睡在野花丛中央，我是不信的。

“风共我也许一天于天涯途上，来回寻觅中找到我所想”，也是我大爱的句子，偏爱的是语感和明快的节奏，“来回寻觅中找到我所想”，看似波澜不惊，却是好句子。

那分离，分明难舍，“抬头前行吧请你，尽管他朝必然想你”，“抬头前行吧准我，泪水哭出之前舍你”，无一赘字，情致也动人。终至情切，“临行前来吧亲我，用当天的小名呼我”，那情境，在无数文字和电影中曾现。

只盼，“来年和来月，请你尽淡忘，曾共风中一野花躺过，曾共风中一个她恋过”。

老派的粤语歌词，两个伟文之前的粤语歌词，能填到《野花》这样，已臻极致。

开到荼蘼就似烟蒂烙下花瓣般记认

女人的风情来自于经历，但这经历，又往往代表着情事曾坎坷。世事大抵如此，得到一些，便失去另一些，小女生难有风情，却也往往少了感情的波折，有简单的幸福。

可有风情的女子，因为经历得多，往往豁达淡然，不似小女生，在感情中常常想当然，又或一点点鸡毛蒜皮的小事也哭闹撒泼。这成熟独立的大气，自是迷人的，可若无经历，却万难得到。

黄伟文为杨千嬅填《稀客》，看似只是以女生口吻讲男生的花心，实则却是豁达淡然心性的坦露。年少时的恋爱，往往只是一次次追逐，无非满足征服的欲望。这般年少心性，男女并无本质区别。

那时的所谓爱，不过只是当时的谈资，日后的回忆。会一拍即合，如同“游客是你，风景是我，无法避免让你经过”，也容易一拍两散，“没法忍受欲望停定……热恋也像驱车过境”。有趣的是，那句“好好观光，亲手摄影”，本是在用旅游比喻那些短暂感情，可却总让我想起艳照门，颇囧。

黄伟文的借喻总能讨我喜欢，前面的“热恋也像驱车过境”如是，“然后你继续行程，玩遍每座城，护照里盖上各式签证”也如是，用它来比喻感情阅历，着实巧妙，也能让我想起《自由行》。

可那些“稀客”，“玩赏赞誉过”，却终究“什么故事也没留下”，那以“山光水色芳草野花”来借喻的美好年华，也未在对方日记里出现，不过用来“装饰一下夜里你那无聊的牵挂”。

这就是年少时的感情，多与荒唐有关，日后想来，往往不值一哂。就连自以为是的那点阅历，那点“年华磨成的精致优雅”，也“未够一夜便用完”。只是，这终究是人生免不了的经历，“无法避免让你经过”，如同“蔷薇如期盛放，游人如期过路”，相爱到分开，也只是一个注定的过程，“在最后都化作乌有”。甚至，那些“华丽的邂逅”不如早些发生，因为可以“不阻你继续走”。

那些年少情事，不过只是“命运暂且的交错”。很爱黄伟文这说法，“暂且”二字尤其讨巧。

若说杨千嬅的《稀客》有年轻女子的味道，那么同为黄伟文填词的《疤痕》，就有成熟女子的一面。

也许，太多人记得李蕙敏唱腔中的狠绝，记得《你没有好结果》，便忽视了她柔情淡然的一面。其实，能说得出的痛，都远非最痛。痛到极处，其实是释然。能得黄伟文那般厚爱的女子，注定会唱出那些痛到极处，便漫不经心的歌。因为，黄伟文懂得什么叫做痛。

没有多少人留意的《疤痕》，却有着清澈旋律和淡然情绪，那些漫长的关于痛的铺垫，到了最后，不过只是轻轻一句“骚扰我睡意”。那情绪是我极爱的，千帆过尽，云淡风轻。

开头便有我爱的词，“可以逢场赠兴拥抱谁，可以埋头避世静如死水”，喜欢“赠兴”二字，一是因为《赠兴》这首歌，二是因为这个词背后的无奈。而“逢场赠兴”对应“埋头避世”，也是黄伟文惯用的极端。

很多人记得林夕的《开到荼靡》，而在1997年，黄伟文便用这个词，写下了我大爱的句子，“开到荼靡就似烟蒂烙下花瓣般记认，凭着痛极热情纪念旧情景”。所谓“开到荼靡”，是指花事已尽，而此时情境，放到黄伟文手中，竟用“烟蒂烙下花瓣般记认”来比喻，委实是“痛极”的“热情”。用这样的疤痕，去“纪念旧情景”，多少也似《未忘人》、《你没有好结果》中的决绝。

后面的“如记忆枯萎，只有摧毁可以重生”，虽有解脱意，但隐然有暴戾气。再后面那句“让余烬仍可肌肤相亲”，本该情绪极浓的“肌肤相亲”四字，却因为是“余烬”的相亲，便异样淡然起来。而那些“盛放过的伤痕”、“渐变色的疤痕”，同样如此，“惊心的性感”本也该是热情的字眼，可在这里唱出，便如前面的“肌肤相亲”一般淡然。

真正的释然在最后一段中。“等到柔情恨意消散时”，“柔情”与“恨意”相对，是黄伟文式的小讨巧，也是我喜欢的。“等到无人夜半解带宽衣，这悄悄盛放花瓣就似坏孩子，骚扰我睡意”，当年初听这首歌时，恰是爱看古龙的年纪，总会联想起书中那些寂寞女子，在夜里解开衣襟自慰。后来阅历多了，也听多了别人倾诉心事，便知道“无人夜半解带宽衣”时，往往是一个女人最寂寞脆弱的时候，那些往事总在此时作祟。能将那些旧事看作“就似坏孩子，骚扰我睡意”，其实已是真的释然。

面对旧时看岁月燃烧

喜欢达明一派的歌已经很多年了。“听达明会上瘾，”好多人都曾这么说，并送精神鸦片之名。我则已是无可救药的瘾君子，而且越听越难自已，经历越多，越能听出弦外之音，颓唐悲凉。

当年听达明一派，感觉是一首首情歌，多年后回望，爱情已然无踪，只剩悲天悯人。如果每首歌是一个预言，那么它们正与现实交织，原来每个光影都伴随着音符——达明的音符。

我很理解他们的解体，那是高处不胜寒，能做的他们都做了，想做其它的，唯有分开。但刘以达后来的一句话还是让人听了感慨：“人生就是如此，当初以为只是分开一阵子的，回头已是一辈子了。”

《那个下午我在旧居烧信》由何秀萍填词，旋律也极美，“茫茫如水一般日子淌过，如风的呼吸记忆于我”最好听，同样也是点睛的一句。

下面摘一段某达明迷的乐评吧，关于何秀萍，我很喜欢：“和迈克一样，她只为达明填过四首词，算得是低产了。这位达明唯一的女同伴，最让人欣赏的是其从始至终的低调，像是打着哑光的金属，像是磨砂的琉璃，连迈克都写下《石头记》好让人亘古不忘，她却无意做奇绝，而像是纯粹的友情演出，只为全心衬托出友伴，自身是无谓出众的，千万不好抢了风头。也唯其如此，她的词往往予人一种清新却高深莫测并飘渺的感觉。”

真是一言即中，我爱读这首歌的词，前两段以“从”字开头，屡有叠字，很堪玩味。

一九九六年，达明重组，她写了贺信，里面有一句：“不求什么，但愿我们于每日终结前都尝过一点点甜就够了。”

另一首同样由何秀萍填词的《过日辰》，从词到曲都有着慵懒的动人。原来，闲情真是可以唱出来的。

何秀萍爱用叠字，也爱用排比，这次用了一连串的“沉默”，用了一连串的“零落”，还用了一连串的“来又复去”，她的歌词总堪把玩，有着经年也不会消逝的雅致美丽。

那些意象也是那般美好，比如“沉默堆积了数夜”，比如我极喜欢的那句“沉默恰恰盖过杯中的泡沫”，除了神来之笔，我已想不到其他的形容词。

也试过有那么些个闲适的下午，坐在咖啡馆或家里，望海或望江。是沉默的，也是零落的，虽未“跟雨对话”，但也曾感慨过流年似水，缅怀过爱与不爱。

只是，就如《神雕》里郭襄说的，“哪怕帝王，也不是想要什么就能得到什么”。哪怕有闲到日日如此，可来又复去的“即兴邂逅”也“从没入帐单”，顶多只是你回忆中的一部分——这句“即兴邂逅从没入帐单”，是我所见的关于“钱非万能”的最好比喻，同样的，“门外花香鸟语始终不发售”，也是绝妙。

这样的句子太多，已是说不尽，便不赘述。只是还需提提那句“徐徐光阴里坐”，我每次听到这句，总能想到《石头记》里的“花色香皆看化”。

前文提到何秀萍给重组后的达明写过贺信，引了一句“不求什么，但愿我们于每日终结前都尝过一点点甜就够了”，其实还有一句，“什么算是甜美生活，我还未有体验，幸而有你唱给我听”，歌者与词人，便是这般惺惺相惜。

这种慵懒调调，在当初的《若水》专辑中也能得见，那是我极爱的《早餐派》。其实歌词无非只是一个上班族的憧憬与梦想，却总能让我想到开阔的海景别墅，阳光肆意挥洒的花园，精致大床与躺椅，外加早餐派。

开头便是周耀辉的奇巧，“即将要正常，先要让我古怪”，让我会心一笑。哪怕你西装领带、人模狗样地去上班，也得先对着洗手间的镜子做个鬼脸。呵呵，这场景让你想到了什么？没错，《楚门》，楚门的鬼脸象征着内心的乐观与强大。

哪怕你必须循规蹈矩，但快乐，从来都是自己把握的。“没有美丽世界给我愉快，但有泡沫咖啡可信赖”，一杯泡沫咖啡，带来的便是安心，哪怕“晚上太短，一晃眼太阳晒”。

那些快乐，往往简单，就连“软熟法包”，也变得“很伟大”。

寻回旧日自重自尊，又共寂寞热恋

也有一些豁达，不过是“寻回旧日自重自尊，又共寂寞热恋”。

《我为我生存》，多年前初听，便已知将是经年大爱，绝不会变。没有《你没有好结果》的凌厉，却有释然。歌词中的“我”，貌似主动放弃的一方，可我一直认为，被放弃的一方也该听这首歌。

不是不爱，是爱在心里，“心中的声音不遮不掩，我每串眼泪现在尚温暖”，这爱意，其实未曾掩饰。甚至，“请不必奢想，在一天又能遇见”。

人到最后，不过是“我为我生存”，独个“承受日后路上无尽考验”。与你天各一方，哪怕你近在街旁，也“像是活在天另一端”。

最爱那句“寻回旧日自重自尊，又共寂寞热恋”，简简单单的“共寂寞热恋”五个字，孤单情致极虐心，但又让整首歌达观起来。

也有那些牵挂和心乱，无所谓，只需“将讲不出口的诗篇，也带进梦内吻你一遍”。

与《我为我生存》异曲同工的是林夕为王菲所填的《多得他》。

你最喜欢王菲的哪张专辑呢？我的答案可能会让很多人意外。我喜欢的是《You're The Only One》，那时她还叫做王靖雯。那张专辑，有《静夜的单簧管》，还有我极爱的《多得他》。

很多年以后，R&B 开始流行，我才想起，早在一九九二年，王菲便曾唱过，虽然她只唱过这么一次。这首歌是《Super Woman》的翻唱版，当年的全美节奏蓝调榜冠军歌，被认为是女性自强之歌。原版其实也是我爱听的，不过有了王菲这个版本，那还舍它其谁呢？

填词的是林夕，从头到尾都是决绝。开头是王菲少见的低沉，甚至有越唱越压抑之感，低到无可再低，情绪也极低，一派柔软甚至软弱，“当初初给他的双手抱我那一瞬，曾软软笑笑但不知所措，却竟相信在世界我最软弱。所以要他相拥，就让我那懒懒身躯躲进臂弯之中”，俨然小女人。

随后便是分手，才发现自己并不软弱，从“我最初天天只等他将体温驱去我寒意，还承认我太怕冷要靠爱侣输出暖意”，至“谁料到今天只得一个，仍然可以生活，若是感到四处太冷漠，穿上我的冬衣”，便是一场蜕变。我很喜欢“若是感到四处太冷漠，穿上我的冬衣”，“冬衣”的意象，对照此前的“要靠爱侣输出暖意”，是一个女子从小鸟依人到独立的变化。

世间情事，往往如此，最初抓紧对方，不要自由，觉得可永远拥有，谁知有一天连“抹掉眼泪也要靠我的手”。

一转到副歌，声音便和情绪一起激扬起来。我最爱听“失去他先知我也可不需要那臂弯不哭也不生气”这一句（粤语中“先”有时做“才”用，此处“先知”即“才知”），极是酣畅，而尾声的那段英文更是飙到酣畅淋漓。

喜欢这歌词，无他，只是想到我们的人生中，总要多得他或她，多得对方的离开给了你勇气。那些伤害你的人，其实也让你成长。待得云淡风轻时，说一句“再见了”。

《再见了》有潘源良老式雅致的填词，有赵学而漫不经心的唱腔，曲风也悠扬轻松。歌词没有奇诡修辞，只有隽永，“今天悲哭语调，永远化作歌谣”，那无非是淡然放下，云淡风轻。

终究是老词人，严格的韵脚和各种铺排，在一声声“再见了”中倾泻，情绪却不失控，只是淡然告诉你，“痛苦的心窗边，世界这般美妙”，所谓失意得意，不过一窗之隔。又或者，那是天宇间的一线之隔，“当天灰色片段，片片化作海潮”。

那些旧时情怀，拨云去雾，让当初的千串飘雨，变作“今宵星光照耀”。记忆虽珍贵，可“送走追忆方知，世界这般美妙”，于是，“不想再会了”。

旧日情绪亦如暗处伤痕，“曾为爱上过你，我这一生不见目标”，可跨出这暗处，便“似美好一天的破晓，遗忘秒秒过去那恶梦似烟烧”。

其实这情境，只是自勉，而不一定是眼下的真实，要想“跳出记忆，推开纷扰，此刻的心不再寂寥”，或是需要时间的。那些苦恋，如抛物线，直至“重遇见你也会说笑，旧梦忘了”，才是真的云淡风轻。

有时，回忆中也不免笑中带泪，比如杨千嬅的《笑中有泪》。

有些歌，其实不仅仅讲述爱情，也讲述成长。就如成长片，爱情不过是成长的一部分，还似有似无，只是时光流转中，人便长大。《笑中有泪》说的也是成长，只是打着爱情的幌子。

开头有我喜欢的调调，“我要多得自己，更加多谢你，你将我磨成利器，恋爱路有幸捱不死，竞技场上当嬉戏，今天讲来仿佛一世纪”。每次看到林夕用“多得”二字，便会想起《多得他》。“磨成利器”、“捱不死”和“当嬉戏”，用字都合我喜好。那时的杨千嬅，也总唱这样的歌，“抬起我的头来”，哪管发生什么。

当初极爱那句“从前在快乐时以苦调味”，那撕心裂肺的苦楚经久后变作回忆，便成了快乐时的调味，那淡然，便是成长吧。“在过山车里上天落地，经历便当福气”，初时未留意，前两天不知为何便想到，也极喜欢。

有时，感情错在逼得太紧，错在贪心。可这老土的道理，在林夕写来，却多了一句我极爱的句子，“渡过了春光，再幻想明媚”。后来，凡有人谈及感情上的贪心，我都第一时间念及这句。

可能，那些恋爱中的小女生，贪心到后来，才明白“抓紧爱侣只靠宽容不靠泪水”吧。回想自己的当初，那般讨厌小女生，那般御姐控，怕也因为不喜欢那贪心。所以，“如若那天我大多几岁，这一刻也许还是一双好爱侣”，这样的话在小女生口中说来，我是认同的。

最后的“如果将来能得到谁，其实多得这过去”，与“无奈要被你抛弃后，先了解我是谁”相对，都可看出成长的痕迹。恍若那些青春片，用尽心力在水中画出一个圆的形状，却随即了无痕迹。

这种豁达情境，在《如果东京不快乐》中亦可见。真奇妙，第一次听这首歌就想起《下一站天国》，可能是因为那句“我就算拥抱过后回头没海岸，也换来见闻观光”吧，太容易让我想起“明日过后，我的天空失去你的海岸”。也能想起《自由行》，是因为提到了冰岛，便想起那句“冰岛也没有避世的小镇”。

这首歌很是豁达，讨我喜欢。快乐还是不快乐，这问题只能问自己的内心。

换句话说，无论是不快乐还是快乐，多半都是自找的，“如果东京不快乐，铁塔亦能快乐”，好吧，那就去看铁塔。如果依然不快乐，那便离开东京，仿若《自由行》里说的那般，去巴黎找另一座铁塔。可如果，巴黎也无快乐，那又该如何？还好，“亦能用菲林充实我眼光，我愿意从天边找我的海角”（粤语中以音译“菲林”指“胶卷”），哪怕那幸福与快乐，遥远如斯。

在空间中寻找快乐，是如此，而在时间中寻找快乐，也是如此。“假使春天不快乐，圣诞自然快乐，新年无快乐，就留在冰岛，想像到扎幌，我愿意将天国拿来换美丽客房”，那人造的快乐，终须赔上些时间与空间。

副歌是我喜欢的，“我就算拥抱过后回头没海岸，也换来见闻观光，我就算不再相信北极有曙光，行云流水亦爱看”，那个中情致，像极了《下一站天国》。人生终究是能得到许多东西的，“拥抱过后回头没海岸”，终有“见闻观光”，可抵消那无果爱情，“不再相信北极有曙光”，终有“行云流水”可看、可爱。

甚至，“我就算一岁以后长住在沙漠，看白云也能观光”，那悠然情致，如跃眼前。“我就算很想一世躲在你客房，仍然为天下向往”，豁达至无拘束。

其实，这些过去情事，到最后无非化作一句“会过去的”。许志安与车婉婉那首《会过去的》是流畅的港式流行曲，其实我并不喜欢这歌中的含义，因我一向以为，所有的分开都只因爱得不够。真正深切的爱，往往可以穿越一切，付出的无非时间，终可“等得云开见月明”。而那些能随时间化作无形的爱，在我看来也非浓烈深切。

不过，时间还是能做一件事情：把过去的感情塞在心底，让它不再浮于心上，时时拈起。要是无外力，也许真的可以藏一辈子，但若有，比如多年后重逢，比如一句问候，那感情藏得再深，也会随心理防线的决堤而涌出。

倒也喜欢歌中的一些句子，比如“爱过你之后，我怕没然后”。其实我是相信的，相爱的两个人，往往心灵相通，甚至一些小动作都相似，另寻新欢说来容易，可无论身心，都难契合。那句“没有你的问候，用谁来平复也不够，你似个最窝心的缺口”，我也喜欢，若是心上有这么个缺口，时不时就会自己低头看看，不过，有这样一个缺口，起码证明爱过，倒也不坏。人活着，不就是为了爱么？

至于“长年累月，就算你多念旧，明天一滴也不留，爱与痛如昨夜喝的酒”，这劝慰就实在无法讨好我，“又再跟你相遇跟你相对，为何完全已经能面对”，在我看来几近不可能完成的任务。除非，是隐藏着内心的情绪。“仍然能活下去”，也不过行尸走肉，没错，谁没了谁都能活，可如何活，却是另一回事。那些“在年月快线里都给压碎”的，绝非刻骨铭心的爱。

不过，“每个劫数，时间会善后”，这句的节奏和用词真漂亮，“劫数”与“善后”搭配，那是国语词人打死也想不出的结构。

决绝。

等欣赏你被某君一刀插入你心，
加点眼泪陪衬

涉及曲目

《(你没有)好结果》
填词：黄伟文
原唱：李蕙敏

《活得比你好》
填词：黄伟文
原唱：李蕙敏

《临走前吻我》
填词：林夕
原唱：陈慧琳

《一刀两断》
填词：林夕
原唱：陈慧琳

《不拖不欠》
填词：林夕
原唱：郑秀文

《你爱我爱不起》
填词：林夕
原唱：郑秀文

《怎么会爱上这个人》
填词：林夕
原唱：关心妍

《欢乐今宵》
填词：黄伟文
原唱：古巨基

来让你一生最喜欢和珍惜那人，也摧毁你一生完全没半点恻隐

说到决绝，《你没有好结果》自然是标志。1995年，黄伟文凭借这首歌词首度拿下最佳填词奖，李蕙敏亦凭借此歌进入四大颁奖典礼的十大金曲。

其实，相比这首歌，我更爱黄伟文之后的作品。那之后的他仍然直截了当，直抵内心，用词也依然狠绝，但多了场景、多了修辞，文字和套路都更圆熟。这首歌的狠绝，则是无一字不狠，咬牙切齿中少了几分可堪琢磨的韵味。

也只有那时的李蕙敏，才能驾驭这样的歌吧。开头便是“伤了的女人别走这样近，被人抛弃的女人残忍，全都怪你离开我临走也继续伤我，见我粉身碎骨还点上一把火”。这种“可以死了心但忍不住恨”的情致，在现实中比比皆是，可在流行歌中如此直白表露，怕还是头一回。

就如歌中所问，“这算不算狠，我抚心自问”，毕竟“没人想变得那么残忍”。可情事之中，本就爱恨痴缠，所谓“为你好”、“祝你快乐”，这样的失意祝福中，难道就无一丝恨意？“如果见你离开我，日子更快乐的过，我会伤得更深余生也不甘心”才是受伤后的必经阶段吧。那个从歇斯底里、痛不欲生到云淡风轻、可以说一声“放下”

的过程，才是真正的失恋。

这首歌推出后，有人曾说“原来失恋情歌可以这么写”，其实多少有点大惊小怪。在很长一段时间里，我们似乎都以为音乐是一种教化，所以不能暴力、不能情色，填词也要一团正气。但这样的路子，却让音乐少了许多可能，也让音乐少了许多“人味”。

黄伟文的可贵之处，就在于他从不含蓄。他会告诉你：歇斯底里、借酒消愁、流浪街头、痛哭流涕，其实都是人生中的一部分。对抛弃你的人怀恨在心，也是人生中的一部分。没有这个过程，就不会有日后的云淡风轻。

所以，会“仍相信有场好戏，命中已注定等你，报应日渐临近来清算你罪行”。“报应”二字，委实是分手时的常见用词，哪个被抛弃者没有暗中咬牙切齿说一句“今天淌血是我心，即将痛在你心，身份对调发生”？

歌词中最高潮的部分，无疑是“来让你一生最喜欢和珍惜那人，也摧毁你一生完全没半点恻隐，等欣赏你被某君一刀插入你心，加点眼泪陪衬，来让你清楚我当初尝到的折磨，你亲身试清楚如凡事亦有因果”。不过最让我动容的倒非“一刀插入你心”，而是“让你一生最喜欢和珍惜那人，也摧毁你一生完全没半点恻隐”，简简单单两句话，却一语双关，既谈及“报应”，也点明了自己昔日亦是最喜欢和珍惜对方，却被摧毁一生。在狠话中袒露自己的深情，似更触目惊心。

既然提到《（你没有）好结果》，便不可不提《活得比你好》。那同样是黄伟文写给李蕙敏的歌，也是他在词坛中的第一次闪光。

我一直喜欢《活得比你好》多于《（你没有）好结果》，它含蓄一些，似乎也就耐听一些。

但不得不说，黄伟文也有青涩时。在《活得比你好》中，没有他日后的语不惊人死不休，没有那些绝妙的比喻，只是平淡叙述。告诉对方，“在那一年，是你离开了我，令我低估自己，自信心往下沉。是那一年，自我沉溺放纵，为你摧毁肉身，为你糟蹋灵魂”。

但这并不是故事的最后，因为，“跌到了最暗处，人忽然明了，赔掉我一生，未见得使你关心，明日我必须振作，这段情当作从未发生”。

所以，要活得比你好。

若记忆仍然不死，我懂得记起，也不枉爱你

临走前，只要一个吻，然后便是决绝。

林夕为陈慧琳所填的《临走前吻我》，开头是“来拥抱下去，我又像谁，宁愿亲热后甜蜜得像谁，临告别都很风趣，要怪就怪我饮醉”。不要分手的拥抱，只要亲热后的甜蜜，哪怕像别人，而那句“临告别都很风趣”，也直刺内心。

“即使有勇气，重头认识过，你要讨好的也不只一个。爱你这么深，当然一早清楚”，这是林夕的风格，“要讨好的不只一个”与“爱你那么深”，一见便是触目。

其实我觉得这首歌该由李蕙敏来唱。“你对我很好，我会死心得更早”，只有李蕙敏才能唱出个中狠绝。而“即使骗我着上婚纱，亦未必得到结果，不管你对我多懒惰，走之前记得怎么吻我”，这些临走前含泪撂下的狠话，还有骨子里的凄清，也只有她才唱得出。

相比之下，同样是林夕填词、陈慧琳原唱的《一刀两断》，则更为决绝。

经过热恋的人，总是你中有我，我中有你，要一刀两断，也总是说来容易做起来难，抛开感情不说，单是那些共同记忆共同物件，又需要多少时间去消化？真的一刀两断，那就是删掉电话号码删掉短信、QQ、MSN、微博和微信都加入黑名单，然后把所有关于对方的

东西一把火烧掉，最后再搬个家吧？倘若这绝情绝不到底，终免不了日后纠缠。当然，纠缠或也是转机，只看你是否留恋吧。

喜欢第一句，“漫长关系，曾经是城中话题”，这不仅仅是指明星或名人的爱情，而是轰轰烈烈的代指。两个人的感情挂在别人的嘴边，却不妨碍漫长的前行。只是，终究敌不过自己的内心，终究别离，于是，“把他的信件销毁，绝情便绝到底”。

只是，丢弃了那一切，便可让你忘掉那一切？“这些桌椅都曾经对坐，坐着也是难过，离座亦痛楚”，同样道理，那些信件烧掉与否，想到这问题都已是痛楚。

所以，即使铁了心要一刀两断，连“家俬都要弃掉”，可依然难耐思念。于是，“寻回日记，像活在一起”。可那些日记，总是些逝去幸福，比如“某天我不舒服，望着你那热粥，连病亦满足”。彼时的甜蜜，可忘却所有痛。只是，为何“往日所写一切偏偏都关于你”，最后却离开你？

即便“身外物抛开”，即便销毁一切，“我心中有你”。

那些即便逝去还让人念念不忘的浓情，总能让人明白一件事：“没记忆犹如等死，无法一生一起，唯有终生记住你。”

是啊，何必刻意忘记？“若记忆仍然不死，我懂得记起，也不枉爱你”。

与《一刀两断》这歌名相若的，还有林夕填词的《不拖不欠》。第一次听这首歌，是在电影《百分百感觉》里，郑秀文在游泳池边抱着吉他开唱。想来，那也是二十年前的电影了，一度让我着迷。虽然，那片子与我喜欢的同名漫画其实没多少关系。那时的梁咏琪，出道未久，实在青涩，可那时极喜欢高挑清秀的她。在电影里，梁咏琪曾对郑伊健说过这样一段话：“我是生气，气你头发比我长，气你个子比我矮，还能做我男朋友。”我简直怀疑这几句话埋下了两人后来在现实中拍拖的种子。

不过，在那部电影里，郑伊健没选择一百分的她，而是选择了六十分的郑秀文。

那些分分合合，分明藕断丝连，跟不拖不欠不沾边。纠缠日久，哪有什么真正的不拖不欠？早已你中有我，我中有你，即便身体分开了，也免不去牵肠挂肚。

歌词平淡，一如九十年代的那些情歌，当年喜欢那句“但唯独远处那面挂钟，可以给我纪念这秒的痛”，现在也如此，吐字很是动听，而“纪念这秒的痛”，杀伤力亦十足。

终究是情尽情断，所以“并无任何幸福事活现眼前，连爱情的证据亦得不到半点，没留念也欠缺旧信件，竟看不见怎么可再相见”，这算不算最绝望的景况？没有幸福，没有留恋，连纪念物都欠奉，眼见再会无期。

彼此间也吵够闹够，“一个冷漠一个决绝，不多不少不相伯仲，你我再也不拖不欠”，似是再无瓜葛。可决绝如斯，却还是免不了牵挂，“在脑内剩余纪念已刚刚足够跟我纠缠”，那内心交战，无关分开与否。

表面的决绝干脆，不过是为了掩饰内心的柔软，若能记得你的脸，若能记得甜蜜，便庆幸。

我不完美，但你未见得很爱美

有时候，决绝也未必全是凄怆，还带着些喜感。比如林夕为郑秀文所填的《你爱我爱不起》，虽是惨情歌，可常让我听了便笑。其实遇到旧爱偕新欢的歌很多，比如《祝你快乐》，比如《别来无恙》，都惨兮兮，可《你爱我爱不起》，凄凉中居然还有尖刻，尖刻中居然还有喜剧效果。

“没有想到竟亲眼碰到，你肯当众贴向她拥抱”，这本是电视剧里的常见桥段，百试不爽的悲戚。后面那句也直接，“难道我还会有力气笑问你，相拥感觉哪位好”，恰是我喜欢的句式和调调。可后面那段便有些讨喜了，“也许好伴侣毫无分别，大概只得比较谁轰烈，今天一见，我知我弱点”，这里的轰烈，是说热情吧，用在这里，不知为何总让我想笑，以至于“我知我弱点”这么惨痛的句子，也没那般起眼。异曲同工的一段，是“据说她和你常常吵骂，令我忍不到我良心话，多么可怕，我不要像她”，实在看不出“良心话”的影子。一个被抛弃的小女子，吃醋神伤时的小小刻薄和自强之心，便是这般吧。

“假使她好到无人能比，不忍分离，我都忍痛原谅你”，那是一边记挂旧情，一边忍不住尖酸，告诉自己“无谓为她生气”，因为“想不通估不到她这种普通角色能捕捉你”。

要说没点愤愤然，那当然是假的。不是有人说过么，女人总爱和别人比，失恋时去比，更是总觉得自己不该输。所以才会有那句“你要与我别离，而嫌弃了我，你却也并未善待自己”吧，“并未善待自己”，让我听一次笑一次。后面那句“早知谁人是你的新情人，便懒得自卑”，更是直截了当，可就算不自卑，醋还是非吃不可。所以，还得加上一句“我不完美，但你未见得很爱美”，才算甘休。

不过到了那句“大概当天想得你太高，直到今晚我至少知道，能做你情侣，靠运数有命数，不需资格更加好”，便已有几分坦然。最后那句“我想完美，难怪被你太早放弃”，虽然依旧尖酸，可是依旧“我想完美”，便未放弃那自强。

这样的决绝，只是表面决绝。

始终一天不再憎，麻木到说及你像过路人

林夕填词的《怎么会爱上这个人》，编曲颇有味道。关心妍的唱腔也并非平时那般，反倒带着几分狠。分手，分得这般狠，失落中竟也来了几分昂然决绝，即便在意，却也装作仿似不在意，只说一句“人日久生厌太合理”。“难道我会皱着眉，为了这小事，而躲于街口等你”，语气和态度都那般决绝，不期盼街头相望，“若为着大家欢喜，就爽快定个日期，其实你不外要别离”，仿似洞悉一切，也仿似不在意。

也撂下了几句狠话，“沉重打击我你未配，如若要永别，我未怕奉陪”，“未配”和“奉陪”都是绝到了极点的用词。而那句“但你请知会谁家的心肝宝贝，现在在地下约会，她可以公开的碰杯”，则正告你无须偷偷摸摸，只管公开秀恩爱。

这态度，仿似有恃无恐般，也像自暴自弃，“早知你会后悔……早预了再会”，那是感情的反复轮回，“磨练到我亦太习惯别离，没有空闪避”。只是，到了最后，终是别离，还不如一早决绝，“若预备被你飞，早一秒缩手不会死”，那是注定被甩的“觉悟”。

若是不够决绝，便“迟早给我伤口里补一针”，或者“提及你接吻，如子弹穿过我的心”。

还不如一早散去，“提早出生天好得很，横竖你我并没有仇恨，

始终一天不再憎，麻木到说及你像过路人”，哪怕做不到这超然，总也可以眼不见为净。

反正，“早知要做你的情人，需礼让待人不易做人”，这情致和语气，都已然失望到极致。想来，决绝总因极端的失望吧。

要是留着你真实地纠缠，怕没权利以后留恋

有一种决绝，发生于感情尚未开始时。当事人强抑心绪，不肯踏出那一步。因为，有些快乐让人承受不起。比如黄伟文填词的《欢乐今宵》，喜庆歌名下就是这一派决绝。既然如此，哪怕欢乐今宵，也大可说一句“那样动摇，不如罢了”。黄伟文说感情的距离美，竟也如此凄婉动人。

开头的“从梦里伊甸来到我枕边，梦与真之间就只差一寸”，那是梦中情人成真，自是喜悦的，那个“就只差一寸”，分明是梦想变作现实的狂喜，可随之便是无奈的理智，“要是留着你真实地纠缠，怕没权利以后留恋”——有些感情，只可远观，否则百般纠缠后，便失了余地，连日后留恋也不可得，因好奇而“玷污结尾”，得不偿失。

即便感情中永不乏飞蛾扑火的人，可这道理，其实没多少人不知，“谈情一世，发现愿望极渺小，留下一点距离，回味犹自心跳”，那些回忆中的快乐，是感情不可得的退而求次，却也极美。

于是，便是退避，很喜欢那句“情愫与相思如最爱的书，未了那一章没翻开的勇气”，那怜惜不舍与近情情怯，无比真实。那些错爱，不管“故事何样美”，结局终究是分离，“不敢好奇玷污结尾”，真是我大爱的句子，一旦“好奇”，便是“玷污”。

可一旦纠缠开来，便“犹如无人敢碰秘密现在被揭晓”，那固然是极乐，可却虚无缥缈，望不到结果，甚至下半生“再没余地继续缠绕”。“明日想起，我们其实承受不了。”

温暖。

就算都市仍宵禁，
但你走过来亲吻

涉及曲目

《三千零一夜》
填词：陈少琪
原唱：李克勤

《当找到你》
填词：林振强
原唱：李克勤

《你不会唱歌》
填词：黄伟文
原唱：李克勤

《时光倒流二十年》
填词：林夕
原唱：陈奕迅

《我的二十世纪》
填词：周耀辉
原唱：黄耀明

《无风的秋季》
填词：陈少琪
原唱：达明一派

《我有我天地》
填词：张美贤
原唱：彭羚

《世界会变得很美》
填词：潘源良
原唱：草蜢

其实你不会唱歌，却以情爱来成就我

那一年，她成为港姐，艳光四射，却在第二年选择离开，她甚至什么都没有留下，乃至寻找她的影像都成了难事。她说，她要做他背后的女人。

那时，他在唱歌，曾被认为是天王接班人，即便后来四大天王横行的时代，他仍然经常出现在我们眼前。但是，天王已经是无法实现的梦想。再到了后来，他甚至没有了唱歌的机会，只能在TVB做主持。那些年里，他的背后总有她。后来，他终于等来了再次唱歌的机会，他会为她而唱，比如《你不会唱歌》，比如《三千零一夜》，比如《当找到你》。

再后来，他终于成了“最受欢迎男歌手”，他哭着说了许多，最后一个感谢的人，是“还有可能已经在家里哭着的那个”。

他是李克勤，她是卢淑仪。

为《三千零一夜》作曲的是梁咏琪，她的曲子总是平淡的，但也悠扬。填词的是陈少琪，显见用心。不知道李克勤第一次唱到“沿路得你同情自己，你预期我会争气”时，有没有流泪呢？其实，争气与否早已不重要。还有那段“记得当天我多少都已心死了，在冷冬全凭你浅笑，抹去飞花在为我治疗”，同样动人。想来，他们的这些年，实在走来不易，“当那天的我永远未叫座，但你的双脚亦留在爱河，当天原来你哭过，但你不忍心再打扰我”，便是那些年的境况吧？“未叫座”的他与“双脚留在爱河”的她，就这样搀扶前行。

后来，他终于成功了。“当这天的我要快乐庆贺，但你仿佛眼泪从未流过”，可她明明是颁奖典礼上说的“还有可能已经在家里哭着的那个”。她又是那般体贴，“同遇那天便已清楚，不可使我难过”。

最喜欢的一句，还算是“谁共享我悠长历史，每夜仍吻我一次”，或是爱极了“悠长”二字的缘故吧。

《当找到你》也是我所爱。唱这首歌时的他，几临末路，勉强占着个一线的座位，却长年不红。后来，便好像真的到了末路，连唱歌的机会都再也没有，只能去做主持。再后来，便翻了身，爱情长跑也有了正果。

想必，那时的他，心里也是惴惴的，不安只因前程不明。所以，曲子异常的平淡，几乎没有任何起伏，歌词也没有一丝半点的意气风发——很多时候，只求平淡是因为无奈。

不过，当年初听这首歌，还是喜欢，林振强最擅长这种柔情似水的词，“我想所有下雨天，我可这样凝望你，我想跟你明日昨天，一起吻晨曦”，起始便是曼妙。

最喜欢的是那句“世间争先要新鲜，我只要你”，在那个圈子里，有资格唱出这句歌词的人，怕也寥寥，李克勤自然是一个。还有一句“如若话别，日子不知怎过”，句子本是平淡的，可搭着平淡的曲子轻轻唱出，却多了几分百转千回。

《你不会唱歌》同样是一首写给卢淑仪的歌。她“应该已在十年前，得到世界称赞，变成耀眼之星”，可却“平淡地走到幕后”。

甚至，在那十年蹉跎岁月中，“如果你早放下我，成就会注定更多”。

“我是台上那人，你是台下伟人”，便在诉说这爱情，“可以面对全世界，全靠你为我牺牲”，简单言词，却像《三千零一夜》那般动人。哪怕，你“一直不开口，静默的拍和，但我知谁共我无言地合唱这些歌”。

这爱情，注定发生也注定长久，甚至独一无二，注定发生在这样两个人身上，“如果你不看着我，难道有对象唱这些爱歌”，那是用最肯定的语气唱出的爱语。“其实你不会唱歌，却以情爱来成就我”，这一句，是这段感情的最好注脚吧。

从头细看，你六岁当天，已是我偶像

相爱的人，总是相见恨晚。那些年少情愫往往可爱。比如不爱离别，再短暂的也不爱，恨不得将对方变小，放到衣兜里带回家；又比如总是惋惜相识太晚，恨不得两小无猜，以“霸占”对方的童年。

长大了便无这炽烈，甚至要对对方的过去淡然，甚或，连自己都已是个有过去的人。忙时，生活中更是连悠扬曲子都欠奉，惆怅都成了奢侈，时间不但不回头，连未来也夺去。可若真有一个人儿，让你爱到奢望得到她的过往，那又是何等甜蜜。

《时光倒流二十年》中的“当时谁与你排着坐，白色恤衫灰裤子，再穿一穿可以么”，一听便让人会心一笑。“遗憾我当时年纪不可亲手拥抱你欣赏，童年便相识，余下日子多闪几倍光”，陈奕迅的唱腔里总能让我听出动情处，爱你，爱到想穿越至你的童年，然后就像多拉A梦里的大雄那样，永不长大，却永快乐。

最动人的一句，怕是“早些看着你美丽模样，对你天真的赞赏”，早已发觉，年少时赞过的美丽，在心里永不褪色，哪怕物是人非，念及时也总是笑着的。又有什么赞赏，比天真的赞赏更真切？

你六岁当天，已是我偶像，哪怕，那时你我还不相识。

就算都市仍宵禁，但你走过来亲吻

最美的，仿佛已在上世纪。

这是黄耀明在你耳边的窃窃私语，沉迷缠绵，让你不由得不信。想来也是，谁能说青春不是最美的呢？跨过一个世纪，心便老去。

当年听这张专辑，听了几次才大爱《我的二十世纪》和《下世纪再嬉戏》，那慢热就如黄耀明那要命的唱腔，流转间才听出哀艳。

开头便是我喜欢的，“你的掌心失去皱纹，我的呼吸失去微温”，听多了便仿佛听出幻觉来。“就算一个人监禁，或会比爱人吸引，和你可能太接近”，看似是恐惧爱情恐惧你，可说得再决绝，却还是听出了欲罢不能、纠缠不休。

那姿态真是动人。其实，人往往在进退两难时，才会清楚看到内心。

“远的风景总会动人，近的身体总会残忍”，那是情困情断后的情怯，可那记忆中的美好，分明比伤痕更深刻。于是，哪怕“我也许慌张要站近你，你结果只会逃避”，还是会靠近你。

因为，“最美的仿佛已在上世纪，偏偏想找你陪我想起”。那情致，就如偏偏喜欢你，就好比我想去许多许多地方，偏偏想你与我一起去。有你，“我的青春将会重生”，勇敢坚定，笑着前行。

很喜欢那句“就算都市仍宵禁，但你走过来亲吻”，不知为何，总能让我想起其实并不算搭界的《倾城之恋》。险阻中走来，只为一个吻。

仿佛听见你关心，如今纵没同行

达明一派辉煌的日子里，陈少琪也正值巅峰，甚至让人相信，他的才思不会枯竭。那首《无风的秋季》极是简约，却圆熟可喜、温暖动人。

开头的“阳光渗着微尘，轻轻暖透我的心，床边纵是无人，收到你这信是最吸引”，并不特别，却可堪回味。

副歌中有一段，当年极喜欢，“黄昏看着途人，仿佛听见你关心，如今纵没同行”，只言片语，意境已现。这种分开的温暖，极是难得。

彭羚有一首《我有我天地》，由张美贤填词，亦常驻我的手机和车上。其实我向来不爱励志歌，更爱虐心情歌，总觉得很多励志歌不停嚷嚷加油，哪怕和爱情沾了边，也落俗套。《我有我天地》则是例外，一来旋律太动听，二来虽然歌词有点励志味道，但起合处仍能听出几分孤绝，仿佛一个坚信爱的桀骜女子。

哪怕若即若离，哪怕不在你身边，哪怕孤绝如斯，可却坚定。而这坚定，让人听了便温暖。

“从来不习惯受控，完全自我也自信，在梦里有我清蓝天空”，想必只有独立与自信，才会在梦里看到“清蓝天空”吧。“如云彩与你遇上，忘形自由地飞纵，就是你令我美梦变真也更出众”，有人曾说御姐型的女子太自主难受控，可其实，越是自主的人，越容易在爱里忘形，越在乎那美梦变真，只要让她爱上你。

我有一个朋友，向来口无遮拦，偶尔也会爆出几句大智之语，比如“追女人就如爬山，容易追的萝莉就像小土坡，容易爬上去，却看不到什么风景，对方也不定性，难追的御姐就像高山，爬上去艰难，却有大风景，对方反而也死心塌地”，真是诚哉斯言。

那死心塌地，甚至“寒流下仍未觉冻”。有时，才气不足的张美贤，也能写出我爱的句子，“再也等不了跟你街中抱拥，像赢尽一千亿爱宠”，画面感便十足。也只有这样的女人，一旦爱上，便“心底天窗从今不可再关上”。

潘源良为草蜢填词的《世界会变得很美》，轻柔舒缓，娓娓道来，亦是所谓“励志题材”中极少能被我接受的歌曲之一。最爱的版本当属2005年“我们的演唱会”上的版本，开头一遍是清唱，其后则经过了重新编曲，更加轻柔动听。有了这个版本后，我甚至抛弃了原版。

潘源良自己很喜欢这首歌词，其实填得平淡直白，并无特别出彩之处。有趣的是，曾看过一本《词家有道》，也读过港版的港乐研究书籍，词人在受访中所提到的个人作品，大抵是以下三类：奋发向上的励志类作品、针砭时弊的社会题材作品，再就是字句或迷幻或惊人的另类作品，唯独不见最常见的情歌。所谓的“港乐研究者”慨叹情歌太多，社会题材或者有教育意义的歌曲太少，词人也标榜“非情歌”，大有“情歌上不了台面”、“音乐没有教育意义就不上档次”的架势。

其实，这种故作高深、讳言通俗的调调，更容易将港乐带进一条死胡同。谁规定歌词就要讲大道理、谈社会问题？谁说情歌之中就没有人生道理？谁说教化功能天生高人一等，娱乐功能就低级？

与其推广“非情歌”，倒不如真正把情歌写好。

《世界会变得很美》，骨子里其实也是情歌，无非是失恋后的自强。“从未相信命运就是天意，只知道自我世界有苦恼”，可仍期望再遇，心存幻想，“有些失意并未公布，想将我闷与痛快向你倾诉”。但逝去的感情终难挽回，痛苦后才知当初的迷失，才知世界之大，“听说外面浮华如乐土，走出这世界会有千个梦儿，痛恨从前为何无从目睹”。

副歌中的“忘记了今天失恋，寄望在明天”，其实是老掉牙的措辞，而“在每一天我要不断进步，你会某天叫好”，是决心，也是宣泄。

甜蜜。

爱情长流脉搏内

涉及曲目

《开始》
填词：潘源良
原唱：陈慧琳

《开始恋爱》
填词：冯曦妤
原唱：E-kids

《终于深爱你》
填词：潘源良
原唱：吴奇隆

《来来回回》
填词：周礼茂
原唱：张学友

《非爱不可》
填词：林夕
原唱：关淑怡

《爱自那天遇上》
填词：张美贤
原唱：孙耀威

《你是阳光空气》
填词：张美贤
原唱：古巨基

《年年有今日》
填词：林夕
原唱：古巨基

《原来过得很快乐》
填词：林夕
原唱：杨千嬅

《打扫》
填词：陈少琪
原唱：李蕙敏

《我得你》
填词：林夕
原唱：张学友

《小玩意》
填词：黄伟文
原唱：彭羚

《你的名字我的姓氏》
填词：林夕
原唱：张学友

《二人世界》
填词：黄伟文
原唱：草蜢

《亲密关系》
填词：黄伟文
原唱：郑秀文

晴时常带雨，然而谁介意

一九九五年的陈慧琳，初出道便有两首大热，一是《一切很美只因有你》，一是跟陈晓东、陈建颖及邱颖欣合唱的《打开天空》，可我却独爱另一首《开始》，爱的便是那丝暗恋心事。

之所以把这首歌放入“甜蜜”章节而非“暗恋”，是因为它没有其他暗恋曲目的伤感卑微，内中情致总能让我微笑。

每每听到这首歌，总会想到岩井俊二的电影《四月物语》，都是一样的羞涩暗恋，紧张里含着笑容。潘源良对这种少女情怀也揣摩到位，倒真让我有些诧异，或者好词人都是细腻的吧。

开始的“那次偶遇路过时，客气里各道上名字，过后谁再会在意，但是回忆竟似诗”，便甜蜜美好，连遗憾都不再那么重要。“晴时常带雨，然而谁介意”，难道不是吗？这两句也写得实在漂亮，漂亮的情绪，漂亮的韵脚。

最爱的还是另一段：“世界恬静夜半时，我却再次步向镜子，要是明早碰着你，但愿裙子跟衬衣，完全合适你心中意思。”真是曼妙的场景，爱死了这动人情致，还有那分甜丝丝的暗恋心事。这丝爱意，若不“化做梦里的所依”，真让人感觉浪费。

少男情怀有时也极有趣。大学时最喜欢的国语歌手便是无印良品，尤爱《身边》和《等你的心》。《身边》有“陪你爸爸打八圈”，

《等你的心》则有“如果有人吻你，你要说不可以”，都是年少心境。有段时间也爱听E-kids，最爱《青春火花》，也爱《开始恋爱》。那些小男生的情致，其实也好玩得很。

《开始恋爱》的填词者是冯曦妤，一位八零后才女。开头便让我喜欢，“愿你可死心塌地，还待我体贴入微，不准和男仔倾计睇戏挽手臂”（“倾计睇戏”即聊天看电影），眼前便是一个自私霸道孩子气的小男生形象，恰似当年的自己。

有时候，口语化的歌词虽无佳句，可却别致，“这个无聊大使天天都找你”，“何事我每次都不知不觉越来越想你”，“我想识法术想留住你”，都是能让人会心一笑的句子。

不过最好玩的，还是当属“那些配角太讨我厌，我想将佢地变作空气”（“佢地”即他们），仿佛能看到那一脸的任性，仿佛能看到这般情景：拉着女孩子的手，说一声“你是我的”。也有我爱的细节，“和你看日落逛海滩，有心不需吃饭，陪你看电视到五更从未渴睡，和你要日日见算不算贪。”每次听到“看电视到五更”，都不免微笑。

弥补表爱意没有限期

吴奇隆的那张《爱出个未来》专辑，年代已久远，可无论是十几年前还是今天，都一样打动我。那些十几年前的编曲风格，现在听来颇有几分老土，填词也中规中矩，没有我爱的奇巧，可却还是时常翻出来听听。总觉得虽然唱得并不好，声音也不动人，歌却都是好的。

专辑中收录的《终于深爱你》，填词人是潘源良，歌词也很简单，无非由喜欢到深爱，由不羁到死心塌地，从自私到奉献都怕晚。开头便动人，“夜里我再次看着睡了的你，某些感触偷偷泛起”，其实午夜醒来，看到身边有个人，感觉也颇幸福。当然，《人来人往》中“闭上眼睛你最挂念谁，眼睛睁开身边竟是谁”的那种状态除外。

当年听粤语歌，其实最爱借代，比如用“多少次变更天气”指代感情中的不愉快。现在看来自然是小儿科，可那些最初的偏爱，总让我记在心里。

年少时也爱“时常梦里也有笑声的你”这样的句子，平淡无奇，却能让我微笑。同样，“即使这爱恋不算传奇，但原来遇上你，躺在这天与地，方找到我真正自己”，也动人。所谓感情，便是这样吧：那天地，便是你，但求能令你做梦也欢喜。

这深情并非一路坦途，中间也有自私与纷争，比如“一个人在以往永远有着自我心理，爱恋一生只有自己”，“多少多少次我在独自逃避，相恋匆匆又再飞”，直至“从来没有发觉，今天再不可舍弃，时常梦里也有笑声的你”，才知难舍难离。

周礼茂为张学友所填的名作《来来回回》也诉说这种情致。那时听《来来回回》，总觉温馨。曲子是轻柔的，全无高低起跌，却也动听，歌词是细密的，一连串的叠字轻轻吐出，也能听出倾注的爱意。多年后再听这首歌，仿若隔世，但也亲切。

当年很爱听“明月清风总给我希望”这句，明月清风四字，连唱起来都是淡然的，后面的“给”字却坚定起来，以至于之后的“犹犹疑疑来读你”，都显得不那么犹疑了。内心的甜蜜，就像“初春的天气，无论天晴天阴洒雨洒雾，心感觉也会很美”。而这种甜蜜，同样来之不易，也经历过吵闹分离，却让人后悔不迭，“若我知假设若我知，才几声爱你导致别离，在那天讲一千句，我一生也爱着你”。

那句“原来从前曾为我，不多讲爱你便生气”总能让我会心一笑，那些分分合合的情事，有多少也是这般简单的呢？周礼茂很少会填这种小调式的歌词，但信手填来，倒是讨我喜欢，比如“弥补表爱意没有限期”，典型的粤语句式，紧凑饱满，总让我笑着听出几层意思。

这算不算是一种非爱不可？

很多人都说，自己已然爱无能。或是受过伤，或是不信爱，或是近情情怯。这样的“爱无能患者”，会不会也有非爱不可的时候？关淑怡的老歌《非爱不可》，我最喜欢的版本是某场演唱会上和林一峰的合唱版，轻快欢愉。有人说这首歌有几分感情游戏的味道，依据是“只要让我有感觉，不必太爱对方”。其实感觉是爱情之源，所谓的“不必太爱对方”，则不过是感情中的欲盖弥彰，羞涩下隐藏的是甜蜜爱意。其实，只是嘴硬而已，而柔软内心早已为情所动。

“记不起了爱情算什么，你却使我又再计较谁人欠我太多；再记起了爱情叫什么，快慰里的苦涩，全部曾领教过”，曾以为不会再爱，却终再尝这滋味，“快慰里的苦涩”，道尽一切情爱，“计较”、“领教”用在此处，竟莫名地“动感十足”。

喜欢那段“痛苦不怕，我还怕什么，已太久了没有爱过，并未怕会过火；不喜欢你，我又爱甚么，你最会刺激我，从未曾放过我”，不怕痛苦，那是豁出去的爱，而“不喜欢你，我又爱甚么”，那非爱不可的架势，可令对方倾倒。敢爱，总是最美丽的。“你最会刺激我，从未曾放过我”，这句实在能让我忍不住笑，这是爱情里的一语双关，一是争吵中的欲罢不能，其实有时争吵只因在乎，二是感情里的不放弃。

听罢整首歌，再听那句“事实没什么非爱不可，这世界那样平凡，谁能撩动我”，便知那只是嘴硬，终究，还是怕“会变作石头，谁来撩动我”。哪怕爱无能，心里也不免期待爱，无非是能不能遇见生命中的那个人。

“是受罪或开心也可以，你若叫我再度重新开始，不管多讽刺”，这便是非爱不可的最好诠释吧，哪怕中间有险阻，哪怕过往争拗让重新开始有些许讽刺，甚至需要时间与力量来抚平，但终是非爱不可的。

只愿，“以愉快和不安”，能“恋爱到不知不觉，救活爱的知觉，慢慢复苏心跳感觉”。

如我爱你是金句，要讲到你睡去

有些人，于你而言，也许就是“一生的知己，一生的惊喜”，始终“不改彼此欣赏”。不管是偶遇、相依，还是小别重逢，都能让你惊喜。哪怕闹了别扭，可一旦对望，眼前也总是对方温柔的笑，那是让你恨不得点起一辈子爱火的笑。

《爱自那天遇上》出自张美贤之手，未算出彩，但也不浪费那好旋律。那些简单情愫，如“互诉快乐和痛伤”，如“共你对骂过几趟，学会更明了对方”，尽管文字平平淡淡，但仍能让我怦然心动，哪怕“理想总未实现”。

若仍是黑夜，那便“待天边曙光”，若在你身边，便“把你静看”，“与你奔向那梦想”。简简单单的句子，却动人。

这种“深心处，爱自那天遇上”、唯你不可缺少的情致，换句话来说，便是“你是阳光暖风与空气”吧。一九九五年，古巨基推出第二张个人专辑，里面有一首《你是阳光空气》，我亦极喜欢。

巧的是，这首歌也出自张美贤之手。那时的古巨基，不用假音，也不玩概念，只唱纯情歌，不过也有可听之处。第一次听这首歌，是在某个周六的晚上，在教室里的电视机上。那时，课可以不上，每周的《劲歌金曲》是必须要看的。一听，便喜欢那些简单的快乐。

之后那个寒假，有日清晨醒来，楼下恰好也在放这首歌。那高亢声音似乎特别适合清早，还带着几分纯净。

后来长大，便觉得“每秒每秒哼着爱歌”只是幻想。有多少其他事情要干呀，你的嘴哪能整天用来哼歌，“每天可跟你拥抱”看似美好，可频率太高便会厌。至于“只要是你口里字句，都会像诗般印记”，吵架时可不会有这感觉。

说白了就是，爱情不会大过天，谁也不是你的“阳光暖风与空气”。可再后来才明白，其实爱一个人，只关乎内心，若是真的爱着，对方便是你的“阳光暖风与空气”。不过，这样的快乐简单甜蜜，却不现实。饱经世事的人便知道，那经不起推敲。但听来还是动人，比如同样来自古巨基的《年年有今日》。

这是一个穷少年的自白，人总有一个年纪，坚信爱情与其他一切都无关，尤其是物质。虽然到了后来，他们会知道这是谎言。

开头便很讨好，“我未忘在小店与你吃炸酱面，这生日太经典，凭朱二绳使芳心甜”，所谓“朱二绳”，便是指地摊上的假名牌。我没试过这样的日子，但感情却是相通的，那时，有钱也好，没钱也罢，都那么简单。“如经我手的更鲜甜，愿跟海鲜血战”，也让人看得会心一笑。

“明年唯求能突破，只清唱半段情歌”，让我想起，我也曾有许多那样的磁带。“如卡地亚表能报喜，储蓄得有道理……送上我从前日记，竟使你快乐无比”，这两句都是我所爱，尤其是后者，那些对方的从前日记，有自己的片断，总是越看越欣喜。爱一个人，才会为其记下一些东西吧。

副歌自然也是美好的，“今天陪你再大一岁，仍纯得似清水，如我爱你是金句，要讲到你睡去，一生陪你每大一岁，仍洞识你心水，不忍你流半滴泪，能有你这爱侣，我自问被抬举”。这样爱的宣言，委实迷人，只是，谁又真的能“再大一岁，仍纯得似清水”？人生最可悲的，就在于这是一个不断推翻自己的过程——以成熟的名义。

不过那句“如我爱你是金句，要讲到你睡去”，实在讨我喜欢。想来，林夕写下这一句时，怕也是笑着的吧。

身心困倦时，能动情一次

《原来过得很快乐》，也出自林夕之手，与《再见二丁目》的“原来我非不快乐”对应。那时的杨千嬅，正沉浸于快乐。在一个清冷的早上，听到这首歌里那句“爱情长流脉搏内”，怦然心动。

我喜欢的粤语歌词，往往悲情的多，温情的少，或是年少时便开始的偏爱，或是天生的敏感在作祟。可其实，我也过得很快乐。没错，“原来在快乐中，便不必明白快乐”。

那细腻情致也是我喜欢的，“看情人安躺，看呆了不会自觉衣着厚薄”，其实，可以把安躺换成其他任何的词，其实，只需要看着，便忘掉一切。所以，曾唱着“我没有温柔，唯独有这点英勇”的杨千嬅，可以唱出“亦再不必证实我多么勇敢”，因为，“傻或错，也深知他允许”，因为，“找到使我自信的人，自然会一直动人”。

怕也只有深情，才能让人“未怕被嫌讨厌，过份完仍没顾虑”。真的，“未完美亦会一直动人”。“爱情长流脉搏内”，也是真的。

我最喜欢的还是曼妙语感与小情调，比如“从此缠绵的手势，涂鸦般都不要紧”的吐字与语感，比如“曾经与某人一吻，动心得不放心”的情调。

情到浓时，家中琐碎都成了快乐源泉。陈少琪为李蕙敏所填的《打扫》，便是在家务活中寻觅快乐。

或许是因为唱多了惨情歌的缘故，李蕙敏其实并不适合《打扫》这样的温情脉脉，但我却记住了这首歌。那些相濡以沫的爱情，总在细节中令人心动。那是普通人的情爱，我爱你，要给你未来，便去努力工作。你心中怜惜，便无微不至地照顾，偷偷去打扫房间。

陈少琪的词都是简单情话，“你说你为我干一切……为求赠我未来，要早出晚归”，“你说我是你最宝贵，你愿努力维系，为无限个未来，对工作没放低”，并不煽情，却动人。

喜欢那段“只需呼我名字，附着无尽含意，仿佛一种责任和动力，从此一天里任何事，为我心中满意才开始”，有时，任何情话都比不上轻呼对方的名字，而这呼唤，又如责任与动力。做一切，出发点便是让你满意。

于是，选择在对方下班前到他家中，“展开每日里漫长打扫活动，为你铺好贴服被和床”，让对方回到家中“像寻获一些赏赐”，能“有最好情绪入梦”。那些体贴，总可让人“身心困倦时，能动情一次”。

这种写意小品，林夕也曾写过，比如《我得你》，是其难得一见的洒脱。当年的张学友也适合唱《我得你》这样的小调，温情脉脉，哪管世事无常。

《我得你》就是“我只有你”，所说的无非是一个无极大志愿的小男人，还有两小无猜的爱情。也曾不屑这甜美生活，但后来想来，有的话或许也不错。

这首歌说人生不需多多经历，“无需经历，从未遗憾过”。谁说要多姿多彩？“冒险生活，从未适合我”。至于想要的，便是“若无其事渡过”，只要“你不讨厌我”。

学校相识后的初恋，便“未试过失恋”，而“若果祝英台早知这样容易去相恋，或者会很悔恨殉爱不划算”，那几分幸灾乐祸的意味，竟也不讨嫌——没失恋过的人，显摆一下也是可原谅的吧。反正，我只有你，“其它机会我都肯错过”；反正，“从没有苦恋”，连“没勇气单恋”，也非软弱。

其实，没人能证明感情是丰富些好，还是单纯些好，但“谁说有十段恋曲，前程更远大，谁说要历尽沧桑，你我方可长大”，却也是事实。一切只看命数，有些人偏偏就有简单的命。

反正，难得有你朝夕深爱我。

想讲愿意还是不好意思，回赠同类桥段女主角那一句，让你做主

婚姻并非爱情的终结，只是另一种方式的延续。港乐中关于求婚的曲目不多，黄伟文为彭羚所填的《小玩意》是其中最佳。

《小玩意》初听无甚特别，细听之下却发现极值得把玩。那缠绵羞涩的内心戏，换成别人怕真的写不出。

这出歌词仿似港剧场景，还得是TVB那种二十集的都市题材剧，冲突少而温馨写意。“今天共处你将光阴停住，还学陈旧文艺戏口吻，细声说做我内子。想讲愿意还是不好意思，回赠同类桥段女主角那一句，让你做主。”每次看到这一段，都难免会心一笑。“你将光阴停住”，这求婚场面突然便显得郑重起来，“还学陈旧文艺戏口吻，细声说做我内子”与“回赠同类桥段女主角那一句”对应，羞涩与欲拒还迎，便这般不着痕迹地尽现。

粤语歌词里的小情调与文字的完美搭配，在国语词里着实罕见。比如那句“你用无限浓情蜜意来做迷人玩意，还在无名分手指”，所谓迷人玩意，即指“戒指”，“无名分手指”则一语双关，既指戴婚戒的无名指，也指这无名指此前尚无名分，简简单单五个字，讨巧又趣致。若是絮絮叨叨地说“我还没名份，但你把戒指戴到我无名指上”，就面目可憎到了极点。

爱确实很简单，“一世穿一次小玩意，是女人的大志”，“这一节完美情史”，更“是我毕生大志”。

有时也觉得，做个圈内人也蛮好，结婚的时候可以约人捉刀写歌，张学友大婚，便成永恒纪念。这就好比松隆子家底丰厚，人家要过

个生日，老爸送给她的礼物就是请岩井俊二来为她拍一部电影。

当年张学友大婚，却一举成就了港人的新婚礼进行曲，《你的名字我的姓氏》入了当年所有十大，林夕也拿了个最佳填词。歌自然是好的，偎贴写意，浓情尽在其中，也极适合庄重背景，“最回肠荡气之时，可用你的名字和我姓氏，成就这故事”，也是妙笔生花，其实题材和引子（名字和姓氏）都讨巧，要出彩也易。

不过最喜欢的那句，倒是不起眼的。“如果要说何谓爱情，定是跟你动荡时闲话着世情”，“闲话”二字最讨我欢心，尤其是前面还有个“动荡时”，便更动人。

其实这恬淡感觉，开头便有，也贯穿始终，“我跟你平静旅程。并没有惊心也没动魄的情景”。林夕写这首词，节奏很是明快，韵脚也漂亮，“可跟你安躺于家里便觉最写意”，又如“和你走过无尽旅程，就是到天昏发白亦爱得年青”。这样的句子比比皆是，唱来也是一气呵成。

其实人生不过一句话，“故事平淡但当中有你，已经足够”。

黄伟文为草蜢所填的《二人世界》也述说这平淡。这首歌旋律很是温暖，填词也亲切。化作最后无非一句话：家不在大，有情即可，“有情人无论再挤迫都可以相亲”，“如欠缺你即使有多少尺多少个家多浪费”。若是无情，那就是“辽阔的天地难容纳两个人幸福半生”。

在草蜢的那张专辑里，有我极爱的《失乐园》，也有这首《二人世界》。前者荡气回肠、动魄惊心，后者则一派淡然，无极大志愿，只是“能爱你一世，如占有一切”，只是“完美的生活是能令你变成幸福女人”。

喜欢那句“仍须渴望着床畔听眼前人移近说早安的亲切声音”，谁又不渴望这样的日子呢？

愉快的心照怎算轻佻

有些亲密关系，纯属暧昧。

都说这年头流行暧昧，其实暧昧本就是人类最古老的关系之一。或限于伦理，或限于表达，或是自己乐在其中，便多了这么一层无法言明的关系。

有些暧昧，往往无疾而终，其实关系到了那份上，一层纸总也捅不破，便是无缘份，无疾而终已是好结果。若说还有更好的结果，那便是相视一笑，尽在不言中。那是默契，男女间的默契，其实最为难得。

在郑秀文的《亲密关系》里，“未说的问题嘴角一牵已知晓”，那感觉许是奇妙的，若有这份相知，其实，是不是人前的恋人，又真的重要么？

“我跌痛了你也心碎了，其中辛酸仿佛抵消”，这是黄伟文的句式，那痛惜扑面而来，又化作无形，只是后面那句“我要冲线了你心跳快了”，实在有些无厘头，不让我想歪都难。

“像关系亲密的恋爱，但比恋爱更精彩，是超越表面的恩爱，没有别人如此相爱”，默契到了那份上，感情怕也是这般说不清了。

最爱的一句，是“愉快的心照怎算轻佻，想起你我会暗笑”，那是恋人心性，只是“心照”二字，便立时将感情拉到了默契上去。

孤独。

自言自语地共你在热恋

涉及曲目

《他一个人》
填词：黄伟文
原唱：陈奕迅

《新浪漫》
填词：黄伟文
原唱：黄耀明

《这么远那么近》
填词：黄伟文
原唱：黄耀明
旁白：张国荣

《伶仃》
填词：林夕
原唱：陈慧琳

《一个人的童话》
填词：黄伟文
原唱：杨千嬅

《葡萄成熟时》
填词：黄伟文
原唱：陈奕迅

《借火》
填词：周耀辉
原唱：麦浚龙

《才女》
填词：于逸尧、人山人海
原唱：AT17

无人同享刚刚铺好的雪白被单

一个人，或许不是孤单的，或许冷暖自知。但如果心上有个牵挂，一个人的日子，就免不了孤寂，想念如影随形。

于是，便有“拼命工作以逃避想念”的说法。只是，黄伟文为陈奕迅所填的《他一个人》里的第一句，让我初听便坏笑，“庆幸每夜那样疲劳，再没渴望得到拥抱”，这是工作还是其他？至于那句“要是爱欲彻夜难忘，半夜散步通宵洗烫”，也是可堪坏笑的句子。不过那无常惨淡，还是萦绕。

然后，便出去玩乐，可即便跳舞，也恰恰成了落单的那个“单数”。越是“怕被冷落怕被遗忘”的人，越是“最后却是白走这一趟”。孤单时，走到哪里都形单影只，人潮中也渗出那清冷。

最终，“他看戏也一个人看，他放假也一个人放……他跳舞也一个人跳，他说笑也一个人笑……他喝醉也一个回家，他怕冷也一个人怕”。他，心中有一个人，可身边永远冷清。

有这样的影子，让人怎么不惧怕感情的逝去？于是，才有“我怕遇见的以后，我怕面对的过去，那晚上犹如附身于这个他”。

也有这样的前车可鉴，才明白“这刻如能被爱，别太轻率分开”的道理，只要“有一个人爱我，无论有多苦也比不上他”，“他”就是那个形单影只的过来人。终究，“相恋再苦，孤单更可怕”。

在黄耀明的《新浪漫》中，黄伟文又写道：“孤身一人时，浪漫其实可以自主。”

比如，“蓝外套绿衬衫桃红大褛，跟色彩再排列”，眼前花团锦簇，但必须“忘掉那件属于她”。比如，“电吉他弹坏了，这首歌想写快乐”，但必须“提提自己不要讲她”（粤语中“提提”即“提醒”）。比如，“无合照没有花，谈情电话今晚不会来吧”，但不要嫌闷，“平淡到极但潇洒”。比如，“全日假在我家”，也不要埋怨，因为“良辰自己统统可以留下，分秒不差”。

就像“一个人的童话”，也有“一个人的浪漫”。

不过，就像古龙小说里那句话，“当你庆幸自己忘掉了一个人时，其实你已经又想起了她”。所以，“忘掉那件属于她”，“提提自己不要讲她”，都是欲盖弥彰。这自主的浪漫，情致虽动人，却也悲怆。

“无人同享刚刚铺好的雪白被单”，听了便心酸，哪怕“夜夜睡得好原来还不太难”。我也真的爱极了粤语歌中这种“曲折”的表达，若是把这句变成“没有你，我今夜多么寂寞”，该是何等面目可憎。

只是，活得简单终归是件好事，“浪漫渡一晚，原来无需几经波折，远渡重洋万山约她晚餐”。这道理，爱情中的人儿，其实永不明白。同样，也“无需挽着臂弯，跟她脚步行有星的海滩”。

一个人的浪漫，方可让孤单也如此美丽，“释放惊世灿烂，像在弹指间天国到站”。

孤单不一定是寂寞，犹少一个人

向左走，向右走，就是不相遇。其实这样的歌词，黄伟文并非只写过《这么远那么近》，他还写过《十面埋伏》，“仿佛应该一早见过，但直行直过，只差一个眼波，将彼此错过”，终至“在各自宇宙里错过了春天”。

在《这么远那么近》里，张国荣的旁白蔓延至地球的任一角落，从纽约时代广场的庆祝人潮，到布鲁塞尔通往阿姆斯特丹的火车，从留下一把伞的书店到餐厅。可是，终是错过。

那繁华都市从不为缘分做担保。即便“愈夜愈美丽”，可无人来电，那些凡尘喧闹，便成了孤单的背景，纵然炫目，也终究掩不住心内的孤清。

哪怕，“几亿人在爱恋”，孤独者也只能凝视自己的脸，那些别人的浓情蜜意，千千万万，化作镜中背景。所谓命运，不过就是是否相遇，是否有故事，“命运就放在桌上，地球仪正旋动，找个点凭直觉按下去，可不可按住你”，那只是美好期望。人生，向来缺少这冥冥中的默契。

只可幻想那邂逅，“画面在脑内乍现，波斯湾最南面，灯塔中谁人在约会我，不必真正遇见”，仿佛那情境已然发生并绽放。

也有许多猜测，比如是否都喜欢一样的歌，比如“对你会否，曾打错号码（我怀疑那次把声好沙的那个是你）”，比如我坐的这里，你是否坐过，又比如，我们是否“偶尔看着同一片落霞”？是不是，每一个孤单的人，心底都有这般的幻想与渴望？

或许，你就在不远处，与我遥望，“在对岸露台上对望，互传着渴望，你熄灯我点烟”，彼此过着自己的生活，彼此流淌着内心情绪，渴望对方却终不见对方，哪怕“隔住块玻璃”，也“隔住个都市”，这么远那么近。而最终，只是“自言自语地共你在热恋”。

或者，我们很远，要“在南极碰面”，又或者很近，“根本在这大楼里面”，可结局却一致，“当我在左转，你便行向右，终不会遇见”。

或者，根本没有你，只是，我太孤单。

独身孤单，分手后亦孤单。而有些形单影只，是因为坚持。那伶仃身影和寂寥生活，或是只因为少了那么一个值得爱的人。

陈慧琳一如既往地唱不出《伶仃》的伶仃感觉，可林夕的歌词却好。开始的“并没有想等的口讯叫孤独，有节目差点开心到哭”，那情致令人动容，如果连可等待的人都没有，那是何等孤独。这般的孤独，怕是会让人屈服的吧。“有甚么都觉得心足，只恐拒绝便折福”，只要有节目，哪怕是一群人的狂欢，哪怕并不志同道合，也甘心前去。

这伶仃与寂寞，“也许都只因我太拣择，过路人怎可能诱惑”，而“满脑空白怨地呼天也讲资格，想因某人哭湿过手帕”，初听未曾留意，后来才发现那是极悲切的句子。原来，坚持感情的空白，便连“满脑空白怨地呼天”的资格都欠奉。“为某人哭湿过手帕”，那痛苦之前起码有恋爱的甜蜜，而如果爱情没来过，连哭泣的权利也失去。

于是，也有动摇时，“为免孤独谁都合衬”，乃至“多么渴望，原来某君极深得我心”。

可更怕的是，“我什么手也拖将更难过……伶仃得我这一个，或这总好过做情侣，然后我自己却未爱过”，宁愿不选择，也不愿挑一个非己所爱的。

至于最可怕的，或许是“然后大家互相对坐，都不敢对望，然后发现他也未爱过”。两个不爱的人，勉强同行，难道就不再伶仃了吗？难道，就比一个人幸福？

这孤独中也有勉为其难的“豁达”，比如黄伟文为杨千嬅所填的《一个人的童话》。

年少时所读的童话，都是两个人过上了快乐甜蜜的日子，一个人又怎算童话？这歌名便是悲怆的。那些童话意象，黄伟文信手拈来，也是绝妙。神像、人鱼，童话中的美好，不过是年少时才相信的东西，“神像跌瘁了，仍然是碎石吧，人鱼著陆后，大概得泡沫吧”，这才是真相。

“谁亦不吻我，回头又再睡吧，原形未败露，就再等午夜吧，要是谁还是说不爱我，谁求魔镜解答吗”，这是真实爱情与童话的不一样，梦中不会有人吻你，午夜也不会变身另一人，魔镜也没有答案。

这场寻觅，不过是“演出一场一人的童话”，其实，“不必一路一直等候他”，难道，“没恋爱出现不用生活吗”？若是“无缘骑上白马，会自行归家”，这看似豁达的态度，却是悲凉。心底只是祈求，“无论龟与兔，能全部到达吧，巫婆日夜炼，炼制出快乐吧”，付出的，无非时间，那终点，终是童话结局。

只是，现实决非如此。童话里，“一开始总是幸运地识到这个人，到结尾总是顺利地安稳过一生”，那是注定轨迹，可“其实真实命运很少写得这么吸引”。而那段语感极漂亮的“如若童话永不变真，给赶出糖果屋，挤不上南瓜车，揭开了红帽子，沉睡了等谁热吻”，撕开了童话的画皮，那不过是爱情特例空中馅饼，终与现实无关。

只需谨记，“从没王子爱惜，都要做人”。

喜欢那句“苦恋不一定是浪漫，不必欺骗人，孤单不一定是寂寞，挂少一个人”，那些好坏得失，换个角度便已不同，哪怕无奈，那也是痛并快乐着的。长大了，便知道“花一生追逐动地惊天真的太苦心”。

誰都心酸过，哪个没有

把《葡萄成熟时》纳入“孤独”这一章，是我私心作祟。

这首歌说的是等待感情。可这等待的过程，却也是错过和错爱的过程，亦是内心孤独的过程，乃至“当初的坚持现已令你很怀疑”，生怕自己到最后只等到枯枝。当初“苦恋几多次，悉心栽种全力灌注”，可“所得竟不如别个后辈收成时”，又怎能不介意，怎会不慨叹感情多坎坷？

感情终究是无迹可寻，“应该怎么爱，可惜书里从没记载”，只能在情路中自己探寻，只是，“终于摸出来，但岁月却不回来”，“错过了春天，可会再花开”，最后一句让我想起《喜宴》，那错过春天可否回来？

黄伟文决绝时，哪管天地沦陷，可豁达时，也不顾世间一切艰难。于是，便信“枯毁的温柔，在最后会长回来，错的爱乃必经的配菜”——只是配菜罢了。

只需静候，“就算失收始终要守”。

那段说教，只是“吃一堑长一智”的老道理。我不爱说教，便不爱“日后尽量别教今天的泪白流，留低击伤你的石头，从错误里吸收，也许丰收月份尚未到，你也得接受，或者要到你将爱酿成醇酒，时机先至熟透”，但却喜欢那句“一心只等葡萄熟透尝杯酒”，一语双关，这才是我心中的黄伟文。

这情路上，需要耐得寂寞，“别让寂寞害你伤得一夜白头”，更不要那“不需要的自由和最耀眼伤口”。哪怕等不到，“日后路上没有更美的邂逅”，空守过后只有寂寞，也无妨。

因为岁月沉淀，“智慧都酝酿成红酒，仍可一醉自救”，“一醉自救”四字，真是动人，哪怕无奈，可仍可自救。“谁都心酸过，哪个没有”，于是，一切又何妨？

有趣的是，每次听《葡萄成熟时》，我总会想起周耀辉为麦浚龙所填的《借火》。有些情爱关系，短暂如借火，甚至“不需要太认识我”。在“葡萄成熟”之前，是不是有很多这样的荒唐行径？

《借火》的场景发生于便利店门前，无处为香烟点火，却偏偏遇到你。“不借得太多，偏要借点火，就算不说一句，都很清楚双方都经过太多，只要接近别无期望”，成年人的爱情，其实都基于过往经历，自不纯真。但有时，谁又能说“一起静静的过，不需要太认识我”不是一种另类的纯真呢？喜欢那句“夜了看电视的光”，也许已无节目，只是一片片雪花，但那光，似乎也是寂寞者的陪伴。

那些相遇，其实只是短暂欢愉，“你只要为我点一点火，然后让我此刻至少可度过，我可以令你差不多有快乐”，“至少度过此刻”和“差不多有快乐”，那是典型的黄伟文风格，听来悲怆虐心。

此刻过后，便连差不多的快乐都无，只能安慰自己——“半支烟胜过残破的天国”。此时此刻，烟灰都成了经历的证明，“至少将心事证明燃烧过”。

而对比寂寞烟花，烟丝都有了幸福，“至少可等待别人来点火”。

人海中等惜字缘

曾有人说，红颜薄命，才女多艰。AT17 的《才女》，述说才女的孤独心声，极是动人。

这世界上还是喜欢美女的多，若是所谓纯情小萝莉，就更是吃香，无数不自信的男人热衷于在小萝莉身上寻求征服感。他们没有胆子去找干练大女人，美其名曰“不好驾驭”，实则就是骨子里的自卑。其实这首歌里所说的“才女”，完全可以跳出所谓的文学艺术，“才”亦可是才能，女强人同样有才。可不管是什么类型的才女，都不免被一些自卑的男人归为“不好驾驭”的行列。这不奇怪，那些终日生活在韩剧里的纯情妹子确实很好糊弄，人若有思想，怎肯被别人“驾驭”？

所以，《才女》的开头便是“世界不知不觉无情地转，劳碌找一个救生圈，靠美德博学还离岸很远，用美色多胜算”，道尽世情。在这世道下，“交心的恋爱渐成历史”。可才女终究像个偏科的学生，“只配谈文字恋，强项得书信对白婉转（粤语中“得”即“仅有”的意思），讲曲线体态自然落选，凭面相难完心愿”。

即使“坚信爱像种子”，可“悉心栽花却换来白纸”。

于是，才女“用眼泪来写字”，指望“萧伯纳王尔德但丁莎士比亚马奎斯小仲马”来“指点我去用情书将心扣住”，指望“辛弃疾茅盾鲁迅苏轼”来“体恤我笔尖的计算”。

很喜欢那句“人海中等惜字缘”，简简单单七个字，道尽才女心事。至于那句“从未怕命太短，惟恐写不好那段缘，盼成全”，孤独感顿时袭来。

静夜。

当深宵无办法蔵破

涉及曲目

《深渊》
填词：简宁
原唱：草蜢

《深夜港湾》
填词：潘伟源
原唱：甄楚倩；
翻唱：关淑怡

《天与地》
填词：林振强
原唱：王菲

《从没有这么的孤单》
填词：陈少琪
原唱：吴奇隆

《缱绻星光下》
填词：周礼茂
原唱：关淑怡

《夜了》
填词：林夕
原唱：草蜢

《心血来潮》
填词：林夕
原唱：郑秀文

《平安夜》
填词：黄伟文
原唱：麦浚龙

《你有爱过我吗》
填词：林夕
原唱：周华健

《偷偷摸摸》
填词：李克勤
原唱：李克勤

《到处睡的女人》
填词：林夕
原唱：草蜢

《没有月亮的晚上》
填词：黄伟文
原唱：王馨平

《今夜唱什么歌》
填词：林夕
原唱：张信哲

《电话爱人》
填词：潘伟源
原唱：草蜢

追忆添悲痛，仿佛一生都变空

有时，逝去的感情就像牙痛，越到深夜越难熬，仿似堕入深渊无尽头。简宁为草蜢所填的《深渊》，便述说这一种情境。

《深渊》的版本极多，或是因为草蜢自己对这首歌极为偏爱的缘故。一九九零年的原版《深渊》是萨克斯伴奏，带着那年代特有的浮华味道，悠扬到蛊惑人心，年少时极爱内中的迷乱气息。同年的国语专辑也收录了这首歌，国语版名为《爱过就忘》，也是萨克斯伴奏，歌词也写得挺漂亮，不过却没了粤语版的妖娆味道，其中有一句“你把爱情放逐街头，可以要的不只是我”，年少时极喜欢。

后来搜到另一个版本，即我大爱的《某月某日那个晚上的深渊》，出自一九九六年《草蜢音乐店》专辑，木吉他版，轻柔可喜，编曲的是大名鼎鼎的王双骏。可能年纪渐长，就不爱萨克斯的蛊惑，更喜欢木吉他的纯净——年少荒唐不也是因为易受蛊惑吗？呵呵。

还有一个版本叫做《深渊感觉》，出自一九九四年的《音乐昆虫》，这个其实就是《某月某日那个晚上的深渊》的雏形，只有五十九秒，编曲几乎相同，也出自王双骏之手。

填词的简宁，二十世纪八十年代开始写词，已隐退十余年。他产量不大，写词也平白，但倒也从容淡定。其实他也写过不少经典之作，比如《相思风雨中》、《水中花》、《飘雪》、《人生何处不相逢》，还有我喜欢的《孤单的心痛》……不熟悉他名字的人，看到这串歌名，也许会稍感意外吧。

听这首歌，建议先听原版《深渊》，适合地点是夜晚的客厅，或者二人相对的车上。《某月某日那个晚上的深渊》则适合行走、开车、无聊时听。好玩的是，苏志威声音沙哑，向来是以合声为主，但这首歌却选择了他来主唱，可谓神来之笔。其实神来之笔不止这一处，蔡一智能写出这么一首曲子，同样神奇得很。很多人以为草蜢只会蹦蹦跳跳，可蔡一智的作曲却常是我的大爱，草蜢真没那么简单。

那些静夜中的思绪，让人疲倦却无法入睡，只能“满脑凌乱，点起香烟不再想”。这逝去情事，让“我这一生仿似给操纵，堕进深渊却没尽头”，乃至“活着像梦没法想象”，并失去方向，甚至到了“追忆添悲痛”的地步。

似乎写夜的悲伤情歌，总少不了“冷”和“雨”这两个意象。《深渊》亦不免俗，有“这刻晚空，飘飘冷雨乱碰”，也有“心中暖意渐冻”和“冷意却更浓”，唯有期盼“温馨爱意荡来”。

另有一首歌，也写夜、写冷，同样经历过改编，同样是我所爱。那是潘伟源一九八八年为甄楚倩所填的《深夜港湾》。

总有一些歌所托非人，比如《如果你知我苦衷》，周慧敏的原版平平无奇，可黄耀明的版本简直让人听出耳油。《深夜港湾》也是如此，原唱者是怎么唱都不红的甄楚倩，后来关淑怡翻唱，将之变成了港乐史上的名作。其实甄楚倩的版本也不差，但关淑怡的版本，既有风格奇诡的重新编曲，又有歌者的“妖声”，即时便脱胎换骨。

这首歌的日文原版是山口百惠的《秋樱》，甄楚倩的版本也有着浓郁的东瀛风格。上世纪八十年代，这类风格的歌甚多。关淑怡的版本却颠覆了这感觉，当年的《EX All Time Favorite》专辑，诞生了众多打着关淑怡标签的翻唱曲，时人多爱《忘记她》，我则最爱这首《深夜港湾》和翻唱梅艳芳的《梦伴》。

潘伟源的填词自是老派的，中规中矩，词不惊人。可像“看千串霓虹泛起千串梦，映着这港湾”这样的句子，描绘维多利亚港的情境，可谓港乐的永恒意境。

因为粤语保留了大量古汉语词汇、用法的缘故，文字或歌词都常有紧凑的节奏。老派词人所填的歌词中，这种现象尤为常见，如这句“何故泪印凝在眼”。

这首歌讲述的也是思念逝去的感情，也许深夜真的勾人心绪。那段“路已是有限，愿脚步放慢，莫太早分散，再请你逗留”是无望的祈求，终是“如缺乏你难习惯”所致。

副歌部分，曲子一路激扬，填词也愈发入戏，“长裙随急风飞舞似浪漫，却在别时人渐散，黑色丝巾风中飘满寂寞荡入这港湾，随霓虹千盏风里我独站，远望渡轮随浪去，身边的呼呼北风，已经不感觉到冷，今晚最冷已是我心间”，长裙和黑色丝巾恰恰是和港湾极为契合的意象，“风里我独站”也撩拨心弦，到最后一句“今晚最冷已是我心间”，情绪倾泻。

分别中的人，夜深是否一人，
你会否沉闷里恋上别人

《深渊》和《深夜港湾》的情致都极悲切，前者是“堕进深渊却没尽头”，后者是“今晚最冷已是我心间”，双双无法自拔。相比之下，下面要说的两首歌，受伤程度貌似都轻得多，甚至有情缘未尽、尚未完全分手的“嫌疑”。两首歌都是我极喜欢的，一是王菲的《天与地》，一是吴奇隆的《从没有这么的孤单》。

有人曾说，《天与地》是王菲最糟糕的主打歌；也有人说，这是王菲改名后，唱片公司最差的一次企划；还有人说，《天与地》的曲子跟王菲的声线完全不搭。

《天与地》的原曲，其实也是当年的大热，即张宇的《用心良苦》。如果仅仅是这样，那或许真的是不搭，因为《用心良苦》沉缓压抑。但《天与地》经过了重新编曲，若仅听前奏，其实听不出《用心良苦》的影子，加上王菲和张宇的声音差异太大，两首歌区别其实颇大。

填词的是林振强，开头是一连串的“当……”，是老套的结构，可第一句“当清风长夜里飞过”就让我喜欢。听了几十次之后，才突然反应过来，原来这一句是如此曼妙，“清风”、“长夜”与“飞”，简单的搭配，却有别致效果。还有一句“当深宵无办法敲破”，“敲”字也极妙。林振强的填词一向精巧，不刻意不雕琢却精致细腻，节奏亦好，比如“我讨厌每一次长或短短的别离”，又如“每一吻我将留起，再等直至再吻到你”。

最喜欢的是那句“但分别中的人，夜深是否一人，你会否沉闷里恋上别人”，是顾虑疑惑，也是自我否定，仿佛见到一个女子，在静夜里咬着唇点头告诫自己：“他一定不会的。”

吴奇隆的《从没有这么的孤单》则是男版暗夜孤单。上世纪九十年代中期，香港乐坛多了很多过江龙，用并不熟练的粤语唱歌，比如张信哲、吴奇隆。若时间再向上追溯几年，那恰是小虎队的时代，上小学的我听着他们的歌长大。后来，他们单飞了，我依然没有错过他们的每张个人专辑。

吴奇隆的那张粤语专辑《爱出个未来》，从唱功到发音都不怎么样，但歌却真是好听。我甚至认为，即使到了今天，那张专辑的十首歌随便拿出一首来，都能成为派台主打歌。《从没有这么的孤单》便非主打歌，但作曲动用了 John Laudon——《饿狼传说》的作曲者，填词动用了陈少琪。歌词一看便知是陈少琪的风格，比如“看窗里蓝天更蓝”，不过以吴奇隆那时的粤语水平，这句是永远也没法唱清楚的。

少时心思不够细密，所以喜欢的歌词多是直白类型，像“此刻灯光熄了后，长夜中只有你双眼”，“完全忘掉你，没有想到那样难”，便是我爱的调调。不过最爱的还是那段“在你的信里，诉说他乡更冷，照片里同样笑颜，别再多试探，来回问我每一晚去想你，是否感觉不惯”。每听到这段，便会想起另一首歌——吴奇隆在国语碟《追风少年》里曾有一首《你的微笑依然像新的一样》，也是极好听，歌词大意也异曲同工。

昨日从来是等，这夜情难自禁

《缱绻星光下》是一九九四年十大劲歌金曲的最佳填词。这首歌，我听过克勤版，听过一峰版，还听过一些杂七杂八的版本，可谁也比不上原唱。关淑怡的声线，最适合暗夜里听，飘渺之气仿佛直上星空，那些写夜的歌，仿佛为其度身定做，比如《深夜港湾》，又如这首《缱绻星光下》。

那句“还感觉长像半生远”，是典型粤语歌词的节奏，虽然“爱慕从来是短，美丽从来善变”，但若能有这样“感觉长像半生远”的一夜，又是何等幸运？在这样的夜晚，“震撼仍然没讲，爱念仍然未说，心声却早相牵，情话耳畔仿佛没间断，如经过排练爱恋篇”，一切都那般美妙，“你跟我缱绻，在这夜前从难碰见”。

我最喜欢那句“昨日从来是等，这夜情难自禁”，对比效果强烈，节奏也佳，内中情致又极尽美妙。

这些写夜的歌，旋律都极尽魅惑，仿佛不如此便无法突出静夜思绪。草蜢的《夜了》也是一例。那些年，草蜢总蹦蹦跳跳，让许多粗心的人忽视了一点：草蜢的歌，其实还是慢歌居多。

一九九二年，那是他们的黄金年代，尽管前有《失恋》、《半点心》，后有《永远爱着你》，但那一年，《You Are Everything》专辑里面都藏着诸多好歌，《Lonely》是那年的十大劲歌金曲之一，《忘情森巴舞》几乎拿走了所有MV奖，《You Are Everything》和《笑中有泪》也是动听的好歌，还有悠扬的《夜了》。

一九九二年的林夕，纠结中尚有几分羞涩，尽管他已出道数年。《夜了》其实在意识上略有几分大胆，但终未放得开，换到如今，也许真的会写出情色效果。不过，还是能看到林夕爱玩的文字，看出粤语的美妙节奏，比如“漆黑的天最似当天”，“连同一呼一吸声音也乱了”，都算典型，配上悠扬曲子，真的适合暗夜里听。

而“应该悲哀懒悲哀”，便是典型的粤语句式，估计林夕在填词时，着实为这七个字的空当为难过一下，此时，粤语的简洁便派上了用场。暗夜的歌，似乎也少不了烟酒二物，《夜了》中二者齐备，先是“一支烟最懂得遮掩”，再是“酒精可以幻灭旧日缠绵”，迷乱中沉溺。

后来才发现，最爱的一句是“辗转间光线渐暗，分不清真爱错爱”，一语双关。

怕给你遗弃，竟比烟灰更卑微

有时，爱是心血来潮，到最后化作需要；有时，心血来潮只是欲盖弥彰，只为掩饰深爱。前者来去都快，后者却让人欲罢不能。

那些爱的催化剂，有时不过是一个眼神，有时不过是手指的触碰，有时，甚至只不过“是那晚天气”——敌不过那清冷，才会“软弱的手抱着你”，才会“怕给你遗弃，竟比烟灰更卑微”，这低姿态，又出自林夕之手。

“以后都想你令我温暖”，这温柔情话，或许只说一次，便过后无痕。只是那晚，却心血来潮中真切起来，“无极大志愿，无任何打算，就算想只想两臂围个圈”——我向来偏爱“两臂围个圈”这样的句式，哪怕累赘，也动人。

其实，每个人都有那样的时刻，脆弱到“在那刻只想有个人抱拥”，哪管是谁。只是，若这心血来潮真的合乎内心，便悲怆起来。爱的是你，却借心血来潮去表达。或许只是为可能被发生的被拒绝找个借口，或许只是为了让日后好过些，便掩饰内心的爱，希望对方只“当我那夜突然渴望被需要”。

“即使我能没有你，可惜那时心血正来潮”，也是欲盖弥彰，真的可以没有你吗？“应该笑而没法笑，才想对你哭一秒”，这句我极喜欢，那掩藏不住的情绪，却只是用“哭一秒”三个可怜巴巴的字来宣泄。

同样宣泄的，还有“为什么跟你倾诉，原本想你知道，相不相爱也好，如果爱抱便抱”，欲盖弥彰中，便渴望爱，渴望抱。

这种情绪若逢“大日子”，便更是难熬。黄伟文为麦浚龙所填的《平安夜》，便以平安夜这样的日子为意象。那全城热恋的平安夜里，形单影只的人儿该怎过？

麦浚龙的声线和那时的青涩，其实恰恰契合《平安夜》的感觉。歌词开头是一段城中景象和家中冷清，在这夜“被全城情侣遗下”，不过是个被弃者，在这样的夜晚“负了好年华”。

黄伟文的填词总有我爱的细节，“贺节装潢，嘉宾不到还是要摆，拿来礼物派，无人被收买”，看似在说商场的惨淡，其实却是自怜自艾。“换上了新鞋，可惜不会出街”，便如“一切都很好，只是你不在”那般，空留怅惘。他还唱道：“但要等的人，今晚使我死心。”

一个人，那般静，“静到雪花落下都清楚听见才害怕”，静到这地步，自是怕孤单的。再念及“谁和我热吻，年年没佳音，极有可能出年佳节还是要等”，怕是会更惊心。

但终究是平安夜，“平安过渡，下一天转眼就到，最难捱的晚上仍过得到”。于是，“无缘获得拥抱，何妨就约自己跳阵舞”；于是，“仍然静心祷告，沉默到廿五号再上路”；于是，“无缘获得拥抱，仍然自觉十分安好”。因为，“没有你的爱慕，都孤单得自豪”，哪怕这自豪的心里滴着血。

林夕为周华健所填的《你有爱过我吗》，虽无“平安夜”这样的“敏感时间点”，但也极是“残虐”，是典型的九十年代惨情歌。不知为何，第一次听便联想起《分手总要在雨天》，或许是因为歌词有相似处。

还是我喜欢的语感节奏，开头便动人，“零时还剩十分，门前留下路灯，传来长途电话你的声音”，短短几句，便想到那暗夜，凄清的家，清冷路灯，还有静寂中突然响起的电话铃声。这故人来电，使得本以为已放下的心事，已陌生的情怀，“仍能撩动内心，仍能随便唤起我的伤感”，“随便”二字，触目惊心，是啊，你的随意而为之，已能令我铭心刻骨。

还有那两个“无力”——“前尘无力说起，仍然瞒着自己，说这圣诞疯癫的嬉戏。明明无力记起，仍然难为自己，永远记得昨天没抱紧你”，其实，“无力说起”是真，所以只能说说这圣诞嬉戏的闲话，仿若《分手总要在雨天》里的寒暄，可“无力记起”，却是欲盖弥彰，实际上始终记得，何须现在记起？

很喜欢那段“沿途华丽夜灯，如何燃亮内心，仍然难燃亮失去的光阴，何时何地夜深，何年何月夜深，仍能随时认得你的声音”，其实都是平平无奇的句子，可却动人。“随时”二字最让我喜欢，就如“随便唤起我的伤感”的“随便”。

这些细碎的残虐，方是最触目惊心的，乃至后面的“你别来如何如何无恙，哪里哪里爱他，你故意趁今天令我牵挂”都无那般可怕——哪怕你笑语嫣然提起别人，也不若我心中的哀痛。只是，“你语气太懂得令我牵挂”。

誰人在每晚每晚找开心，拉拉扯扯偷偷摸摸地鬼混

当年初听《偷偷摸摸》，恰逢年少强说愁，又爱古龙书中的浪子情结，便会错了意，以为这歌词是另一段故事——他放荡寻欢，每晚偷偷摸摸地鬼混，其实心中苦闷，“每晚每晚都伤心，反反覆覆兜兜转转地不断问”。

后来才发现，自己第一次便听错了，之后又潜意识作祟，硬是不肯发现歌词的本意。其实这歌词没那么多深意，无非他寻欢，“夜深他竟背着爱人，偷偷带着香槟约会旧情人”，她伤心，仅此而已。但还是喜欢这首歌，喜欢李克勤一口气把“拉拉扯扯偷偷摸摸”、“反反复复兜兜转转”唱完，那吐字间颇有几分铿锵。

这是李克勤自己填的词，虽无意境，可读来却上口。这是粤语的曼妙语感，比如“夜更深，身躯更是贴近，一刻快乐欢欣美梦内浮沉”，看似平平无奇，可听来却有动人的节奏。

也有一种状况，是对方“偷偷摸摸的鬼混”，“我”则被动接受，如林夕为草蜢所填的《到处睡的女人》。

当年爱听这首歌，是因为歌名，“到处睡的女人”，这名字太易吸引小男生。可如今听来，却发现原来这才是我喜欢的林夕。那时的林夕，才会用“到处睡的女人”做歌名，才会写出“其实爱情无非也是情欲作祟”这样的句子。

喜欢开头的一段，“曾令你有过乐趣，何必假惺惺相拒，来吧吻吧，无须制造程序”，那成年人的直奔主题，竟也写出了几分快意，“有过乐趣”便无需“假惺惺相拒”，甚至“无须制造程序”，无须一切试探或调情。

其实感情中，最怕“横竖你永远是对”，你来睡是对，不来睡也是对，哪怕到处睡，依旧是对。所以，失望的林夕写下“其实爱情无非也是情欲作祟”，写了这样一个“到处睡的女人”，今夜来找旧爱。只是，究竟是谁的情欲在作祟？“为什么风正吹，竟令你到我这里”，想来等待的那方，也是满心期待的吧，其姿态也低，“你要爱便爱，似野花不必找根据”。

不知为何，听到这首歌，总会想起《祝君好》。尤其是“你要爱便爱”和“你要去便去”，谁都知道，爱一个人才会在乎一个人，可最极致的在乎，或许就是《祝君好》中的“任你来去自如，在我心底仍爱慕”，你爱便爱，去便去。

当然，依然心有不甘，还是有赌气成分，“难道我这个伴侣令你舍不得失去，难道爱情能于这漫长夜作祟”，那只是几句自怨自艾，既然任你来去自如，便早有心理准备，不怕爱情在这漫长夜作祟。

有段时间，我酷爱研究当年邵氏影星的家庭关系，颇为有趣。比如武打明星王羽，妻子是林翠，小舅子是曾江，王羽和林翠的女儿则是王馨平。

王馨平的嗓音条件其实并不好，不过几张粤语碟都极耐听，尤其是一九九五年那张《普通女人》，那算是她最红的时候吧。《没有月亮的晚上》也出自这张专辑，一度是我的MP3常备曲目之一。

其实还是听歌词才喜欢上这首歌的，大学时候还根据这歌词，写了个意识流小说，叫做《无月夜》。其实歌词很矫情，话说男的怕黑怕寂寞，无法独处，没有月亮的晚上就把女的召唤过来陪伴（借口好强大），后来女的发现，对方“根本不过寂寥，或是缺乏照料，谁人来陪不重要”。剧情简单，所以写小说也只能写成意识流。

不过矫情归矫情，创意还是很独到，歌词还是很细腻，那句“漆黑中把你像孩子般那样呵”，一度极爱，能把词写成这样的，除了女人，估计只有黄伟文了——没错，填词的就是黄伟文。

“当天空高挂月儿，不会想起我，没月儿的深宵夜阑才留住我”，其实月亮不过是借喻。这只不过是一场单方面的苦恋。最后，主角选择了离开，在又一个没有月亮的晚上，她问对方，“可有想起我，但现时你身边是谁，如何渡过？”她还说：“漆黑中一个人眠，很不习惯么？否则亮了灯火替代我。”

浪漫地自虐地宣泄旧情，仍然难找半句可医治我

唱K是夜生活里最常见的一种形式。有人说，这是一种发泄，可以暂时忘情。只是，该唱些什么歌？林夕为张信哲填《今夜唱什么歌》，就探讨了这个问题。

不管这些，先去K歌房吧，“循例要趁这夜相聚，浪漫夜为何和朋友去渡过，共我相亲不相恋的都在座，如平常东歪西倒唱歌”，“相亲不相恋”的自然是朋友，这说法实在讨巧。

还有一句气话，“难道要去纪念今夜，你与我非相拥一起不可？不相信难道欠缺了你，我会不尽情，尤其在这一夜，有何不可”——哪怕纪念日，也不是非要有你不可，甚至赌气时，就是在这纪念日，偏偏不要你出现。没有你，我依然可以。每个人在面对逝去的感情而赌气时，恐怕都会这么想。

可到了K歌时，才知并非如此。“离别了你已四日三夜，并未及完全遗忘了那阵痛，在这一天应怎么高歌作乐，才能弥补当天的抱拥”，原来，依旧清晰记得分开了多久，而今天的高歌作乐，只为移情。“无奈这晚太易激动，这世界伤心者只得一种，都需要盲目借故发泄，去博取认同，尤其在这一夜，最易失控。”

终究难忘，终究会情绪失控，只因想念。

只能归咎于K歌房，“只可惜好的情歌不够多，无聊时完全无

一首合我，常常让有情人唱得情怀过火”。哪一首歌，才最契合这感情与心情？终是难觅，“浪漫地自虐地宣泄旧情，仍然难找半句可医治我”。最后，还需承认，“这重要一夜，快乐不多”。

夜晚的消遣，除唱K外，还有煲电话粥——只要不是“午夜凶铃”。潘伟源为草蜢填过一首《电话爱人》，旋律和歌词都十分绮丽。

当年初听这首歌，便喜欢上那悠扬迷离的旋律。当年也爱这歌词，有着奇妙的语感，潘伟源填词总是工整，节奏很好，比如“终于也未能，却嘴角已缤纷”，唱出来的味道就很是别致。可现在再留意这歌词，不禁失笑——与其说这是一首情歌，不如说是话题之作。“一把穿过寂寞里的声音”、“勾起我幻想当中一切性感”，这明显就是在打声讯色情电话的架势嘛，而一句“仍然陌生的爱人”，更是佐证。

不过歌依旧好听，词也依旧工整，“多么地想将你拥进怀里热烈再吻，可惜声音不会转化形象现在靠近，手捉紧只有一片迷茫夜幕里渗，随感官知觉骤明骤暗慰问”，这段副歌几是一气呵成，与旋律丝丝入扣。当年尤爱一句“不想放低听筒的一刹气氛”，“放低”与“气氛”相对，还是“听筒中”，让我纠结中莫名喜欢。

婚礼。

纵使怎么装疯表演真诚，
仍旧是热闹幸福的布景

涉及曲目

《赠兴》
填词：黄伟文
原唱：李蕙敏

《去你的婚礼》
填词：林夕
原唱：卢巧音

《情人的婚纱》
填词：潘伟源
原唱：李克勤

《婚纱背后》
填词：潘源良
原唱：徐小凤

《于心有愧》
填词：林夕
原唱：陈奕迅

《喜宴》
填词：黄伟文
原唱：李蕙敏

《嫁妆》
填词：黄伟文
原唱：陈慧琳

叙旧和迎新不必了，算什么情调

婚礼是歌词中极常见的意象，“爱人结婚了，新郎（新娘）不是我”堪称词人用不厌的桥段。可越是这种大路货的桥段，要写好就越是不易。

这一类歌中，我最爱的是黄伟文为李蕙敏所填的《赠兴》。“赠兴”是个老词，如今似乎只在粤语中得见，就如“差人”（指警察）等词汇一样，自古汉语传下，仅粤方言保留。若取“赠兴”本意，是“道贺”、“助兴”之意，对应的便是“扫兴”。黄伟文写《赠兴》，却是“没法赠你的兴”，加之李蕙敏的决绝唱腔和瘦脸薄唇，那不买账的架势让人心惊。

为何无法赠兴？因为这是旧爱的婚礼。

《赠兴》中的“她”拒绝前往旧爱婚礼，并质问一句“贪新顾旧算是哪种情”。有些场合，本就不适合“顾旧”，谁又喜欢让你的新欢面对自己的旧情，“刺激死去神经”？

粤语歌词里，常有些大胆用词，在国语歌中从不得见，可却无比妥帖。比如“叙旧迎新”，一派年关茶话会的其乐融融架势，却被黄伟文信手拈来，用在婚礼之上，告诉新郎还是莫炫耀的好，“叙旧和迎新不必了”，只迎新便好。毕竟，“哪可春风满面，来陪你应对与敷衍”，“万千双眼面前”，见识你们的恩爱场面。

当年初听时，最爱那句“数年不见，愿你任性不变，再十年不见，你会跟她一家几口纠缠，然后渐渐暴露彼此缺点”。没一句狠话，却达“诅咒”级别，亦道明婚姻本质。后来喜欢的是“纵使怎么装疯表演真诚，仍旧是热闹幸福的布景”，脸上笑着，心在滴血，一场旧情事，最后成为别人的布景。

另一首与婚礼有关的歌，词不若《赠兴》这般狠，可歌名却极狠——《去你的婚礼》，出自林夕之手。粤语中其实并无“去你的”这种说法，不过我第一次听这首歌，便主观将之当成了一语双关，还瞬间想到一个电影式场面：卢巧音一手掐着腰，一脸愤恨，一手指着个男的，说一句“去你X的婚礼”……确实不太雅观，但好玩。

最抢眼的是那句“有什么事荒诞过旧爱对我说碰上真爱”。还有一段，颇似黄伟文的《勇》，“多可爱，只懂冲锋陷阵，温馨都不求人”，像极了《勇》里面的“傲笑着为你挡兵器”。

有多少人去过旧爱的婚礼？那场景终是尴尬的吧，所谓“单身比结合矜贵，能期待伴侣越换越壮丽”，不过是那一刻的自我安慰。还有一些自嘲，听来心酸，“不想一屋共住，不想饰演名厨，有什么事高贵过独处”，可一个人的房子，即便再自由，也有神伤的一刻吧。

所以，“损失一位情人，不想多位仇人”才是真心话。“为工作分心，令我的甜蜜值一分”，不过是稀罕忙碌中凸显的那一点点甜，以用来慰藉自己。

好吧，去你的婚礼，“祝可人儿真可叫你受惠”，从此幸福美满。至于你，只需“感激我得体”，只需“承认我过去价值绝不低”。

两唇无依恋，眼内盖风沙

婚礼上当然少不了婚纱，我所爱的两首老歌，都以婚纱为意象。

一是《情人的婚纱》。潘伟源填词，一向中规中矩，罕有灵气，可他为李克勤所填的这首歌，却在老套场景中写出了情伤。

比如，你看着穿着婚纱的她，感慨万千，含泪凝望。在国语词里，总是“我忍不住要哭了”之类的陈词滥调，即使还算填得不错的《婚礼的祝福》，也免不了俗套。潘伟源却是这样写的：“我敬佩我经得沧桑变化，今次却恨风里带点沙，令我无从追赶那视线昏花，在缤纷纸碎喧哗中失去她。”风里真的带了沙么？当然不是。

更残酷的在后面，“她更潇洒，没半点悔意吧，含着笑望我不说话”，这句比《婚礼的祝福》里那句“你我曾那么好，如今整颗心都碎了，你还要我微笑”更出彩。“你还要我微笑”其实只是一种主观臆想，谁都知道新娘子不会专门跑过来叮嘱一声“你得微笑”，而“含着笑望我不说话”，则是主观的表情，杀伤力更大。

最爱的一句，还是“两唇无依恋，眼内盖风沙”，短短十个字，说尽心声。

另一首是潘源良为徐小凤所填的《婚纱背后》，张敬轩的翻唱版也颇动听。

与潘伟源并称“二潘”的潘源良，技巧很是圆熟，亦是老派的填词方式，韵脚很是统一，比如开头的“仍然说笑，尽管这是苦笑，望着嘉宾给他庆贺呼叫”。也有好奇，为那未曾谋面的新人，“望着婚纱背后的脸，你是谁，共你未见一面，却已经令我心酸”。

其实，在那喧嚣中的“你干杯，我随意”，最是令人软弱，见不得爱侣伴着别人，只好沉默。于是，“未想多讲半句，惟恐怕会落泪，缘已尽不可追，理由谁可领会”。

那样的场合，本就不该说话。空待时间逝去，“让孤单加空虚，让当初都过去”，只因，“纵有痴心仍难定散聚”。爱情，本就容不得一厢情愿，哪怕这一厢情愿已至痴。

“婚纱中背影双双远去，走进蜜月甜梦里，我但愿前事跟她远去，让我心中安静如水”，这不过是个美好愿望，人家的甜梦其实也容不下你的前事，那旧情，只能留在心里。

曾听说过你某夜结婚未曾露笑容，
实在不敢知道我是元凶

其实《于心有愧》算不上婚礼歌，但因那句“曾听说过你某夜结婚未曾露笑容，实在不敢知道我是元凶”，我便执意将之放入这一章中。

这是从别人嘴中听来的婚礼，也仅仅是歌中的一个细节，却极贴合“于心有愧”四字。

其实，这首歌说的是“失去”。“博爱”之人“竟怕放怀拥抱你，让你露欢容，追悔无用，转眼发现你失踪”。那是因为年少任性吧，才会害惨别人甚至累人累己——谁没有过任性的时候，谁又未曾伤害过自己所爱的人？林夕曾说这首歌表面上写爱情，其实只是一种包装，实则是写给母亲，指孩子的任性伤害亲人。其实但凡感情，便总少不了任性，也少不了任性带来的伤害。

就像那句老土的话：那时我们都不懂爱，不懂得珍惜，只渴望得到对方的爱与包容。

那时，我们都不知道，“原来随便错手可毁了人一世”。其实，人这一辈子，失去的永远比得到的多，比如时间，比如感情，比如你身边的人。

结尾那句，是对自己的狠，以弥补说多少次“对不起”也无法挽回的伤害，“直到某年某日，我能安息于葬礼，仍想你一家可到齐”。

我怕寂寞，而幸福感觉叨光不算多

还有一种婚礼场面，当日男女主角其实与你并无情事纠葛，但你大龄未婚，便成了现场现成的谈资，这个问你为何还不结婚，那个要帮你介绍个相亲对象……

所以有人说，别以为不回家过年就可以逃过逼婚，别人婚礼也要谨慎前往。何况，即使别人不说，自己看到那喜庆场面，也不免自怜神伤吧！

这个主题的歌倒是极罕有，印象中仅有黄伟文为李蕙敏所填的《喜宴》。

年少时曾很喜欢郭可盈，总觉她有莫名的亲和力。有她的戏，我都会追一下。恰好又偏爱TVB那些二十集左右的都市题材剧集，冲突不多却温情脉脉，最适合郭可盈演绎。比如《阖府统请》，那里面还有我喜欢的袁洁莹。

《喜宴》的第一句是“阖府统请的嘉宾早满座”，因为这句，我一度以为它是《阖府统请》的插曲，但记忆中又未听过，便在是与不是之间纠结了许久，也懒得去查资料。

这次的黄伟文不狠也不绝，歌词间只见一颗恨嫁的心。后来曾想，李蕙敏若保持这种风格或许也不是坏事。“我只身到贺，听见问候‘为何自己一个’，不讲可以么”，这场景早已司空见惯，无奈，只能“避开这一种铺张的快乐，坐最远的角落”。

“我怕寂寞，而幸福感觉叨光不算多”，便无奈凄清，“撩起心底里未偿宿愿”，“撩”字也用得巧。但幸福，怕从来都不是从天而降的吧。

其实，哪怕是最红时的李蕙敏，也只是一个小女人。

与《喜宴》有异曲同工感觉的是《嫁妆》。流畅旋律下是悲怆歌词，陈慧琳的唱腔一如既往地没有感情，可却不妨碍我喜欢上这首歌。黄伟文写这类词着实精巧。开头的“珍珠色婚纱，香槟色襟花……你两个说过，想跟我出嫁”便巧妙。

可“一早拣好的嫁妆。始终都未有希望”，甚至“一生都为了失恋那样忙”，世间女子，往往是情事坎坷的多吧。“如童话般的婚礼，那风光犹如在眼前从来走不进的教堂”，句式是我喜欢的，情致却哀伤。

我一直认为，这首歌应给杨千嬅来唱，那自爱的坚强女子形象，不就是为杨千嬅度身定做吗？尤其是那句“何必等他一吻去叨光”，仿佛带着咬唇倔强的味道。而副歌那句我极爱的“可不可穿起嫁妆，大路上任我闯荡”，画面感更是如映眼前。“闯荡”二字，只适合“沿途与他私奔般恋爱”或“穿过横飞的子弹跟你去走难”的杨千嬅吧？

其实，不管有否出嫁，女人都应学会独立，独立才会美丽。

街头。

光阴于车辆穿插中明灭

涉及曲目

《祝你快乐》
填词：李敏
原唱：郑秀文

《别来无恙》
填词：方杰
原唱：陈慧琳

《分手总要在雨天》
填词：陈少琪
原唱：张学友

《弥敦道》
填词：颉臣
原唱：洪卓立

《红绿灯》
填词：陈少琪
原唱：郑融

《细雪》
填词：潘源良
原唱：郑秀文

《不如不见》
填词：林夕
原唱：陈奕迅

《情流夜中环》
填词：何秀萍
原唱：达明一派

曾听说她長得很美，
还令不羁的你终于可以体贴入微

有些歌旋律普通，但一听就喜欢，比如郑秀文的《祝你快乐》。

第一次听到这首歌，是在电视的点歌台上。那段时间每天晚饭时间打开电视，往往是两首歌的MV，一是谢霆锋的《早知》，另一首便是《祝你快乐》。两首歌都成了我的大爱。记得有篇乐评说过，《祝你快乐》是郑秀文所有专辑主打歌中最不起眼也最不好听的一首。我倒不这样认为，过了这么多年，好多歌都已淡忘，而郑秀文仍能让我记得的歌，就总有这首《祝你快乐》。其实好听的歌不一定耐听，耐听的歌不见得好听，能让我听了十年以上还不舍得丢开的歌，多半都是耐听的。

喜欢这首歌，李敏所填的词也是一大因素。开头便是别样情致，哀怨道来，“听说她关心你，曾听说她长得很美，还令不羁的你终于可以体贴入微”，带着醋意。然后便是街头偶遇，“看见今天的你，眉宇里存着朝气，无论她是谁人也令我妒忌”。我每次听到这句“眉宇里存着朝气”，总会想起《一家一减你》、《你有事瞒住我》这样的歌，它们都讲述爱情中的疏离，无可避免地提到了“疲累”二字。情断时的心不在此，往往表现为“疲累”，那内心的厌倦无从遮掩，对方总能感受得到。而“朝气”呢？恰恰相反，那是热恋之喜吧，谁还记得旧爱？

旧爱总有千般不甘，也只能“卸任”，“远远望你共身边的女人，情若卸任，而责任恕我要交别人”。其实，怎轮得到你来交，你早已是过去时。

副歌里的“衷心祝福你和她”，有人说并非真心，实是诅咒，我倒觉得是出于真心。毕竟是自己所爱的人，即使爱中有恨，又怎会不希望对方幸福？何况，可以让自己“再不须记挂”，即使此语口不对心。不过最能打动我的，是那段“自我批评”，“过去我的率性，难完全明白爱情，曾是吵闹没停，抱憾这类行径”。有多少人是因为任性失去了爱情，又有多少感情在无休止的吵闹中消磨？

与《祝你快乐》类似的，还有方杰为陈慧琳所填的《别来无恙》。初听以为是黄伟文的词，极是虐心，后来才发现是方杰。后来看一篇专访，黄伟文说他最看好的新词人恰恰是方杰。是不是每一个成功者看后辈，都像在看自己的影子？起码在填《别来无恙》的歌词时，方杰太像黄伟文。

这场旧日恋人的街头偶遇，早已物是人非，对方连行前一步打个招呼都不愿，直至“我跌倒，你终于肯看到”。难道，旧情人的偶遇，就只能用手足无措来吸引对方的注意？更残忍的在后面，“怎可意料到，你说娶了她是你骄傲”，这让我想起古巨基的《伤追人》，对方携新欢上门“示威”。那是一种怎样的场面呢？心死了，或还笑着，将一场较量当作并不好整以暇的应酬，只是心里想着：“别提及她怎么好，反正我不想知道，我也想嫁你但天知道。”

“若然是不知所措，应说看到她的肚”，怕只有粤语歌词里才有这样的句式吧。其实分手后也并非单身孤清，可“但我这些年来几多次爱全数是我敷衍”，终是挂心从前，旧情难忘。最后落于那句“明年碰见，求你扮作不忍看见”，真是低到了尘埃里的乞求。

不过要说文字功底，新一代词人真的不及前辈，灵气也欠了些，后来的一句“突然碰见还介绍你妻子”，虽令人动容，但却是之前那句“你说娶了她是你骄傲”的重复，总让人有计穷之感。

前面所提及的两首歌，都是以女人视角来写。还有一首歌则以男人视角切入，情致亦极动人，也是我的大爱，那是陈少琪为张学友所填的名作《分手总要在雨天》。

在很多很多年里，我都认为，《分手总要在雨天》是张学友最好的歌。别人常说，还有其他很多歌都很棒呀，可我最爱的始终是这首。那时，我刚读初中，却已很喜欢“转身刹那，在这熟识的路旁，察觉身后路人是你”，幼时情愫，恰恰被这句歌词击中。

不过，那时的邂逅，只是羞涩笑笑，远不像陈少琪写得那般凄清。“如一套戏，重逢在这旧地，而彼此不知怎预备，一些叹气跟一串慰问，和随便说一些赞美”，那是成人的方式，叹气、慰问、赞美，都是面具。

当年没留意过另一段，后来才发现，那也是一段决绝的词。“而一个我，言词渐觉乏味，人不知怎么躲避，终于看见在这热识的路旁，那个他静静凝望你。而一个你，重离别这旧地，临走的一刻亲近地轻轻送我多真挚慰问，犹如逝去当天语气”。那场面，尴尬难言，慰问和赞美，都有说尽的时候，视线躲避间，却看到你的他。

有了这尴尬场面带来的绝望，副歌里的“总要在雨天，逃避某段从前，但雨点偏偏促使这样遇见”，虽极致清冷，却已不再入骨。

害怕下班等很久，怀念很久也不够

之所以把与《分手总要在雨天》情境相似的《弥敦道》单独列为一篇，是因为歌名的缘故。

弥敦道，香港最有名气的繁华街道之一，也因这首歌成了一些港乐迷必去的所在。在天涯写这个歌词长帖时，便有人留言，说曾在弥敦道路牌下拍照留念。因为所住城市有码头兼往返香港客运的缘故，我习惯乘船赴港，下船后的第一站恰恰也是弥敦道。

歌中故事也是街头重遇，“街边太多人与车，繁华闹市人醉夜”。那天，还刚好下雨，“一经信和暴雨泻”（信和为超市名）。偏偏，遇见你。依旧是对望、问候和告别的三部曲，“沉默对望在这几秒，亦有简单问候不过少，然后再次说告别”。这首歌太容易让我想起《分手总要在雨天》。《弥敦道》的文字比不上陈少琪的手笔，但情致却一样，无非旧情难忘，还有几分不甘。

“多少往事甜在心头，夜雨触发这景致令我忧愁，望见她的身影已无法占有，我未有想过绝望看她走”，那些甜与苦楚交织，本就凄清。“望见她的身影已无法占有”中的“占有”二字用得真好，若是“拥有”，感觉就没这么强烈，尤其是“已无法占有”与“绝望看她走”的对照，极是凄凉。无奈，“欠命中指引”，只能说一句“如若结局是可改变，愿我好好爱她迫切点”。

很喜欢尾声那段，“街边太多人与车，繁华闹市人醉夜，害怕下班等很久，怀念很久也不够”。怕想你，可想你时，又总嫌时间未够。

情火中身边一切如碎屑

用红绿灯比喻爱情，这是陈少琪为郑融所填的《红绿灯》。“从小老师有加倍认真，来教导我步过红绿灯，右与左必须清楚看真，哪管一次做错，也都可摧毁这生”，虽算不上绝妙开头，但也讨巧。

我喜欢的句子随即出现，“何解我恋爱双倍残忍，从来是快乐过便不会侥幸”，一百个人里怕有九十个不会留意“双倍残忍”四字，为何是“双倍”？因为曾经快乐过——拥有了再失去，那残忍远胜未曾拥有过，就如“希望越大，失望越大”那般。

“明明绿灯，转眼便成红灯”，说的便是感情的莫测吧。有时，再勇敢也是无用，怕只会跌得更惨，那些期盼中的际遇，总不在你左近，更不容你握在手里。

“对面马路如此吸引”，那也许不过是水月镜花，“壮烈牺牲去换吻”，有时怕也是一厢情愿。“心急总加倍地难行”，这就是老话所说的“心急吃不了热豆腐”吧？

《红绿灯》所说的是“要找的际遇未接近”，仍在期待遇见的阶段，《细雪》说的则是爱情临近终结。

潘源良为郑秀文所填的《细雪》，并不起眼，在当年的那张专辑里，有《舍不得你》和《爱的挽歌》交相辉映，即便《秋冬爱的故事》，当年的出现频率也高过《细雪》。可因为歌词，它便被我记到了今天。

我最爱的是那句“光阴于车辆穿插中明灭”。明灭，这真是一个好词，表达着两种形态，反差极大，却意味着落寞，用在这里还有一语双关之效。国语歌里罕有这个词，或许是难发音的缘故，而粤语填词人却爱用。

潘源良这样的老派词人，没有林夕的纠结，没有黄伟文的狠绝，罕有惊人之语，却首首都堪把玩。这临近终结的感情，在路上继续消磨，“天空中只得一抹的残月，情绪再飘忽起跌如细雪”，光阴明灭中，“我真的担心快到相恋的终结”。然后便是不舍，问一句“可不可今宵依靠风和月，同跌进最快乐回忆”，“跌”字也是粤语歌词中常用的字眼，大有豁出去的意味。我还爱那句“情火中身边一切如碎屑”，语感节奏极好，亦如飞蛾扑火，只争那“一刹光和热”。

可否不理世界，不要見怪青春借貸

何秀萍所填的《情流夜中环》出自达明一派的《意难平》专辑，连专辑名都让我喜欢到欲罢不能。歌词里有一句“铅华淡落”，可何秀萍这个写出《过日辰》的低调女子，分明从未沾铅华。配上编曲，便是清冷的，暗夜里的清冷。

开头的“仿似一阙古老音韵将入梦，仿似一抹将退不退颜色，铅华淡落人潮漫退再见中环，仿似一晚天际星宿的聚会，仿似一只一只归鸟回家，徘徊路上流连企盼再见斯人”，意境清冷，孤寂身影与“中环”二字所代表的的喧嚣热闹对比鲜明，也更具画面感。白天的喧嚣人潮，早已退去，此时再在路上流连，所见无非是夜空的寂寞。至于人，“仿似一只空罐子那么落寞，仿似一串荒冷的流逝烟花”。可何秀萍总是淡然的，一句“不要见怪青春借贷”，便将旧事看开。

就如达明一派当年的其他作品一样，歌中总不免有影射社会现实的意味。那句“繁荣原背里有数不清空冷孤寂，夜静又再次显出这赫赫迷城之荒”，便道尽喧嚣浮华中的迷惘。可我还是愿意将之视作单纯的情歌，视作有人曾“倾心于一瞬间”，然后以青春借贷，轰轰烈烈爱过。直至，情已逝去，连“路上流连企盼再见斯人”都已不得。

不过，无法再见不一定是坏事。很多时候，相见不如不见。就像那句很多人说过的，“人是会变的”。再见时，你往往发现，虽然思念终被填满，可眼前人早已变成另外一个人。甚至可以说，分开之后，你可以时刻想念惦记，你的长情与回忆一起，让你间中也可以嘴角含笑，可若强要再见，那往往是一次自取其辱。

林夕写《不如不见》，便是讲这老套但许多人却选择性无视的问题，虽然主题并非街头偶遇，而是相约重逢，但也可归于物是人非的一类。陈奕迅很少选择如此低沉的唱腔，小心翼翼地控制着情绪，仿佛低吟。

“乘早机忍耐着呵欠，完全为见你一面”，这是一段重逢的开始，可“寻得到尘封小店，回不到相恋那天”，我爱这样的句子，不花哨却动人。“中间隔着那十年，我想见的笑脸只有怀念，不懂怎去再聊天”，那种略带尴尬的沉默，怕是许多人都曾经历过的。

原来，“即使再见面，成熟地表演，不如不见”，极爱这句“成熟地表演”，那是事实，也是无奈。

青春。

听见了一颗心叫我一手敲碎

涉及曲目

《忽而今夏》
填词：林夕
原唱：黄耀明

《皇后大盗》
填词：陈少琪
原唱：达明一派

《私奔》
填词：林夕
原唱：杨千嬅

《亲爱的玛嘉烈》
填词：黄伟文
原唱：黄耀明

《马路天使》
填词：陈少琪
原唱：黄耀明

《二十》
填词：周耀辉
原唱：黄耀明

《最爱演唱会》
填词：林夕
原唱：陈慧琳

《洗剪吹》
填词：黄伟文
原唱：吴浩康

惨绿青年，你短发密且软，谁给你剪

年少时总不爱夏天，或是因为怕热的缘故，暑假更是总躲在家里。若是出门，便往往有些幻觉，嘈杂车声中，视线也因阳光而模糊起来，那一刻，往往无助。

长大了便无此困惑，无需在漫长的暑假里煎熬，思念都成了奢侈。可有那么一天，也是夏天，酷热，突然想去另一个城市，便出发了。途经一段刚修好的高速公路，一边是群山，一边是田地，放眼望去，没有其他车子，那一刻，天地间仿佛只有自己在飞驰，就如《忽而今夏》里的第一句，“看见了漫漫稻田再掠过”。

又有一次，钻去无人处探险。那是一个小水库，却因无雨而干涸大半，露出一片片绿地，还有几个小山头，围着仅余的一汪水。从堤坝上走下去，踩着绿地，转过山头，回首已看不见堤坝，抬头，却有鹰飞过。天地间，也只有无助的自己。

后来便想，年少时的无助，怕只是无视身边的喧嚣，只在乎自己在乎的，可在乎的却又并非触手可及，情绪便低落起来。其实，终是太在乎。

那时，其实已在听黄耀明，每听到“看见了烈日在遥望着我”，便想到那街头的喧嚣。只是，那时还未知，年少情愫只是生活中终将破灭的一部分。我也不知道，人生中总会有一些时刻，“过去每一分钟刹那之间涌向我”。

《忽而今夏》是我极爱的歌，可惜因为特殊缘故，无法听黄耀明现场演唱。那些青春迷离，那些“听见了一颗心叫我一手敲碎”的过往，那些“为寂寞寻觅伴侣”、“为静默寻觅字句”的经历，道尽青春。只是，今天，即便梦中，也再遇不到那孤独少年。

早年的达明一派曾有一首《皇后大盗》，由陈少琪填词，也深得我心。我一向爱青春片，除了那时光转瞬即逝中掩不住的愁绪外，那些年少激扬，也委实令人心动。多年前听《皇后大盗》，则认定这是描述《邦妮和克莱德》的故事。我一向主观将《邦妮和克莱德》视为青春片，只因认定了里面的躁动只与青春的怅惘迷失有关。后来便在歌中看出几分《末路狂花》的影子，再后来便想，凡是这类型的片子，怕都是如《皇后大盗》这般描述的吧。

在“为人民服务”演唱会上，黄耀明一上来便清唱“共你凄风苦雨，共你披星戴月”，很是让我喜欢，而到了“继续退路已断退路”，一路激昂，作结的“沙滚滚但彼此珍重过”，酣畅淋漓。那一连串的“共你”，宛若爱情宣言，共你凄风苦雨，共你披星戴月，共你苍苍千里度一生，共你荒土飞纵，共你风中放逐，情致极动人。人人都有决绝时，可要说这激扬，怕是青春的专利了。

既然提到《末路狂花》这电影，就不得不提林夕为杨千嬅所填的《私奔》。那歌中私奔，就如末路狂花。“有的是时间，缺少的是糜烂”，这说法真够绝，那是迷惘中的探寻，奔向未知的狂欢与自我。哪怕，“我的心事曾如天空那样蓝”，“只可惜，天国缺少车站”。

私奔的心，只因现世迷惘，直让人巴不得逃离。那青春终是有价有限，寂寞却无处不在似无穷尽，这才让人感觉“尽量犯错，错了亦有赚”吧。在现世中穷途末路，不如私奔去，一路上“放任地大笑”，“觅我命途”。反正，“狂花爱末路”。还有那私心期待，“沿途陌路人向猎物逐个追捕，猎物和猎人对抗而爱慕”，演一出惊心动魄却有好结果的大戏。

也有软弱犹豫时，于是“沿路碰到家便留下”，但终究可以“尽力浪掷刹那芳华”，“即使世界并没童话，亦让暴雨撇过我婚纱”。我是真爱这两句，“尽力浪掷”与“刹那芳华”相对，“世界并没童话”与“暴雨撇过我婚纱”相对，冲突入骨，触目惊心。

这种在路上的情境，在黄伟文为黄耀明所填的《亲爱的玛嘉烈》中也尽现。写青春的歌，这怕是我最爱的一首。那句“惨绿青年，你短发密且软，谁给你剪”，让我一听便难忘。

曾经有很多人以为“惨绿”二字很是凄惨，其实本意并非如此，汉代有“惨绿少年”一说，指穿得极漂亮的风流少年。不过黄伟文笔下的“惨绿青年”，确实有凄惨意味——那是永远在路上的年轻人，以青春作伴，独自前行。

先是“穿过一列平原，穿过一列长街，宇宙温暖寂静，没有花”，然后是“车在车站停留，窗外一列黄花，渴睡的你睡着，没见它”。从“没有花”到“窗外一列黄花”，宇宙总温暖寂静，你也总在路上，累得看不到窗外的风景。但仍然在路上，“车上一路红霞，终站不是回家”。反正，“出走那一天，没人看见”。

那句“惨绿青年，你短发密且软，谁给你剪”，语意晦涩，但却是青春见证，想来，剪发总有告别过去的意味，不剪，便永在路上。只盼有一天，“捱得到新天地”。

不知黄耀明唱这首《亲爱的玛嘉烈》时，可曾想起当年达明一派时代的激昂？

八十年代的达明一派是两个孤傲少年，俗世中昂着头，唱尽心中不平。我总觉得，《马路天使》最能代表那时的他们。填词的是陈少琪，那时，与达明一派靠得最近的人便是他。

开头的“叱咤于漆黑街中，身躯傲然随处碰，在眼中，在半空，是赤色的霓虹，尖声高呼于风中，孤单骤然全失踪”，情境感十足。这孤傲激昂，就是为了“让每刻青春与街灯每晚重逢”。也只有那个年纪，才会“望着夜雾，任意抛开每个劝告”吧？

在尽力成就这一晚绝对妩媚，像二十年前揭过的被

有些词人风格独特，让人一望便知，比如周耀辉。仅仅是开头那句，便可知《二十》属于周耀辉。“在尽力闻着这一札蔷薇”，他向来偏爱蔷薇。这首在周耀辉入行二十周年时推出的《二十》，原本叫做《二十年后记起》，也极贴切。

二十年后，再回头，你记得什么？记忆不会骗人，“二十年后会让我记起”的，必然是心中珍视的。寻找记忆的过程，其实也是勉力而又美好的，就像“尽力成就这一次愉快假期，像二十年前看过的戏”。最喜欢那句“在尽力成就这一晚绝对妩媚，像二十年前揭过的被”，你的妩媚，还需爱你的人去成就。“二十年前揭过的被”，那沧桑感扑面而来，青春已逝，而“妩媚”二字，往往在沧桑经历中得来。

其实，人生不过是追逐，“日夜在成全永远的美”，然后在记忆中回味。有些气味，吻过便不会在你心里消失，有些碰过的手臂，在你心里永不会苍老，还有你，即便离去，也总能在我心里找到。

“过去便有旧怀念”，爱过，是为了记起。这首《二十》，是对青春的怀缅。

青春意象，除了“二十年前揭过的被”，亦少不了“演唱会”。年少情侣省吃俭用一番，携手去看演唱会，彼时自是难言的快乐，

日后亦必在记忆中挥之不去。林夕所填的《最爱演唱会》，初听便觉动人，哪怕唱得并不好。

开头是“我没记住那时我们几多岁，你我一对，从未争吵流泪”，年少时很爱这青梅竹马的调调。至于青梅竹马一般没有好结果，那是后话了。

“排着队爱谁，捱着饿购票，然后买汽水”，那是许多小情侣的经历。我向来偏爱细节，有了“然后买汽水”，这句歌词便立刻变得动人起来。

以前听这首歌，常想起《下落不明》，想起“几多个偶像热潮未减退”。其实，你喜欢的歌手在变，你身边的人往往也在变。可还是有些心里的情怀，终是不变，所以才有“我愿鸣谢你而不想说后悔”。

“鸣谢你共我被人当作极配”，这句看得我怦然心动。哪怕分开了，心里也是有些依恋的吧，嘴上说不出的话，也总盼着别人会帮忙说出来，所以别人的一句无心之语，也就这般记在心上，甚至甜蜜着。即使，青春已去，终是无缘。

黄伟文为吴浩康所填的《洗剪吹》也讲述这过往青春。其实旋律未算大爱，可却喜欢歌词的讨巧。间间发廊都有的“洗剪吹”三部曲，竟成了梳理感情的良方。

是啊，“谁若试过恋爱，都必失过恋”，可要走出来，却路子多多，“刘海或鬈发，热水风筒铰剪，平复过去方法却是能自选”，每次听到这句，都忍不住笑。“洗剪吹”这歌名，委实有趣，若是感情受创，不妨摆出“热水风筒铰剪”，来个自选。因为，“换个新发型，临场那适应力叫做年轻”。

虽已不再年轻，但正因此，更知道年轻时的没心没肺、毫无负担，知道那时，“从没眼泪与污泥没法可清洗”。也正因为这“洗剪吹”的比喻，说教也不再那么可憎，“如失恋未可免，无谓看最坏那边，越去拨越凌乱”，老土却不讨嫌。而那句“获益都算不浅”，无非“经历就是财富”的大道理，在此处也搭调。

很喜欢歌中的那些句子，因着“洗剪吹”的“创意”，亦显得多彩。比如“心痛便剪一剪那条情感线，无谓缚着挂牵”，比如“将你烦恼丝一剪，角色已可改变”，比如“湿了便吹一吹，爱情由它去”。最喜欢的，还是那句“留下眼泪献给谁，谁要这点水”，初听便爆笑，委实是简单直白大实话。

没错，“分与合洗剪吹，我们成长里，寻伴侣换发式各有程序”。

友情。

谈天说地的知己，
变身枕畔的你

涉及曲目

《最佳损友》
填词：黄伟文
原唱：陈奕迅

《恶无可恶》
填词：林夕
原唱：古巨基

《总有你鼓励》
填词：潘源良
原唱：伦永亮、李国祥

《友共情》
填词：周礼茂
原唱：古巨基

为何旧知己在最后变不到老友

这年头，暧昧真危险。

我说过，我爱用自己的方式去理解一首歌。比如《最佳损友》，我便固执地认为那是在写友情中的暧昧，暧昧还未及转正，便成陌路。除这个理解外，我不爱用其他方式去感受这首歌，甚至包括填词人自己所说的那些。你当然可以说我是错的，但我有自己理解的权利，不是吗？

开头的“怀缅”、“交心”、“倾通宵都不够”，并无性别特质，可同性也可异性，可到了“很多东西今生只可给你，保守至到永久”，就变了味道，异性间的暧昧扑面而来。

而那“确实也没有一直躲避的藉口，非什么大仇，为何旧知己在最后变不到老友”。乍看便知道是暧昧惹的祸，“来年陌生的，是昨日最亲的某某”，那分明是暧昧的结局。

“生死之交当天不知罕有，到你变节了至觉未够”，依然是香港填词人的方式，把“变节”一词这样用，也有异样效果。“奇就奇在接受了各自有路走，却没人像你让我眼泪背着流，严重似情侣讲分手”，这是我最喜欢的一段，这哪里“似情侣讲分手”，分明就是这回事。

那些暧昧，总是无疾而终。

共你亲到无可亲密后，便知友谊万岁是尽头

友情变爱情，究竟是不是好事？答案向来是极端的“走两头”，一方认为跟异性知己上床是天下间最傻的事情，欢愉后便没了一个知己好友；也有一方认为异性知己永远带着爱，双方间本就有莫名情愫和暧昧关系，撕开伪装想必会豁然开朗，说不定会修成正果。林夕为古巨基所填的《恋无可恋》，持前一种观点。

一对异性知己，“相处得太好，变情侣像注定，却又怕熟悉得心动似假定”，这是最初的犹豫，怕太过熟悉而误会了感情的性质。“直到你说你爱我，似赞我痴情，又似报答我那温情”，才走在了一起。

原来，这本就是一对男方有意、女方无心的异性知己，这爱情本身，也有同情与感动的元素。很多人并不了解，感动不是爱，同情不是爱，喜欢也未必是爱。

很喜欢那两段细节，情境感十足，意境也巧妙。先是“说地谈天的知己，变身枕畔的你，合着眼睛先了解，难努力缠绵吃力回避”，粤语歌词里其实常有床戏表达，但都含蓄巧妙，旧日知己如今床上相见，闭着眼睛感受这一切，理性早已抛开。后是“对着沿街的灯火，哪一盏未数过。现在靠枕边谈心，难道及从前讲得更多”，亦道出知己变恋人的尴尬，旧时肩并肩沿街倾诉，如今同床共枕，想必缠绵时间早已多于倾诉。

原来，这感情是“弄错爱恋跟欢喜，已将关系处死”。关于这样的感情，我见过太多，也听过太多这一主题的歌，最棒的句子则出于林夕之手，“待放已久的心花，手一拖便结果，剩下暧昧过的好感也已撕破”，所谓“心花”与“暧昧过的好感”，无疑是说异性知己总带着爱，而“手一拖便结果”的“结果”二字，实是动词，如旧时小说里的“一刀结果了 XX 性命”。

这也许是异性知己变恋人后总不免碰上的难题与障碍，又或者说，异性知己的暧昧过程，往往也是一个消磨感情的过程。所以，待得变作恋人时，反而缺了激情，空余身体反应来印证爱的存在。林夕写这样的情致，自是信手拈来，不会似我这般啰啰嗦嗦，一句“大概过去有爱过，以挚友之名，像对爱侣却已暗杀了刹那激情，就算拥吻坚持有反应”，便道尽一切。

这样的感情，终是无路可走，连回到从前都成奢望。“共你亲到无可亲密后，便知友谊万岁是尽头”，悔不当初之时，也祈求对方“别似亲人那么怀抱我，也别勉强共老朋友手拖手”。跨出这条界线后，便无法善后——“善后”这样的词，也只会见于粤语歌。就像很多知己变恋人的人儿所追悔的那样：其实，暧昧便已足够。

只因有你再鼓励，再不必将我的心去关闭

九十年代是港乐流行翻唱的年代，几乎每一首台湾流行曲都有粤语版本。《总有你鼓励》的原版，便是吴奇隆那首《祝你一路顺风》。

那是小虎队解散后，吴奇隆的首张单飞专辑。一九九三年，我正准备随家从青岛回中山，离开这个生活了十三年的城市，去那个以往只是过年才会回去的故乡，心下忐忑，吴奇隆这张《追风少年》专辑便听了又听，也顺便祝自己一路顺风。记得那时青岛电视台每天六点多是一个点歌节目，翻来覆去不过那几首歌的MV，恰好晚饭时看，《祝你一路顺风》几乎每天都有，那月台上的少年，几如自己。

后来举家迁回中山，便在每周六晚的劲歌金曲上听到了这首《总有你鼓励》，一首少年的《祝你一路顺风》，变成了俩失意大叔的励志歌，倒也不突兀。

李国祥的那一段，是“别离夜，像溶化了一切，夜雨中她的影子渐细，在消失的那刻，方知过去这关系，再经不起这风雨冲洗”。“过去这关系”，吐字极动听，只是，这关系“经不起风雨冲洗”。

伦永亮的那一段，也是凄清，“别离夜，梦和爱已关闭，夜雨中他将身份代替，为她举起伞子，挡开我眼里的泪，瞬息间经已取走了一切”。

这样落寞的两个人儿，“同在情路跌低”，“两心正好枯萎”。

若是一男一女，往往会有爱情，俩老男人便是友情。

人这一辈子，没几个好朋友，日子还真不好过。所谓好朋友，就是哪怕话题愈少，身份地位都不再如儿时，但友情一如当年。其实，少时好友，年长后必有隔膜，毕竟各有各发展、各有各圈子，身份越悬殊，话题就越少，许多人就此淡漠。可若是经历这些，依然可彼此信赖的，便是一辈子的朋友，“哭也找到安慰，就像痛苦已再不有关系”。

爱情哪怕炽热，终究热情枉费，于是，两个老男人唱起“友情同样美丽，让无尽暖意回归”，理所当然。

“只因有你再鼓励，再不必将我的心去关闭。”

友情的经久不变，在《友共情》里也有体现。这首歌的歌词极为简单，可配上那流畅旋律，便成了我的大爱。初听这首歌时还是高中，可十几年后再听，仍有旧时情绪。

周礼茂的词，从球场开始讲起。“下雨天总挂念从前球场上那可爱片段”，那是旧时岁月，可友情未因时间而淡漠，便渴望重聚。“时光可变，世界可变，人情亦许多都变迁，友共情不变，那种真找不到缺点。你我再次相见，随年和月身心虽耗损，友共情从难扭转，心内那热暖仍是纯真未变”，简单数语，却热切。

只是，偶然也会觉得歌词有些理想化，其实世间哪有多少不变的东西？年少时的友情固不掺杂利益，但年纪渐长，大家各有境遇，又真的能如旧时那般交心？

没来由想到一句话，关于旧同学聚会的：“年少时你讨厌的人，也许依旧让你讨厌，年少时喜欢的人，也可能变作你最不喜欢的模样。”

亲恩。

怀念单车的你我，
唯一有过的拥抱

涉及曲目

《单车》
填词：黄伟文
原唱：陈奕迅

《绝对》
填词：黄伟文
原唱：何韵诗

就算全个世界亦都有失去，他也在这里

古龙曾说，父子关系最是难明。深有同感，很难融洽，甚至疏离，却有着内心难言的无法割舍，那里面充斥着不理解不包容，充斥着争吵，可感情总是莫辩。

母子之间、母女之间、父女之间，其实都无这般复杂，可能概因男人喜欢隐藏自己的感情和情绪，更不善言辞，也更倔强的缘故。

所以，黄伟文为陈奕迅所填的《单车》里，我最喜欢的一句就是“怀念单车的你我，唯一有过的拥抱”。

父子的疏离总是如此，恰似蔡明亮的电影，比如《天边一朵云》，比如《你那边几点》，疏离到无话可说，直至阴阳相隔。尤其是华人世界里，这疏离更甚，因为我们不懂得用肢体表达感情，孩子成年后，便极少与父母拥抱，那疏离感更甚。后来能记得，或许只是童年时在单车上的拥抱，那“只有一次记得实在接触到，骑着单车的我俩，怀紧贴背的拥抱”。

也恰因为这疏离，才会“为何这么伟大，如此感觉不到”，才不免要问一句为何“多疼惜我却不便让我知道”。

直至，自己也为人父，才知道“演你角色实在有难度”，才慨叹“从来虚位以待，何不给个拥抱”。

那些怀念，总在心间，在茫茫人生中难离难舍，“如孩儿能伏

于爸爸的肩膊，谁要下车”，谁不奢望那庇佑，希望“任世间再冷酷，想起这单车还有幸福可借”。其实，世间只有你，能“承受我的狂或野”。只是，我们都疏于表达。

黄伟文对何韵诗的偏爱人尽皆知，早期一首不起眼的《绝对》，亦是我的大爱。

有时，黄伟文爱耍些小把戏，《绝对》的词极似情歌，可最后一句却是“共同进退，唯独是父母这一对”，变成了亲情歌。

所谓“绝对”，其实并非惯常理解的“绝对”一词，而是指“绝配”意。“热情就会退自然散去，茶凉掉淡似清水”，说的无非是感情的由浓转薄。也许，能够“脉搏相通十年，又过去廿年过去，仍然是未变的一对”，才算绝配吧。如果“缘分易来又易去”，那便是“结伴大概只因暂时被配对”。

初听的时候很迷恋“就算全个世界亦都失去，他也在这里，全场突然寂静，他都给我衷心的赞许”这一段，在我看来，这也许就是李克勤的《你不会唱歌》的女生版。

也有黄伟文的小情趣，“要是合约一方食言就破碎”，用在感情里都是贴切的——不管是爱情还是亲情。

古意。

路更弯烟雨更冷，
独往返哭笑顾盼

涉及曲目

《石头记》
填词：陈少琪、迈克、进念二十面体
原唱：达明一派

《上路》
填词：陈少琪、迈克
原唱：达明一派

《半生缘》
填词：迈克
原唱：达明一派

《淫红尘》
填词：魏绍恩
原唱：黄耀明

《舞吧舞吧舞吧》
填词：魏绍恩
原唱：达明一派

《难念的经》
填词：林夕
原唱：周华健

花色香皆看化

一句“花色香皆看化”，便让《石头记》超然起来，若说意境，当是华语流行乐坛的第一。

那是一九八七年，香港乐队的辉煌时代，而那辉煌，若是缺了达明一派，怕会失去一半光辉。那时的刘以达和黄耀明，还只是二十多岁。那也是香港文艺圈最火热的时代，玩话剧、乐团、电影的年轻人们，往往都写得一手好专栏，现在的香港年轻人，再也无此才情。他们当中，有迈克、有何秀萍、有陈少琪……那些日子里，他们与达明相伴。

有时，一首歌便是一个世界，再回头，原来已是一辈子，你所望见的，不过是那两个少年的背影，渐行渐远。

关于这首歌词，评价已属多余，下笔便知笔拙，我只能偷个懒，写写我最爱的此歌版本。

我最喜欢的《石头记》版本是“为人民服务”演唱会第三场的那次。重新编排过的曲子，前奏极好听。我是爱死了这前奏，如若夜深人静，这音乐响起，陈年旧事估计会奔腾而来，思绪再也刹不住。黄耀明唱得也出彩，比如第二句“鞋踏破路湿透”，说高不高，却让人情绪莫名。下一句“再看遍远远青山吹飞絮弱柳”，“再”字是去声，程度加重，正待心甘情愿地沉溺下去，“弱柳”已经把人拉了回来。到了“曾独醉病消瘦”，不再沉溺不说，还兴奋起来，急着要听下一段。到了后面，填词和黄耀明的唱腔均入佳境，“一心把生关死结与酒同饮，焉知那笑靥藏泪印”，“丝丝点点计算，偏偏相差太远……真真假假，悉悲欢恩怨原是诈”，一声更比一声高，后面自是少不了点睛的“花色香皆看化”。词是妙的，还须黄耀明唱。

《上路》也是我极爱的词。那个年代的达明一派，尚以电子音乐为主，这类极具古典意味的小品极为难得，却也圆熟可喜。一句“路更弯烟雨更冷，独往返哭笑顾盼”，令我大爱至今，文字的功底、运用技巧，都值得大书特书。

“星点点身影倍孤单，风剪剪沧桑透心间……沙滚滚忆失却光阴，烟昏昏皆不见真心”，几处叠字都用得圆熟，让人想起《石头记》。我极爱“沙滚滚忆失却光阴”这一句，吐字曼妙。

考究文字中，所述无非情事变迁，后知后觉，一句“旧梦退散骤觉已晚，心灰意冷”，“骤觉”二字触目惊心。其实人生中有太多事都是“骤觉”，骤觉自己的长大，骤觉父母的变老，骤觉自己的白发，骤觉情人的鱼尾纹，骤觉时光不再……这两个字，实是人生一悲。悲从中来，最后便只得“寒夜对影慨叹”。

迈克是爱张爱玲的，他的专栏，常写张爱玲，他不多的词作中，也有《半生缘》。

或许《石头记》意境太高，连达明一派自己都无法超越，就像《风柜来的人》之于侯孝贤、《活着》之于张艺谋那般。《半生缘》虽定可登堂入室，但相比《石头记》，就少了几分我爱的内敛，感情虽不似开闸放水般倾泻，却也细细流淌，总也止不住，到了“苦中可忘忧，以歌解愁”时，就微微有些忘形。

但看“为人民服务”演唱会的第三场时，听到最后加唱的《半生缘》，心中还是喜悦的，即便比不上《石头记》，可那隽永，依然值得体味。那时的刘以达怕也正值巅峰，心思全用在了悠长婉转的曲子中，不言古意，却全是带着古风的雅致。

每次听到“把心锁重修，纵千手难偷”，便总想到小说中那两个在乱世里兜兜转转的人儿，即便十八春过去，心中也总是“爱惜保留”的吧。

袅袅笛送苍苍岁月，暗月照痴世淫红尘

魏绍恩是当年进念二十面体的重要成员，也是《蓝宇》和《愈堕落愈快乐》的编剧。当年的进念二十面体，实在是香港文化的重要符号，林奕华、何秀萍、周耀辉、于逸尧、梁基爵、黄伟文、黄耀明……没有他们，香港会怎样？

有些妖冶之歌，总需妖声来衬，像《淫红尘》这样的歌，另类妖艳，华丽印度曲风、绮丽歌词与昆曲念白融为一体，非黄耀明恐难驾驭。

魏绍恩极少出手填词，可一出手总是浮靡绮丽，《舞吧舞吧舞吧》是一例，《淫红尘》亦如是，其歌词虽不及《石头记》优雅工整，但繁密铺排配上印度曲风，却极别致。

想来，《信望爱》是黄耀明单飞的开始，也是无法超越的吧？

《淫红尘》的开始，是一派绮丽风光，“蓝缎玉绢金丝相衬，翠绿刺激瑰红迷魂，桃杏艳渗青葱纱印，透亮透花透情图纹”，那繁复色彩，若映眼前，必是炫目的。红尘浊世的迷人之处，不就是这般绮丽色彩？那繁复色彩，便如滔滔爱恨，“勾魄困身”。

那些鼓点，细细密密敲于心上，敲不醒这淫红尘，却该敲得醒内心，激扬中分明是悲凉。直到转入昆曲念白，那些迷情异域音乐终被归拢，是啊，“良辰美景奈何天”，哪管“你如花美眷似水流年”。

那些美丽邂逅，“眉目互扫心波轻震，半觅刺激半尝迷魂”。

“心波轻震”四字的吐字真是动听，可那些“絮絮话语轰轰爱恨”，终化作“离合宵宵将假意当真”。

其实，人生如放肆，不过是“放肆血肉盼望”；如扑朔，也不过如那些“阔路窄巷”，那些跌跌碰碰，只是自己的“眷眷怅怅荒腔”。

到底，不过一句“袅袅笛送苍苍岁月，暗月照疾世淫红尘”。

魏绍恩的另一首《舞吧舞吧舞吧》，歌名取自村上春树的同名小说，可歌词却分明有所指。当然，也可抛开影射，以此歌寄托离愁。

有些情事，就如歌词的开端，“青空星点破，光影错风闪过，空虚堕，种种琐碎事可爱事小故事，印半空”，那些旧时光影，亦如青空繁星。还有，“满天花舞流动”，也让“我心点点牵动，挂念你影踪”。只是，情路波折间，总有一些情致成追忆，“一转眼声色堕，种种闪烁事可爱事好故事去似风”。

可哪怕一心将之当作情歌来听，那些影射意味还是呼之欲出，那句“残旧破屋中，蚂蚁开仗，烟炮发亮，玲珑浩气涨”，总让我悲切。“雪散天变，远方风破云动，我心恋恋烧动，有话托早风”，一切虽难言，却终须鼓与呼。

哪怕，“深心隐痛”。

吞风吻雨葬落日未曾彷徨，欺山赶海践雪径也未绝望

其实我一向对TVB的古装剧、武侠剧不感冒。一来成本低，假背景和特效都让我吐槽无力；二来爱走师奶路线，煽情和大道理都恰恰是我不喜欢的；三是看得太多，年少时打开电视就有，得来轻易就不见得会珍惜，甚至会觉得某些TVB迷“怀念经典”的姿态有些过火。至于时装剧，涉及豪门恩怨的“大制作”也不讨我喜欢，我只偏爱那种二十集左右的温情剧。

黄日华和陈浩民版的《天龙八部》亦非我所爱，不过林夕所填的主题曲《难念的经》倒有气势。

在我看来，武侠小说往往都有宿命成分，大侠是命、生死是命、际遇也是命。这样的情境，亦适合林夕发挥。所以，一上来便是“笑你我枉花光心计，爱竞逐镜花那美丽，怕幸运会转眼远逝，为贪嗔喜恶怒着迷，责你我太贪功恋势，怪大地众生太美丽，悔旧日太执信约誓，为悲欢哀怨妒着迷”，俗世众生的忙忙碌碌，不就是因这些贪嗔喜恶怒和悲欢哀怨妒吗？大彻大悟者终是极少数，更多的人还是“舍不得璀璨俗世”，还是“参一生参不透这条难题”。

最有气势的，莫过于“吞风吻雨葬落日未曾彷徨，欺山赶海践雪径也未绝望，拈花把酒偏折煞世人情狂”，那“吞风吻雨葬落日”、“欺山赶海践雪径”的情怀，总能让我第一时间想到乔峰。可“沙滚滚水皱皱笑着浪荡”，终是不可及的梦想。

社会。

纵怨天，天不容问。

叹众生，生不容问

涉及曲目

歌名：《天问》
填词：周耀辉
原唱：达明一派

歌名：《今天应该很高兴》
填词：潘源良
原唱：达明一派

《今夜星光灿烂》
填词：陈少琪
原唱：达明一派

《下落不明》
填词：黄伟文
原唱：黄耀明

《喜帖街》
填词：黄伟文
原唱：谢安琪

《最后晚餐》
填词：周博贤
原唱：谢安琪

《她成功了他没有》
填词：林夕
原唱：杨千嬅

《十个救火的少年》
填词：潘源良
原唱：达明一派

千秋的诅咒何时作罢

《天问》，我心中的神曲之一，注定留名华语乐坛史册。

这首歌出自1990年的《神经》，达明一向以歌问政。当年屈原写《天问》，问天也问众生，周耀辉写《天问》，那愤懑也分明。

起始是古筝，清冷却大气，之后则有鼓与唢呐。我其实一向不太喜爱流行歌里用传统乐器，只因用好太难，可若是用得巧妙，便极讨我欢心。《天问》便是如此，几种乐器交融，尤其是鼓与唢呐缠绕交织，那向死而生的力量便喷薄而出，宣泄着愤慨与不甘。

想来，那时的达明与周耀辉，都是失望已极的。“抑郁于天空的火焰下，大地静默无说话，风吹起紫色的烟和雾，百姓瑟缩于惶恐下”，大地静默，百姓瑟缩，面对那丹绯雪花，只想知道“千秋的诅咒何时作罢”。

后羿射日，嫦娥飞天，都是不甘。前者不甘煎熬，后者不甘寂寞，所以前者“斗胆挽起弓与箭，射天空嚣张的火舌”，后者“不惜偷仙丹飞天，月宫孤单安守青天”。而普通人呢，那些不甘与愤懑，又何处言说，又如何破解？

“纵怨天，天不容问，叹众生，生不容问”，那些不甘，化作无奈与悲怆。

而且，“终不容问”。

今天应该很温暖，只要愿幻想彼此仍在面前

很多年前，达明一派唱了《今天应该很高兴》，揭示移民潮带来的家庭疏离。很多很多年以后，刘以达和黄耀明都曾说这是他们最爱的歌之一。在那年的为人民服务演唱会上，《今天应该很高兴》也是我眼中最出彩的一首，编曲动人，黄耀明唱得也是百转千回，最后歌声停止，蔡德才低头独自弹奏，全部人都在静静聆听，曲子极动人。

当年初听这首歌，只觉悠扬，那移民潮带来的形单影只，却离我太远，并未挂在心上。后来，见多了离别，便爱上这首歌的惆怅。

“伟业独自在美洲很多新打算，玛莉现活在澳洲天天温暖”，那是离人，在“这个热闹圣诞夜”，只在你的信笺中出现。无奈，只能“望望照片追忆串串”，让“某一个热闹圣诞夜重现目前”，“永达共大杰唱诗歌声多醉甜，秀丽伴着乐敏肩温馨的脸”，那是影像留住的过往。

热闹圣诞夜，却明明有几分清冷，“我默默又再写，仿佛相见”，那只是见字如晤的另一种说法，疏离，其实不变。温暖，则只是因为回忆。

灯光里飞驰，失意的孩子，请看一眼这个光辉都市

陈少琪所填的《今夜星光灿烂》，璀璨如斯，却是末日情绪。恍若《马路天使》，夜半长街中，与你相遇前行。

“霓虹亮透晚上，把城内也照亮”，可人却彷徨，找不到新方向，乃至“海旁万点灯光”的景致，也成“多凄美的境况”。那彷徨的心，无从牵引，只愿远离，在黑夜中闯荡，无所畏惧。

何况，还有你——“随着路灯牵引，她朝着我靠近，名字没有去问，只求共我放任”，星光下，萍水相逢却如故旧，一起“占有这黑夜，踏上这架快车”。

与你前行，不问名字，不问出身，携手、并肩，“红黄绿灯驱散，心灵尽处界限，无惧夜风冰冷，车从没有变慢”。这夜晚，似无终结，仿似，天亮不会来。

你相信吗？哪怕最卑微迷惘的人生，也总会有这样的一个夜晚。即使极沉闷，只要有一颗愿闯荡的心，只要有伴儿，也就可见“星辰划破黯淡，华丽夜市灿烂”。巴不得，“我俩扑向这光亮，坠进这晚臂弯”，就此沉溺，不醒，不看下一个白昼。

因为，只怕这是末世，只怕“这个璀璨都市光辉到此”。所以，“失意的孩子”，只愿“灯光里飞驰”。

这末世情结，在达明一派乃至后来黄耀明的许多歌中得见。而“失

去”这一主题，更是永恒。

《下落不明》，出自黄耀明的《我的廿一世纪》。在那张专辑里，大家一起怀念着八十年代。黄伟文为黄耀明写下了这首满是追忆情绪的歌，就像他后来所说的：“没有了达明一派，我的八十年代并不成立。”

当年初听这首歌，只因为那句“电影展中法斯宾达”，便喜欢上了。作为一个无可救药的淘碟爱好者，法斯宾达（内地译为法斯宾德）与费里尼、特吕弗等人一样，都是我收藏的对象。我也时常羡慕，香港有无数小众片影展，不像我们只能去地下市场淘碟。

写集体记忆，歌词里常见，电影也常见，可真正能打动我的却不多。所谓差异，无非是感觉。黄伟文写出来的，恰恰是我喜欢的感觉，时光流转中，下落不明的人与物，委实太多。

还有松坂屋，那是八十年代日本热潮的符号，荷东与尖东自不必说。那个香港的八十年代，在我们的记忆中，其实并不遥远。而水手服、图书馆温习、红馆的漫天偶像，都是记忆中的意象。

“几多派对几多个失散伴侣，几多个故事并无下一句”是我喜欢的，加之“那号码已不对”的伤感结尾，仿佛爱得太迟。“转机转车转工转会转校，你在哪里失去”，同样是黄伟文的絮叨细致。

这首歌，当初的和声是林忆莲，悠长暧昧，而在为人民服务演唱会上，和声的是刘以达，破嗓一出，现场掺杂着笑声，不是取笑，而是欢笑。

窗花不可幽禁落霞

《喜帖街》最讨好港人的一点，便是当中挥之不去的香港情怀。

香港的历史和多文化融合，才是这个城市的真正价值所在——尽管，这是许多人，包括香港人自己都会忽视的。

我爱读关于香港饮食的书，也爱一些香港专栏作家的小情调，他们是真正的香港一代，生于此、长于此，尽管他们也有偏见，也有误读，也有肤浅之处，但他们却在某种意义上读懂了这座城市。

黄伟文也能读懂，他的悲天悯人，不只关乎爱情。《喜帖街》的主题是香港的利东街区拆迁，这个话题，我们再熟悉不过。其实，每个人心中，都有一个“老城情结”，你最怀念的，也许就是孩提时的街巷老楼，你可以漠然面对生活中的一切，但却很难对老街巷的消失无动于衷，因为它总能勾起你的回忆。人老了，就爱回忆，越老越爱。

没错，“筑得起”的建筑，“都有日倒下”，你今日能见到的千年建筑，稀罕且多是废墟，可在你的生命中，你目睹它的消失，那又是一种怎么样的滋味？

黄伟文写这首歌词，只凭一句便可谓经典，那便是“窗花不可幽禁落霞”，那是束缚不住的诗意与激扬。也恰恰因为这一句，我总觉得这首歌也是有激情的，感伤也遮不住的激情。其实我一直觉得，激情不是慷慨激昂瞎嚷嚷，平淡语句中的一句峰回路转，才真的动人。

另一首周博贤为谢安琪所填的《最后晚餐》，仿似《喜帖街》，却又不全似。爱情在那光阴中明灭，城市也见不到原貌，寻不到感情旧迹。

那旧时情致，总充满生趣，“火焰剧斗冷的水，但释出水蒸气，橙撞绿刺眼色水，却有错体的美”，“嘉咸横街中大宅门里，百态混聚共冶出生趣”，那人文地标，见证生命与时间，也见证你我爱情。

喜欢那句“争辩后各见所想，危机中体恤增长，灾难后更见分享，妥协错中滋养”，即使无关爱情，这也是人与人之间各种关系的必然。可这一切的“情怀堆积”，都需要时间，需要细水长流的磨合，只是“进化论下尚有空间吗？”就像《燕尾蝶》里的城市幻象，就像《喜帖街》里的消逝，区区一个进化论，让这世界“急速变奏”，拆掉了这城市旧貌，也不再有了解对方情怀的耐心与时间。

连分手，也变得无从追忆，最后晚餐便是最终记忆。“过去悲欢协奏亦到尽头”，哪怕“离别时人越念旧，期望能停住沙漏”，可“建设推进着行走，没法逆流，拆卸中破坏情感的扣”，即使你按回忆索骥，怕也寻不回那曾经一起漫步的公园、一起吃过的餐厅、一起逛过的街，时间巨轮将一切没收，拆卸中见不到情感的最初。

“新厦在这里筑起，旧的区新标记，窗内外耗费不菲，却再也找不到我共你”，听得满心悲怆。寻得回故地，寻不到当天境况，哪怕这城市绚烂如斯，也寻不到我与你。

得到理想失去爱

有些爱情，一遇上所谓的事业，便变了味道走了岔路改了结局，那些物是人非，只因内心选择。《她成功了他没有》，歌词极长，林夕讲述了一个关于理想、关于社会的故事。

开始的共患难，是热恋情浓，虽然“走进教堂仿似很远路”，但依然可以相约，“假使理想找到，彼此再想婚礼实太好”。哪怕“加班加到呕吐”，也“不想拖到衰老”，那是“彼此理想一致”的日子，“开一间唱片铺，也总算是自豪”。

只是，为了理想，这唱片店里卖的全是冷门，“他的计划满盘，打开市场窄门”，可小众终究是小众，“积蓄花去一半，彼此争拗批判”。最终是“女友想退出去，再去工作没成本”。

这些分歧，自是摧残感情的，“他跟她不免仿似世上情人，讲遍世上甜言，可惜经过试炼，不惜撕破了脸”。

那些经不住考验的爱情，总有原因，可原因，不过是借口的另一种表达。到了末路，“即使天生一对，只愿睡完明天可再见”的亲密关系，也敌不过彼此理想的分岔。

一边是他“坚守理想，令钱袋有害”，另一边是“他的女友跑去参加唱歌比赛，得到冠军，在承受喝彩”。林夕借这情爱故事，诉说着那不再纯粹的行业。终究分开。“他不太擅理财，终于将唱片店忍心关闭不爱，找不爱的工作，跟他女友的爱，竟因理想不再枉过十余载。”而此时的她，“早已照耀乐坛，深怕有日被弹，星光不再灿烂，衷心观众发难，就似每晚过关，就似永远上班”，聚焦于灯光下，却忙碌着。

这爱情逝去，极彻底，那身份早已不同，她便不再见，“只因所有爱情，可使一个偶像不养眼”——那些人前光鲜的明星，总无自己的爱情，“只想观众永久不散”。而于他，这情致也不过是怅然而已，甚至没有悲伤，“他早已婚，不再跟这女友相爱，青春理想失去不意外。他听女友演唱，少不免有感慨，他早变了观众在喝彩”。

只是，有些感慨终是人生不可少的一部分，“一生仿似比赛，彼此找到所爱，拒绝平淡未来，他的女友偏爱孤身只影飞上天际摘云彩”。回头望去，那不同的路，化作两条人生轨迹，并非失去，只是未得到。

但凡爱情故事，哪怕天生一对，也罕有“仿似童话可爱”的。“得到理想失去爱”，道出许多境况。

瞬息之间，葬身于这巨变

《十个救火的少年》，达明一派的名作。

当年，达明一派有太多社会题材的歌，但其中不乏曲高和寡之作，而这首《十个救火的少年》，接受度极高。

潘源良所填的词仅是平静叙事，城中发现火警，十个少年决定去救火，“其中一位想起他少锻炼，实在是危险，报了名便算”，然后“另有别个勇敢的成员，为了要共爱侣一起更甜，静悄静悄便决定转身窜”，“又有为了母亲的劝勉，在这社会最怕走得太前，罢了罢了，便归家往后转”。这三个人，一个是惜命，一个是贪欢，一个是听惯了老人家的话，不做出头鸟，于是齐齐胆怯，主动退缩。

剩下的七勇士，“集合在桥边，为了决定去救火的主见，其中三位竟终于反了脸，谩骂着离开，这生不愿见”，这是分歧中的意气用事，或许也是胆怯的借口吧。

“尚有共四个稳健成员，又有个愿说却不肯向前，在理论里没法灭火跟烟”，这是我们常见的只说不做。

剩下的“这三位成员，没法去令这猛火不再燃，瞬息之间葬身于这巨变”，成了牺牲品。

最可怕的是，他们不但是牺牲品，还成了大家口中的笑料，“在这夜这猛火像燎原，大众议论到这三位少年，就似在怨，用处没有一点”。

这就是我们所面对的社会。

后记。

不经意等到心中爱情主角

涉及曲目

《一生爱你一个》
填词：梁芷珊
原唱：郑伊健

《一生爱你一个》，歌词平平，郑伊健唱得更是平平，可却是我心中长存的记忆。一九九三年夏天，我随父母从青岛返回广东的故乡，安顿下来后所看到的第一期“劲歌金曲”，便有这首歌。

不久后，在学校里，班上一对小情侣于晚修前坐在教室里私语，哼唱的也是这首歌。我坐在他们后面看武侠小说，忍不住偷笑。那年，我们都读初二。

二十年后的今天，那两位同学早已分手，各自有了家庭，郑伊健身边的人从邵美琪变成梁咏琪，又从梁咏琪变成蒙嘉慧，也结了婚。

这之间的日子，有港乐陪伴我走过。

曾有人说，这首歌让郑伊健来唱，真的很讽刺，我倒不觉得。在爱着的时候，每个人都有资格唱这首歌。即使不爱了，我们也应该记得：在生命中，我们曾爱过别人，也曾被人爱过。

爱情的过程，往往是这样，“从前你是你，从前我是我，现在纵使不清楚我最爱你什么，寻觅你，留住你，全凭直觉”。喜欢那句“从前寻遍这天边海角，不经意等到心中爱情主角”，“不经意”三个字，才是爱情的真相。

套用何秀萍的句式吧：“什么叫爱，幸而有港乐唱给我听。”

谨以这首平淡的歌，当作这本书的后记吧。

图书在版编目（CIP）数据

为恋爱平反：那些我爱的粤语歌词 / 叶克飞著. 一南京：译林出版社，2016.6

ISBN 978-7-5447-6191-8

Ⅰ. ①为… Ⅱ. ①叶… Ⅲ. ①随笔一作品集一中国一当代 Ⅳ. ① I227.1

中国版本图书馆 CIP 数据核字（2016）第 015635 号

书　　名　为恋爱平反：那些我爱的粤语歌词
作　　者　叶克飞
责任编辑　王振华
特约编辑　李剑敏
出版发行　凤凰出版传媒股份有限公司
　　　　　译林出版社
出版社地址　南京市湖南路 1 号 A 楼，邮编：210009
电子信箱　yilin@yilin.com
出版社网址　http://www.yilin.com
印　　刷　三河市祥达印刷包装有限公司
开　　本　960×640 毫米 1/16
印　　张　24
字　　数　280 千字
版　　次　2016 年 6 月第 1 版 2016 年 6 月第 1 次印刷
标准书号　ISBN 978-7-5447-6191-8
定　　价　36.00 元